*Keinmal werden wir noch wach …*

Sanne Aswald lebt in der Nähe von Freiburg. Seit 2009 arbeitet sie hauptberuflich als Schriftstellerin mit etlichen Veröffentlichungen im Kinder- und Jugendbuchbereich und Romanen für Erwachsene. Nebenbei führt sie gemeinsam mit ihrem Mann die Senfmanufaktur »Senferia« und verarbeitet ihr Fachwissen und die Liebe zur Natur in Sachbüchern.

SANNE ASWALD

# Keinmal werden wir noch wach …

EIN WEIHNACHTSKRIMI

emons:

**Bibliografische Information der Deutschen Nationalbibliothek**
Die Deutsche Nationalbibliothek verzeichnet diese Publikation in der Deutschen Nationalbibliografie; detaillierte bibliografische Daten sind im Internet über http://dnb.d-nb.de abrufbar.

FSC
www.fsc.org
MIX
Papier aus verantwortungsvollen Quellen
FSC® C083411


Umschlagmotiv: S-E-R-G-O/Depositphotos.com
Umschlaggestaltung: Nina Schäfer
Gestaltung Innenteil: César Satz & Grafik GmbH, Köln
Lektorat: Christine Derrer
Druck und Bindung: CPI – Clausen & Bosse, Leck
Printed in Germany 2018
ISBN 978-3-7408-0419-0
Ein Weihnachtskrimi
Originalausgabe



Dieser Roman wurde vermittelt durch die
Literaturagentur Beate Riess, Freiburg.

Für Tobias

# Kapitel 1

»Jingle Bells, Jingle Bells …«, schallte es aus den hinter Sternen und Engeln versteckten Lautsprechern, während sich die Besucher mit leuchtenden Augen durch die Gänge des Weihnachtswunderlandes schoben. Die bunte, glitzernde, herrlich duftende und klingende Weihnachtswunderlandwelt verzauberte die Gäste. Alle Sinne wurden weihnachtlich gestimmt.

Hier vergaß man Alltag und To-do-Listen. Kinder jauchzten, und selbst Erwachsene spürten wieder ihre kindliche Seele.

»Juhuuuu!«, jubelte es vom Wichtelkarussell.

»Papa! Mama! Guckt doch, eine Weihnachtsmaus! Krieg ich eine? Biiittttteeee!«, tönte es von der Wurfbude, wo man Weihnachtskuscheltiere gewinnen konnte, wenn man es schaffte, alle Santa-Dosen mit einem Treffer abzuwerfen.

»Oh, schau mal, Tina, ist das nicht allerliebst?« Eine Mutter zeigte ihrer Tochter die mannshohe Schneekugel, in der Weihnachtszwerge im Sternenregen tanzten.

Gut gelaunt erkundeten die Wunderlandgäste die Stände und Angebote und genossen es, sich vom Weihnachtszauber einhüllen zu lassen. Die Menschen hatten die Hände tief in die Taschen gesteckt und sich Schutz suchend in ihre Mäntel und Schals gehüllt. Die Gesichter hatten von der Kälte gerötete Nasen.

Advent.

Das bedeutete erhöhte Aufmerksamkeit für Sicherheitschef Poldi, aber das störte ihn nicht. Dieses Wuseln und die kribbelnde Vorfreude, die in der Luft lag, wirkten wie ein perfekt gekochter Punsch – anregend und beglückend. Zufrieden lächelnd kämpfte Poldi sich durch die Besucherströme Richtung Treppe. Er wollte draußen auf dem Hof nach dem Rechten sehen, während sein Assistent, Hausdetektiv Jürgen, im Gebäude umherstreifte und die Lage im Blick behielt.

Trotz der vielen Menschen gab es – abgesehen von dem Weihnachtsscherzkeks, der Poldi seit ein paar Wochen ärgerte – erfreulich wenig Zwischenfälle. Entweder es lag an den vermehrten Kontrollgängen oder daran, dass die Vorweihnachtszeit ihren Glitzer versprühte. Dieser positive Geist der Weihnacht war in der Adventszeit immer besonders zu spüren, fand Poldi. Alle waren gut gelaunt.

Fast alle.

Zwischen dem zweiten und ersten Stockwerk entdeckte er Tim, der mit hängenden Mundwinkeln die Stufen hinunterschlurfte. Der Sohn der Chefin trug einen Elfenhut, war also wie Poldi in seinem Eisbärfell auf dem Weg in den Hof. Elfen wurden im Außenbereich eingesetzt, während im Gebäude auf allen drei Stockwerken Wichtel diensteifrig herumwuselten, um Besucherfragen zu beantworten und vor allem, um bei der Orientierung zu helfen. Die ging den Leuten in den Weiten des Wunderlandgeländes öfter verloren.

»Hey, Tim, lächeln!« Poldi klopfte ihm aufmunternd auf den Rücken.

Als Sicherheitschef sah er es als seine Aufgabe, auch für die gute Laune im Weihnachtswunderland Sorge zu tragen, auf die seine Chefin, Franziska Fellinger, besonders großen Wert legte.

Und es wirkte.

Ertappt verzog Tim seine Lippen. Er wusste wie alle anderen Mitarbeiter, dass eine freundliche Miene Pflicht war. Allerdings sah Tims Lächeln eher aus, als hätte er in eine saure Zitrone gebissen. Aber egal. Poldi wusste, dass die Chefin immer wieder ein Auge zudrückte, wenn ihr Sohn sich das eine oder andere Stückchen Freiheit herausnahm, Tim musste also nicht bei jedem kleinen Fehltritt Konsequenzen befürchten. Zumindest solange er damit nicht dem Geschäft schadete.

Diese Grenzen lotete Tim hin und wieder aus, was dann auch mal zu gänzlich unweihnachtlichen Familiengewittern führen konnte. Aber heute blieb alles im Rahmen. Ein bisschen teeniehafter Missmut und ein Lächeln, das eher eine Grimasse darstellte, fielen im allgemeinen Weihnachtsglanz nicht ins Gewicht.

Als Poldi durch die Glastür ins Freie trat, wehten ihm mit der kalten Luft Aromen von karamellisiertem Zucker und gebratenen Würsten ebenso entgegen wie das Klingeln der Glöckchen der Fahrgeschäfte und das fröhliche Lachen der Menschen. Hier gab es für jeden etwas, was das Herz hüpfen ließ.

Der ganzjährige Weihnachtsmarkt hatte sich längst zum Weihnachtswunderland-Erlebnispark gemausert.

Zwischen den Gebäuden und auf dem angrenzenden Gelände fanden sich Verkaufsbuden für gebrannte Mandeln, Zuckerstangen, Maronen, Würstchen, Lebkuchenherzen, Punsch, Spielbuden, weihnachtliche Fahrgeschäfte, eine Eisbahn, die im Sommer zu einer Rollschuhbahn umfunktioniert wurde, und ein riesiger Weihnachtsbaum, der einmal im Jahr neu geschmückt wurde – immer mit den aktuellen Farben der Saison.

Dieses Jahr funkelte und glitzerte er in Blau.

Ab November stand Lukas unter dem riesigen Baum. Er war der einzige Weihnachtswunderland-Mitarbeiter, der nicht nur schlechte Laune haben durfte, sondern bis zu einem gewissen Maß sogar auch sollte, denn er trat als Knecht Ruprecht verkleidet auf, da gehörte ein wenig Grummeln dazu.

Lukas verkaufte strategisch geschickt auf dem Platz direkt neben dem Ausgang in den Wochen bis Heiligabend die echten Weihnachtsbäume. Unechte Bäume gab es selbstverständlich ebenso wie alles andere, was zu Weihnachten gehörte, ganzjährig auf den Verkaufsflächen im Inneren des riesigen Gebäudekomplexes.

Nicht umsonst hieß der Erlebnispark »Weihnachtswunderland – Christmas all over«. Was man hier zum Thema nicht fand, gab es nicht.

Franziska hatte nicht nur eine eigene Entwicklungsabteilung, die alljährlich pünktlich immer sechs Wochen vor dem ersten Advent mit neuen Weihnachtstrends auftrumpfte, sie reiste auch höchstpersönlich mehrere Wochen im Jahr um die Welt, um neue Weihnachtsprodukte aufzuspüren. Und so waren die Verkaufsflächen des Weihnachtswunderlandes immer gut gefüllt.

Die Bereiche waren auf den drei Etagen thematisch geordnet. Innen, Außen, Baumschmuck, Fensterschmuck, Wandschmuck, Kochutensilien, Spielzeug, Mode, Bücher, Weihnachtskarten, Bastelmaterial, Geschenkpapier, Engel, Wichtel, Elfen, festlich edel oder familienfröhlich kunterbunt, für Kinderzimmer, Küche, Wohnzimmer … Es gab Besucher, die im nahe gelegenen Hotel übernachteten, weil die Weihnachtsshopping-Erlebnistour an einem Tag kaum zu bewältigen war.

Die Luft sirrte von Jingle Bells und geschmetterten Hohohos. Poldi beschloss, eine Weile als Eisbär Kinder zu knuddeln, die Fellnase für Fotos hinzuhalten und dabei unauffällig die Lage zu checken. Doch schon nach einer halben Stunde trieb ihn die Punschlust zu Eleonoras Stand.

Die warmherzige Frau stand als Frau Claus verkleidet hinter ihrem Tresen und verkaufte mit so viel Liebe Lebkuchenherzen, Elfenfüße und köstlichen Punsch, dass die Leute wie magisch angezogen zu ihr strömten.

Man konnte fast auf die Idee kommen, dass nicht Eleonora als Frau Claus verkleidet im Topf rührte, sondern sich vielmehr Frau Claus als Eleonora getarnt zwischen die Menschen geschmuggelt hatte. Wie auch immer, hier bei ihr lag eindeutig Weihnachtszauber in der Luft. Für Poldi war dieser Ort mit dem Punschduft und Lebkuchenaroma das Herz des Wunderlandes.

Auf dem Weg machte er noch kurz Zwischenstation bei Ernst, dem Maronenverkäufer. Mit seiner Beute in der Hand wanderte er weiter.

»Hallo, Eleonora.« Er hielt ihr die Maronentüte hin, damit sie sich bediente. »Ganz schön kalt geworden, was? Hast du ein Christkindelglück für mich?«

Das war eine seiner Lieblingssorten unter den vielen Punschvariationen, mit Kirschsaft und Kokosmilch. Er klopfte seine Eisbärhände aneinander.

Frau Claus grüßte Poldi ebenfalls und bedankte sich für die Kastanie. Gleich darauf hielt sie ihm einen Punschbecher hin. Auffordernd lächelte sie ihn an. »Probier den mal. Der macht einen herrlich warmen Bauch. Ein ganz besonderes Rezept!«

Aha, sie hatte also wieder experimentiert.

Normalerweise liebte Poldi Eleonoras Kreationen, aber der gestrige Feuerspuckerpunsch hatte seine Begeisterung für neue Mischungen etwas gedämpft. Misstrauisch beäugte er erst Eleonora, die ihn wie die Unschuld in Person mit roten Wangen anstrahlte, und dann das Gebräu in ihrer Hand. Hinter ihm erklang das Hohoho von Santa Claus, der immer zur vollen Stunde Weihnachtsfruchtgummis an die Kinder verteilte. Es gab Wichtel, Elfen, Rentiere, Nikoläuse, Stiefel, Sterne und Schneemänner.

Die Rolle des Santa hatte die Wunderlandchefin perfekt besetzt, denn Oliver, der in dem Kostüm steckte, war mit seinen knapp zwei Metern und seinem mächtigen Bauch, der von seiner Liebe zu Schweinebraten und Marzipan zeugte, eine beeindruckende Erscheinung.

Im Nu umringten die Kinder den Glocke schwingenden und Hohoho rufenden Mann. Manche drängten sich ganz nah an ihn heran, andere hielten respektvoll Abstand.

Wenn Santa Claus auftauchte, offenbarte sich der kindliche Charakter. Die Forschen zeigten keinerlei Scheu und versuchten so viel abzustauben wie möglich, andere versteckten sich hinter den Eltern, und es brauchte Überredungskunst, bis sie es wagten, dem imposanten Santa Claus die Hand hinzuhalten, damit er eine Süßigkeit hineinlegen konnte. Am Ende aber strahlten immer alle und hatten das besondere Weihnachtsfunkeln in den Augen, das zum Weihnachtswunderland gehörte.

Poldi beobachtete das bunte Treiben, als ihm plötzlich etwas auffiel. »Verflixt!«, entfuhr es ihm. Mit ein paar großen Schritten war er bei Oliver und zupfte einen Aufkleber von dessen Rücken. »Weihnachten – nein danke!« stand darauf. Der Weihnachtsscherzkeks hatte wieder zugeschlagen. Doch sosehr Poldi auch die Menge absuchte, er konnte keinen Verdächtigen ausmachen. Der Kerl hatte sich wieder einmal in Luft aufgelöst.

Poldi schüttelte frustriert den Kopf, ließ das bunte Treiben hinter sich und ging zu Eleonora an den Stand zurück.

»Schon wieder unser Freund?« Eleonora machte eine kurze Bewegung mit ihrem Kinn Richtung Poldis Hand mit dem Aufkleber. Doch er winkte nur ab, zerknüllte den Sticker, den er dem Weihnachtsmann vom Rücken gezupft hatte, und pfefferte ihn in den Mülleimer. Er wollte nicht drüber reden, sonst würden ihm vor lauter schlechter Laune die Maronen im Hals stecken bleiben.

Jetzt konzentrierte er sich wieder auf den Punsch, den Eleonora inzwischen vor ihm abgestellt hatte. Die Wölkchen, die sein Atem bildete, vermischten sich mit dem aufsteigenden Punschdampf.

»Hoffentlich ist er nicht wieder so höllisch scharf wie der gestern«, brummte Poldi und nahm den Becher in die Hand. Für einen guten Punsch war er zwar immer zu haben, aber nur, wenn der ihm nicht die Schleimhaut wegbrannte.

»Ach komm, stell dich nicht an, Poldi. Das passiert nicht wieder. Du weißt doch, dass ich nichts dafür konnte. Ich schwöre dir, das war auch unser *Freund*. Es muss dieser Depp gewesen sein, eine andere Erklärung hab ich nicht. Komm, trink! Ich hab extra vorgekostet.«

Doch so schnell war Poldi nicht überzeugt, er fixierte Eleonora mit zusammengezogenen Augenbrauen.

»Himmel, Poldi, schau mich nicht so vorwurfsvoll an. Es ist mir schon peinlich genug. Ich weiß wirklich nicht, wie er extra Chilipulver in den Punsch tun konnte, ohne dass ich es gemerkt habe. Aber noch mal schafft er das sicher nicht! Und ich schwöre dir, den erwisch ich, und dann zieh ich ihm die Ohren lang, dass er als Weihnachtshase gehen kann, darauf kannst du dich verlassen.«

Ja, sie hatte natürlich recht. Es musste dieser verflixte Weihnachtsscherzkeks gewesen sein. Langsam hatte Poldi echt die Nase voll. Er konnte schon nicht mehr zählen, wie viele »Weihnachten – nein danke!«-Aufkleber er mittlerweile entdeckt hatte. Meist rief er jemanden vom Reinigungsdienst, manchmal kratzte er die Dinger auch direkt selbst ab – oder pflückte sie, wie gerade eben, den Leuten vom Rücken. Die Sticker waren wirklich schon lästig genug, aber dass er auch den Punsch verdorben hatte, nahm Poldi persönlich. Das ging zu weit. Und es tat ihm von Herzen leid, dass er anfangs Eleonora verdächtigt hatte.

Sie würde nie wissentlich jemandem Schaden zufügen. Eigentlich wusste er das. Aber ihr Feuerspuckerpunsch hätte ihm beinahe Zunge und Speiseröhre weggeätzt. Nicht einmal das sofort hinterhergeschobene Lebkuchenherz hatte den Schmerz lindern können. Über Stunden hatte Poldi nichts mehr geschmeckt, und – was weit schlimmer war – er hatte nicht mehr klar denken können. Die Schärfe hatte seine Hirnzellen angefressen, zumindest hatte es sich so angefühlt. Und das ihm – dem Sicherheitschef! Aber gut, Schwamm drüber. Er war ja schließlich kein Feigling, und Eleonoras Punschrezepte erwiesen sich normalerweise durchaus als Geschenk für den Gaumen. Also gab er sich einen Ruck.

»Na dann. Was ist es denn heute?«

Doch Frau Claus hob nur die Brauen und legte den Kopf schief. »Ich nenne ihn Seelenwärmerpunsch. Sag du mir, was drin ist.«

Dieses Spiel spielten sie, seit Poldi vor Jahren im Weihnachtswunderland angefangen und seine Leidenschaft für Punsch entdeckt hatte. Eleonora mischte die tollsten Kreationen, und Poldi versuchte herauszuschmecken, was alles drin war. Seine Trefferquote lag bei fünfundachtzig Prozent, sie machte es ihm aber auch verflixt schwer.

Neugierig schob er sich die Eisbärmütze in den Nacken und schnupperte vorsichtig an dem heißen Gebräu. Roter Traubensaft und Apfelsaft, vermutete er. Hm, zumindest schien der Dampf chilifrei zu sein. Ingwer? Ja, doch, das könnte sein. Poldi nippte erst einmal ganz wenig an der heutigen Überraschungsmischung.

Hm! Woah! Das war … schnell nahm Poldi noch einen Schluck … himmlisch! Ein wohliges Seufzen drang über seine Lippen. »Eleonora! Das ist …«

Er suchte nach dem passenden Ausdruck, aber wie bitte sollte man das Punschhimmelreich in Worte fassen? Verzaubert beugte er sich über den Becher, fing den Dampf auf und versuchte die Glück bringenden Ingredienzen zu identifizieren.

Seelenwärmer. Das war der absolut passende Name, denn genau so fühlte sich Poldi – als würde der Punsch seine Seele umarmen.

Eleonora sollte nicht als Frau Claus hinter dem Stand stehen, sondern als weiße Weihnachtshexe, eine, die Träume in Punsch verwandeln konnte.

Verflixt, was war das nur? Zimt? Piment? Nein, eher Vanille – aber nur fast. Es duftete vertraut, aber dann doch wieder nicht.

Während Poldi alle Sinne bemühte, um hinter Eleonoras Rezept zu kommen, mischte sich ein gänzlich unweihnachtliches Zischen und Knistern unter den allgemeinen Trubel. In seiner Konzentration merkte Poldi gar nicht, dass das nicht zur normalen Geräuschkulisse gehörte.

Im nächsten Moment donnerte ein Knall über den Platz, und Poldi taumelte vor Schreck gegen Eleonoras Verkaufsstand. Sein Punsch schwappte ihm über die Hände und landete mit Schwung auf seinen Fellärmeln. Jetzt sah er aus wie ein blutender Eisbär. Bei dem Anblick wurde ihm flau in der Magengegend.

Das ist kein Blut, du Depp!, rief er sich selbst zur Ordnung. Das Magenflattern verschwand.

Menschen schrien. Eltern zerrten ihre Kinder in Sicherheit. Auf dem bis eben von Lachen, fröhlichem Hohoho und Weihnachtsmusik erfüllten Weihnachtswunderlandplatz herrschte Chaos.

»Verdammtc Hacke!«, fluchte Poldi.

Er warf den Becher auf den Tresen, schüttelte kurz die vom heißen Punsch schmerzenden Hände und rannte auch schon los. Im Laufen zückte er sein Handy und rief Jürgen zu Hilfe.

Panik zerstörte funkenschnell die köstliche Vorweihnachtsstimmung. Wo eben noch Glücksrufe über den Platz wehten, gellten nun verzweifelte Schreie durch die eisige Luft. Alle versuchten Schutz zu finden.

Eine Mutter warf sich über ihren Kinderwagen. Mehrere Leute retteten sich hinter Spielbuden, eine Frau kauerte hinter dem Weihnachtsmann und hielt ein blondes Mädchen zitternd umklammert. Selbst unter der Rentierschaukel suchten Menschen Deckung. Im Nu hatte sich der Bereich rund um das riesige Christkind geleert.

Die Weihnachtswunderlandbesucher verharrten in ihrer Angst. Schweigen legte sich über die Szene, nur Frank Sinatra trällerte unbeeindruckt weiter »Let it snow, let it snow, let it snow«.

Die Welt hielt den Atem an und wartete auf etwas – ohne zu wissen, worauf eigentlich.

Als Poldi den Ort des Geschehens erreicht hatte, streckten die ersten Mutigen ihre Nasen aus den Verstecken. Nach und nach krochen die Menschen aus ihren Schlupflöchern hervor und versuchten festzustellen, ob die Gefahr vorbei war und was überhaupt passiert war. Aufgeregtes Flüstern überall.

Poldi scannte mit geübtem Blick die Umgebung. Da lag es, zusammengeschrumpft und stinkend, das Christkind war zu einem undefinierbaren Haufen Plastik mutiert. Poldi begann sofort mit der Befragung. Er wollte von den Menschen erfahren, wer etwas gesehen hatte. Doch die Antwort war immer nur ratloses Kopfschütteln und Schulterzucken.

Hatte der Weihnachtsscherzkeks den Bogen überspannt? Lag irgendwo ein Heckenschütze auf der Lauer? Gab es Verletzte?

Doch alles wirkte unauffällig.

Nur der Gestank von verschmortem Plastik, der sich aus der Wolke über dem Christkindklumpen löste und sich, verdünnt, aber immer noch beißend, langsam ausbreitete, machte Poldi Sorgen.

»Herrschaften, bitte gehen Sie weiter. Räumen Sie den Platz und genießen Sie Ihren Aufenthalt im hinteren Außenbereich oder in den Gebäuden. Haben Sie schon unsere Eisbahn gesehen?« Er zeigte in die Richtung, in die er die Menschen lenken wollte. »Ein Problem mit der Technik. Wir bitten um Entschuldigung und kümmern uns um schnelle Behebung. In wenigen Minuten werden wir aufgeräumt haben, dann geht der Betrieb auch hier wieder weiter.«

Technisches Problem … Poldi hoffte inständig, dass er recht hatte mit der Aussage. Im Augenwinkel sah er Jürgen, der im Laufschritt aus dem Haus und zu ihm herüberstürmte.

»Wir brauchen Absperrband«, erklärte Poldi. »Ich brauch hier Platz.«

Während Jürgen losrannte, um das Geforderte zu besorgen, schob Poldi mit ausgebreiteten Armen die Menschenmenge Meter für Meter rückwärts.

Zögernd löste sich die Versammlung auf. Nur ein paar besonders sensationslüsterne Besucher versuchten sich an das Christkind heranzuschleichen, um ein Selfie mit dem Plastikhaufen zu schießen. Doch damit hatte Poldi gerechnet und stoppte das Treiben umgehend.

Endlich kam Jürgen wieder. Gemeinsam sperrten sie den Bereich weiträumig ab und begannen mit der Spurensuche. Poldi zumindest. Jürgen stand eine ganze Weile vor dem Plastikklumpen, der mal ein Christkind gewesen war, und schien mit den Gedanken weit weg zu sein.

»Was ist? Spricht das Ding mit dir, oder hilfst du mir vielleicht, der Sache auf den Grund zu gehen?«, holte Poldi ihn in die Gegenwart zurück. Jürgen zuckte zusammen, einen Moment wirkte er verwirrt, aber er berappelte sich sofort wieder und begann mit einer gemurmelten Entschuldigung nun ebenfalls damit, sich nach Spuren umzuschauen.

Nur was genau suchten sie eigentlich? Auf diese Frage hatte Poldi keine Antwort.

»Alles, was dir auffällt. Wir sammeln erst und werten dann aus.«

Technischer Defekt oder vielleicht doch ein Attentat? Das galt es zu klären. Poldi alarmierte den Haustechniker, um die Leitungen und den Sicherungskasten zu checken.

# Kapitel 2

Timothy, der Sohn der Chefin, stellte sich neben Lukas, den Weihnachtsbaumverkäufer, der sich die Show ebenfalls nicht entgehen lassen wollte. Die Hände tief in die Taschen seiner Elfenjacke geschoben, stand Tim da, um seine Mundwinkel herum zuckte es verstohlen.

»Krass cool, ein getoastetes Christkind«, raunte er Lukas zu. »Endlich ist mal was los, in dem rosa Plastikweihnachtsschuppen.«

Während er seine Schadenfreude mit Lukas teilte, passte er höllisch auf, dass niemand sonst ihn hörte. Wenn seine Mutter spitzkriegte, wie er sich über den Zwischenfall freute, würde die Weihnachtshölle über ihn hereinbrechen. Vermutlich müsste er zur Strafe wochenlang nach der Schule im Kinderparadies mit den Gören Weihnachtssterne basteln und dabei Rolf Zuckowskis Weihnachtsbäckerei hoch und runter hören.

Die Kids konnten davon nicht genug bekommen, für Tim war es schlicht und einfach Horror im Quadrat!

Das letzte Mal hatte seine Mutter ihn für ein komplettes Wochenende dorthin verbannt. Dabei hatte er nur einem kleinen Jungen erzählt, dass die Rentiere dieses Jahr freihätten. Der Weihnachtsmann brauchte sie nicht, so Tims Behauptung, er hätte zu viel Bohnen gegessen und deshalb auf Furzantrieb umgestellt.

Um die Geschichte noch ein bisschen auszuschmücken, spielte Tim dem Jungen vor, wie der Schlitten bei jedem dicken Pups wieder einen Satz vorwärts nehmen würde. Der Kleine hielt sich den Bauch vor Lachen.

Natürlich waren derartige Weihnachtsscherze im Weihnachtswunderland tabu. Aber hey, ein bisschen Spaß konnte ja wohl kein Schwerverbrechen sein!

Doch als dann der stündliche Auftritt von Santa Claus anstand, schrie der Junge, dem Tim die Furzstory erzählt hatte, die ganze Zeit lautstark: »Der Weihnachtsmann furzt! Santa Claus stinkt!«

Erst als die beschämten Eltern ihren Sohn weggeschafft hatten, kehrte wieder weihnachtlich friedlich-fröhliche Stimmung ein. Dass die Alten sich gleich bei seiner Mutter hatten beschweren müssen, nachdem sie rausgefunden hatten, was beziehungsweise wer in ihren Sohn gefahren war, wurmte Tim bis heute. Bei Weihnachten hörte der Humor auf, echt krass.

Tim trollte sich, er hatte Dienst beim Rentierschlitten.

»Hey, Tim, bevor Poldi kein grünes Licht gibt, kann ich den Schlitten nicht wieder in Betrieb nehmen, das ist eine prima Gelegenheit. Komm, wir nutzen die Zeit und machen die Sitze mal richtig sauber.«

Der Tannenbaum legte die Hände an seine Baumspitze und hob sie hoch. Darunter kam Dominique zum Vorschein, sie klemmte sich den Wipfel unter den Arm und schüttelte ihre roten Locken.

Putzen! Das war ja wieder typisch. Immer bekam er die Arschkarte. Aber so leicht gab er sich nicht geschlagen.

»Du, Dominique, dem Lukas geht's nicht so gut. Der hat voll Rücken. Ischias und so, weißte. Wie wäre es, wenn ich dem ein bisschen helfen würde?«

»Kann es sein, dass du dich vor dem Putzen drücken willst?« Der gelockte Tannenbaum musterte ihn durchdringend und wedelte mit einem der Zapfen, die auf den Händen befestigt waren, vor Tims Nase. »Du bist so ein Macho, Tim, echt. Glaub mir, auch Männerhände vertragen Putzmittel. Ich schwör!«

Als Dominique ihn angrinste, schienen ihre Sommersprossen auf der Nase zu hüpfen. Sie war der süßeste rothaarige Tannenbaum, den Tim kannte. Aber beim Saubermachen hörte der Spaß auf. Außerdem war sie schon zwanzig und damit viel zu alt für ihn.

»Hey, sieh mich an. Seh ich aus, als wäre ich mir zu schade?«

Tim bemühte sich, eine möglichst unschuldige Miene zu zeigen. »Aber du kennst ja unseren Slogan: Jeder für jeden. Wir sind der Geist der Weihnacht. Wir sind das Weihnachtswunderland.«

Normalerweise leierte Tim diesen Spruch mit gelangweilter Stimme runter, doch dieses Mal legte er sich ins Zeug und achtete darauf, dass die Worte den von seiner Mutter ach so geliebten Weihnachtsglitzer, der angeblich in diesen Sätzen steckte, auch transportierten. Zur Not musste man eben auch mal mit dem Christkind tanzen und dabei lächeln. Was er wirklich dachte, ging schließlich niemanden was an, Hauptsache, er musste nicht putzen.

»Was Lukas plagt, ist wohl eher ein Kater.« Dominique lachte und ließ dabei ihre Tannenzweige wippen.

Ein ausgewachsener, wenn Tim an die Fahne dachte, die Lukas vorhin umweht hatte. Dass der grummelige Ruprecht gern und oft in seinen Flachmann schaute, war ein offenes Geheimnis. Aber er hatte vorhin auch von Rückenschmerzen gesprochen und hey, es ging ihm nicht gut, und er konnte Hilfe brauchen. So what? Waren sie etwa von der Moralpolizei?

Tim öffnete die Lippen und wollte gerade zu einer Verteidigungsrede ansetzen, als Dominique einlenkte. »Weißt du was, geh. Hilf Lukas mit den Bäumen und amüsier dich mit dem ollen Grummelruprecht. Ich weiß doch, dass ihr beide immer zusammen ablästert.«

Verdammt! Tim warf sich erschrocken herum. Hoffentlich hatte das niemand gehört.

»Wir? Wie kommst du denn da drauf? Das würden wir –«

»Ja, ich weiß, der Weihnachtsmann ist ein Kinderfresser und das Christkind ein brutaler Rocker gegen euch zwei Unschuldslämmer. Schon recht.« Sie kicherte. »Und jetzt mach dich vom Acker, bevor ich es mir doch noch anders überlege.«

Das Stichwort Christkind gab Tims Laune im Nu erheblichen Auftrieb. Sofort sah er wieder den zusammengeschmurgelten Batzen Plastik vor sich, der vor ein paar Stunden noch ein glitzerndes und leuchtendes Christkind gewesen war. Voll krass genial, die Aktion.

Auf dem Weg zum Weihnachtsbaumverkauf ließ Tim sich Zeit. Er schlug einen Bogen und schlüpfte unter der Absperrung durch, um herauszufinden, wie weit Poldi mit seinen Ermittlungen war.

Ernst nahm er das Getue allerdings null Komma null. Der Eisbär machte voll auf wichtig, dabei war das alles doch eh nur Show. Was wollte er schon ermitteln? Er hatte ja nicht mal ein Spusi-Team an seiner Seite. Nur den doofen Jürgen, der sich so gern aufspielte.

Den konnte Tim so gar nicht leiden. Also anfangs schon, da war Jürgen noch voll cool und lässig gewesen, doch dann hatte er sich Tim gegenüber verändert. Zuerst hatte Tim vermutet, er hätte nur einen schlechten Tag, aber Jürgen blieb ihm gegenüber abweisend. Er behandelte ihn voll wie ein kleines Kind, und außerdem hatte er so einen durchdringenden Blick, Tim fühlte sich immer von ihm beobachtet und in seiner Nähe inzwischen ziemlich unwohl. Meistens ging er ihm aus dem Weg – das Wunderland war zum Glück groß genug.

Wieso sich das so entwickelt hatte, wusste Tim nicht. Er hatte sich das Gehirn zermartert, aber es gab keinen erkennbaren Auslöser.

»Was machst du denn hier?«, tönte wie auf Kommando Jürgens Stimme zu Tim rüber.

Der Hausdetektiv war ein Kerl wie ein Kleiderschrank, automatisch fühlte Tim sich kleiner, als er tatsächlich war. Die vielen Stunden im Kraftraum hatten dazu geführt, dass Jürgen merkwürdig gepumpt und steif daherkam, was den Gesamteindruck nicht angenehmer machte. Mit ein paar großen Schritten war er bei Tim.

»Die Absperrung gilt für alle, los, verschwinde. Du störst uns nur bei der Arbeit und verwischst womöglich wichtige Spuren.«

So ein aufgeblasener Gockel. Wie er seine Brust rausstreckte – dieser Angeber mit seinen affigen Tattoos. Normalerweise mochte Tim Tattoos, aber bei Jürgen nicht. Da mochte er gar nichts – egal, wie cool es war. Bei Jürgen ärgerte er sich nur, dass dessen Rockerbrutalogetue ihn nicht kaltließ. Wie gern wäre Tim ihm gelassener entgegengetreten. Aber offen auf Konfrontation zu gehen, brachte nur Ärger, und so wie Jürgen drauf war, wollte er ihn nicht reizen.

Also hob er beschwichtigend die Hände. »Bleib locker, Mann. Ich wollte nur sehen, ob es schon etwas Neues gibt.«

Aber ganz kampflos klein beigeben wollte Tim dann doch nicht. Wozu war er schließlich der Sohn der Chefin? Deshalb reckte er den Kopf etwas nach oben und ließ ein bisschen den Juniorchef raushängen. Er nahm die Schultern nach hinten und drückte den Rücken durch, in dem Versuch, ein Stück größer zu wirken.

»Meine Mutter möchte sicher wissen, was hier los ist und wie weit ihr seid. Die Absperrung ist gar nicht gut fürs Geschäft.«

Das saß.

Jürgen zuckte ein bisschen zurück. Aber nur für einen Moment. Dann grinste er verächtlich und ging wieder auf Tim los. »Als ob sie dich geschickt hätte, ich hab doch gesehen, dass du beim Rentier –«

»Leute, hört auf hier rumzudiskutieren. Was soll denn das?«, mischte sich jetzt Poldi in die Auseinandersetzung ein. »Jürgen, du wolltest doch die Sachen rund um den Sicherungskasten aufsammeln. Denk dran, jedes Fitzelchen kann wichtig sein. Und jedes Stück in eine eigene Tüte – keine Schlamperei!« Damit wandte er sich Tim zu. »Es war auf jeden Fall ein Kurzschluss. Wir gehen davon aus, dass ein Defekt vorliegt. Aber das muss der Techniker sich ansehen, ich hab ihn schon gerufen, er wird gleich da sein. Die Spurensicherung ist nur eine Vorsichtsmaßnahme, bis die Sache geklärt ist.« Poldi hielt inne und musterte Tim prüfend. »Oder hast du vielleicht irgendwas mitgekriegt? Hast du jemanden gesehen, der sich auffällig benommen hat?

Der um den Sicherungskasten rumgeschlichen ist? Oder um das Christkind?«

Tim tat, als würde er intensiv überlegen. Billiger konnte er seine Arbeitszeit schließlich nicht totschlagen, auch wenn er ganz genau wusste, dass er niemanden gesehen hatte.

»Ein paar Kinder haben drumrum getanzt. Aber die haben dem Christkind wohl kaum so cool eingeheizt.«

Mist! Schon während er noch sprach, merkte er sein Missgeschick bereits.

Prompt zog Poldi die Augenbrauen zu einem dicken Strich zusammen. »Du bist jung, Tim, ich versteh schon, dass du das irgendwie cool findest. Aber erstens war das gefährlich – da hätte viel mehr passieren können –, und zweitens weißt du genau, dass das Weihnachtswunderland alles für deine Mutter bedeutet, also reiß dich lieber ein bisschen zusammen, okay? Es war ein Riesenglück, dass sich bei der entstandenen Panik und beim Versuch, sich in Sicherheit zu bringen, niemand verletzt hat.« Poldi zeigte mit dem Kinn Richtung Absperrband. »Es ist besser, wenn du dich jetzt trollst, bevor du deinen Hintern hier noch in die Nesseln setzt. Du hast doch bestimmt was zu tun.«

Verflixt. Eigentlich hatte Tim darauf gehofft, hier noch ein bisschen von der Show mitzukriegen. Das hatte er sich jetzt mit seinem losen Mundwerk selbst vermasselt. Poldi hatte natürlich recht, und Tim ärgerte sich über sich selbst, weil er seine große Klappe nicht im Griff hatte. Er wusste doch, dass das Wunderkotzland heilig war, und eine heilige Kuh durfte man nun mal nicht anpinkeln. Egal, wie lustig man es fand.

Seine Mutter war eine humorvolle Frau, aber bei diesem Thema lag ihre Spaßgrenze unter null. Was sollte man auch von jemandem erwarten, der von seinem *Baby* sprach, wenn es ums Geschäft ging? Tim hatte so die Nase voll von dem ganzen Weihnachtsrotz. Das war nicht immer so gewesen, aber in letzter Zeit ging es ihm echt auf die Nerven.

Als kleiner Junge waren Tim und seine Mutter ein prima

Team gewesen. Sie hatten von September an die Weihnachtsvorfreude gelebt, Plätzchen gebacken, Weihnachtslieder geträllert und sich Weihnachtskostüme geschneidert. Damals hielt Tim seine Mutter für eine Weihnachtsfee und war stolz darauf, dass ihr Haus immer am schönsten von allen leuchtete, glitzerte und funkelte.

Doch diese Begeisterung hatte er zusammen mit seiner Kindheit abgestreift. Jetzt war er ein Teenie, und die Weihnachtsbesessenheit seiner Alten fand er nur noch peinlich. Würde ihn jemand fragen, was ihn am meisten auf der Welt nervte, würde er ohne Zögern das Weihnachtswunderland nennen. Noch vor Klassenarbeiten und den Mädchen aus seiner Stufe! Das ganze Ding war so voll uncool. Und er war nicht der Einzige, der das so sah. Von seinen Klassenkameraden wurde er bei jeder Gelegenheit deshalb verspottet.

Wenn er den Schuppen irgendwann erben würde, wollte er ihn ordentlich aufmischen, das stand fest. Er hatte schon ein paar Ideen für neue Attraktionen.

Eine Geisterbahn mit Weihnachtsvampiren vielleicht oder einen Weihnachtsmann, der Kindern nur was gab, wenn sie ordentlich fluchen konnten. Einen Weihnachtsschimpfwort-Wettbewerb. Oder einen Weihnachtsliederrülps-Wettbewerb.

Alles jedenfalls, was die rosa Weihnachtswolkenwelt ein bisschen auf Touren brachte. Dann könnten die Jungs, die ihn heute auslachten, sich die Augen reiben, denn das Weihnachtswunderland würde der Knaller werden. Schrill, laut und voll krass genial!

Währenddessen hatte Tim den Baumverkauf erreicht und grüßte Lukas, der sich ehrlich freute über die unverhoffte Hilfe. Die nächsten Stunden würden locker werden, wenigstens musste er bei Lukas nicht so tun, als würde ihm die Glitzerwelt Spaß machen. Er hatte sogar die leise Vermutung, dass Lukas einen ähnlichen Humor hatte wie er selbst. Nein, es war mehr als eine leise Vermutung. Tim würde seinen Hintern drauf verwetten, dass dieser Weihnachtsscherzkeks, der Poldi in letzter Zeit mit seinen Aufklebern so auf die Nerven ging, Lukas war. Aber natürlich würde der das nicht zugeben. Never ever! Musste er auch nicht. Jedenfalls konnte Tim mit dem ollen Brummbär seiner Weihnachtsunlust frönen, ohne gleich gemaßregelt zu werden.

Okay, alles erzählte er ihm auch nicht, aber das war auch nicht nötig. Manches Vergnügen konnte man durchaus auch still für sich genießen.

Tim grinste, als er an das dachte, was er nicht erzählte – vermutlich könnte er, Lukas würde es ziemlich sicher auch witzig finden –, aber nein, in diesem Punkt hielt er lieber die Klappe. Frei nach dem Motto: Der Weihnachtsfeind genießt und schweigt. Es gab schließlich genug andere Dinge zu bequatschen.

Lukas war der einzige Mensch hier im Wunderland, der von Tims Umkrempelungsplänen wusste. Die beiden schwammen genüsslich gemeinsam auf ihrer Anti-Weihnachtswelle.

»Und? Gibt's was Neues? Kennen sie den Grund für den Knall? Du hast doch gerade mit Jürgen gesprochen, wenn ich das auf die Entfernung richtig gesehen hab. Meine Augen sind nicht mehr das, was sie mal waren. Hat der Wichtigtuer was gefunden, oder bläst er sich nur auf?«

»Ach, der Depp. Nur heiße Luft, wie immer. Aber Poldi meint, es sei ein Kurzschluss gewesen. Er wartet auf den Techniker. Sicher ist er aber nicht, deshalb lässt er Jürgen den Dreck aufsammeln und in Tütchen packen und nennt das Ganze *Spurensicherung*.«

Das war genau nach Lukas' Geschmack. Er lachte dröhnend. »Wenn du mich fragst, kann Poldi diesen Jürgen genauso wenig schmecken wie wir und nutzt einfach die Gunst der Stunde, um ihn ein bisschen zu verarschen.«

»Gut möglich. Auf jeden Fall war das eine krasse Aktion. Vielleicht könnte man da ein Event draus machen?«

Einen Moment tauchte Tim in seinen inneren Film ein und sah Christkinder und Weihnachtsmänner, die unter dem Jubel der Menge mit Knall und sprühenden Funken zusammenschmurgelten.

»Wenn ich erst mal das Sagen hab, dann könnte das ein Höhepunkt werden. Immer Punkt zwölf lassen wir eine Weihnachtsfigur hochgehen. Die Kids wären bestimmt begeistert.«

»Hmm«, machte Lukas und kratzte sich seinen Bart. »Der Plastikgestank war aber nicht besonders witzig. Na, is ja noch 'ne Weile hin, bis du das Zepter in die Hand kriegst. Bis dahin fallen dir bestimmt noch bessere Sachen ein. Wart mal ab. Bei dir wird es jedenfalls nicht so 'ne klebrige heile Welt, das seh ich schon.«

»Darauf kannste einen lassen«, bestätigte Tim voller Inbrunst.

Drüben sah er den Tannenbaum auf den Sitzen des Rentierschlittens rumkraxeln und Polster schrubben. Er klopfte sich selbst auf die Schulter, dass er an Lukas' Rückenprobleme gedacht und diese für sich eingesetzt hatte. Putzen war doch echt Weiberkram, und mit Dominique hätte er auch nicht ablästern können.

Gerade beugte sie sich über eine der Lehnen, wobei die auf dem Kostüm aufgenähten Stoffäste verrutschten. Einen süßen Arsch hat sie schon, dachte Tim. Wenn sie nur nicht immer so ausgeprägt weihnachtsvergnügt unterwegs wäre. Voll abtörnend.

Er fragte sich ernsthaft, wie manche dieses ganze honigsüßklebrige Weihnachtsgedöns über Jahre aushalten – ja sogar lieben – konnten. Ihm kamen die rosa Zuckerwatte und das ewige »Rudolph, the Red-Nosed Reindeer« zu den Ohren raus.

Ob der Schneemann mit seiner Plastikkarottennase, drüben vor dem Punschstand, wohl auch so herrlich zerschmurgeln würde? Vielleicht würde er stattdessen explodieren, das wäre bestimmt 'ne Megashow.

Fasziniert von dieser Vorstellung kicherte Tim in sich hinein. Als er im dritten Stock am Bürofenster seiner Mutter einen Schatten wahrnahm, kümmerte er sich vorsichtshalber um die nächsten Baumkäufer, statt sich weiter seinen Anti-Weihnachtsphantasien hinzugeben.

Gekonnt klärte er Opa und Enkel über die perfekte Baumgröße im Verhältnis zur Zimmergröße auf und sprach über die Vorzüge der jeweiligen Baumart.

# Kapitel 3

Nachdenklich sah Poldi Tim nach. Ein bisschen tat er ihm leid, immer nur Weihnachtswunderland konnte für einen Jungen in seinem Alter schon grenzwertig nervig sein. Vermutlich wäre er als Teenie da auch auf die Barrikaden gegangen.

Andererseits war Tim durchaus privilegiert, sozusagen mit einer goldenen Weihnachtskugel in der Hand geboren. Irgendwann würde ihm das alles hier gehören. Spätestens dann würde sich seine Einstellung sowieso drastisch ändern, davon war Poldi überzeugt.

Da die Chefin aber noch lange nicht im Rentenalter war, hoffte er, dass Tim vielleicht auch so bald die Kurve kriegte und seine Anti-Weihnachtshaltung aufgab.

Poldi tippte ohnehin drauf, dass Tims Aufbegehren in Wirklichkeit überhaupt nichts mit Weihnachten zu tun hatte. Hätte seine Mutter einen Schlachthof mit Metzgereibetrieb, wäre Tim in seiner jetzigen pubertären Lebensphase vermutlich rein aus Trotz Vegetarier.

Das Handyklingeln beendete Poldis Gedanken zu Chefin und Juniorchef. Er schaute aufs Display, seufzte und nahm den Anruf an.

»Poldansky«, meldete er sich.

»Herr Poldansky, was ist da unten los? Ich komme gerade von einer Besprechung zurück, ahne nichts Böses und muss beim Blick aus dem Fenster feststellen, dass Sie den Rentierplatz abgesperrt haben. Was um Himmels willen treiben Sie?«

Aha, sie hatte also noch nicht mitbekommen, dass das Christkind einen *Unfall* hatte. Jetzt war Fingerspitzengefühl angesagt, er musste es ihr schonend beibringen.

»Chefin, es tut mir leid. Ich hatte noch keine Zeit, mich bei Ihnen zu melden. Und es hätte auch gar nichts gebracht, weil ich noch keine Einzelheiten kenne.«

»Melden? Einzelheiten? Verflixt, Poldi, jetzt raus mit der Sprache: Was? Ist? Los?«

»Das Christkind hatte einen Kurzschluss.«

Kurz, schmerzlos und auf den Punkt.

Erleichtertes Lachen drang an sein Ohr.

»Himmel, und deshalb machen Sie so einen Aufstand? Dann holen Sie den Elektriker und belästigen Sie die Besucher nicht weiter.«

Ja, klar. Belästigen Sie die Besucher nicht. Offenbar hatte sie die Tragweite des Ereignisses nicht erkannt. Aber selbst wenn, wie gut kannte sie ihn? Dachte sie, er machte sich hier einen Spaß? Langsam, aber sicher wurde Poldi sauer. Wie lange arbeitete er eigentlich schon im Weihnachtswunderland? Fast zehn Jahre waren das! Als ob er je irgendwen belästigt hätte. Im Gegenteil. Er und seine Leute sorgten unermüdlich dafür, dass die Besucher sicher und ohne Störung in den Weihnachtszauber eintauchen konnten.

Seine Stimme klang ein paar Grad kühler, als er der Chefin antwortete. »Frau Fellinger, es tut mir leid. Ich musste erst einmal die Leute loswerden, den Platz absperren und –«

»Papperlapapp!«, unterbrach sie ihn ungeduldig. »Ich will jetzt auf der Stelle wissen, was Sie da unten treiben, ein Kurzschluss ist doch nun wirklich kein solches Drama, dass man gleich alles absperren muss.«

»Wenn der Kurzschluss aber so ordentlich knallt, dass Panik ausbricht und die Besucher Deckung suchen, weil sie fürchten, es wäre ein Anschlag, schon. Und wenn dann im nächsten Moment das Christkind zu einem stinkenden Plastikklumpen zusammenschmurgelt, ist es auch keine Kleinigkeit mehr.« Jetzt kehrte er den Sicherheitschef raus, denn es war seine Verantwortung. »Wir können froh sein, dass die Sache so glimpflich ablief und es keine Verletzten gab. Solange ich die Ursache nicht kenne, bleibt die Absperrung. Sie werden mir sicher zustimmen, dass die Sicherheit der Leute gewährleistet sein muss.«

Okay, sehr einfühlsam war das nun nicht, aber es half ja nichts. Er wurde schließlich nicht für Diplomatie bezahlt.

Wie erwartet keuchte die Chefin entsetzt auf, als sie die ganze Tragweite der Angelegenheit begriff.

Poldi kratzte sich seinen Eisbärnacken und runzelte die Stirn. Er wusste schon, weshalb er das geschmorte Christkind nicht halb so lustig fand wie offensichtlich der Fellinger junior. Wenn es um die Zufriedenheit der Wunderlandbesucher ging, verstand die Chefin keinen Spaß. Aber sie war nicht umsonst Chefin ihres eigenen Weihnachtsimperiums. Im Nu hatte sie den Schreck beiseitegeschoben und verlegte sich wieder darauf, ihm Dampf zu machen.

»Entsetzlich! Ausgerechnet jetzt. Poldi, beeilen Sie sich, damit alles schnell wieder normal laufen kann. Sie wissen doch, wie wichtig es ist, dass unsere Besucher glücklich und zufrieden sind. Wir verkaufen Weihnachten, da haben Probleme und Absperrbänder keinen Platz. Die Leute wollen –«

Zu seiner großen Erleichterung sah Poldi Philipp über den Platz auf sich zukommen.

»Entschuldigung, Frau Fellinger, ich muss Sie unterbrechen. Gerade kommt der Techniker, ich muss mich jetzt hier um die Angelegenheit kümmern. Sobald es möglich ist, komme ich zu Ihnen ins Büro. Dann bekommen Sie einen ausführlichen Bericht.«

»In Ordnung. Tun Sie, was getan werden muss. Und tun Sie es zügig!« Damit klickte es, und die Verbindung war unterbrochen.

Als ob das Problem nicht nervend genug wäre, mit der Chefin im Genick erhöhte sich der Druck deutlich.

»Hey, Philipp, gut, dass du da bist. Guck dir das mal an.«

Philipp kniete sich hin und fuhr mit den Fingern über die geschmolzene Plastikfigur. Nachdenklich rieb er sich das Kinn.

»Da stimmt was nicht, Poldi. Bei einem Kurzschluss hätten die Sicherungen sofort rausspringen müssen. Das sieht nach Sabotage aus.« Er blickte nach links und rechts, als hoffte er, den Saboteur zu entdecken. »Komm, wir gehen mal zum Sicherungskasten.«

Hinter ihnen zerrte ein Vater seinen Sohn gerade vom Platz. Der etwa fünfjährige Junge schrie Zeter und Mordio und stemmte sich mit den kleinen Beinchen so fest er konnte in den Boden.

»ICHWILLABERAUFDENRENTIERSCHLITTENDU-HASTESMIRVERSPROCHENICHWILLABERNICHTWEITER-GEHENMAAAAMMMMAAAAA!« Zwischendurch überschlug sich die Stimme des Kleinen.

Der Vater bemühte sich nach Kräften, das Kind zu beruhigen. Der Weihnachtsengel von der Wurfbude kam und streckte dem Jungen ein kleines Stoffrentier hin, doch der Zwerg schleuderte das Geschenk auf den Boden und stampfte mit den Füßen.

Sein Gesicht war zwischenzeitlich vom Schreien und Schluchzen purpurrot angelaufen. Es handelte sich ohne Zweifel um einen ausgewachsenen Tobsuchtsanfall, wie Poldi lange keinen mehr gesehen hatte. Das Geschrei ließ nur nach, wenn der Kleine Luft holen musste.

Natürlich zog das Spektakel Neugierige an.

Leute blieben stehen und starrten zum Teil verstohlen, manche auch gänzlich ungeniert, zu dem Kind und dem verzweifelten Vater. Einige Mienen zeigten Mitgefühl, auf anderen Gesichtern sah man die Erleichterung, dass es nicht das eigene Kind war, das hier eine Show hinlegte.

Eleonora kam über den Platz und ging vor dem tobenden Jungen in die Knie. Sie hatte einen Punschbecher in der Hand und sprach auf den Tobsuchtzwerg ein. Tatsächlich schaffte sie es. Er schluchzte noch ein paarmal, dann nahm er Frau Claus den Becher aus der Hand und nippte. Sie redete weiter mit ihm, er nickte und nahm noch einen Schluck.

Da von der Heulerei seine Nase lief, schniefte der Kleine laut und zog den Jackenärmel unter der Nase durch. Eleonora hatte mit ihrer besonderen Zauberkraft ein Wunder vollbracht.

Doch die Erleichterung währte bei Poldi nur kurz, denn insgesamt wurde die Situation immer unangenehmer für ihn.

»Komm, wir beeilen uns besser. Wenn die Chefin das Theater mitkriegt …« Automatisch zog Poldi das Genick ein. Sein Blick wanderte nach oben zum Fenster von Franziska Fellinger, der Schatten, den er dahinter ausmachte, sagte ihm, dass sie das Theater sehr wohl mitkriegte. Verflixt. Hatte er sich nicht gerade erst heute Morgen darüber gefreut, dass alles ruhig lief und es nur wenige sicherheitsrelevante Vorfälle gab? So schnell konnte der Wind sich drehen.

Poldi wusste selbst, dass unglücklich weinende Kinder nicht die beste Reklame für die watteweiche Weihnachtszuckerwelt waren, aber was für ihn nur ärgerlich war, bedeutete für die Chefin eine Katastrophe. Es war klar, dass ihr jede durch die Absperrung verursachte Kinderträne körperliche Schmerzen bereitete, und das lag ihm schwer im Magen.

Seit er die Stelle angenommen hatte, war es sein Bestreben, Ärger von seiner Chefin fernzuhalten und alles zu tun, dass es ihr gut ging. Irgendwie beeindruckte es ihn, wie sehr sie sich für ihren Traum einsetzte. Sie hatte ihr ganzes Leben dem Weihnachtswunderland verschrieben. Und für ihn war es nicht nur Pflicht, sondern eine Herzensangelegenheit, sie dabei zu unterstützen.

»Oha«, tönte Philipp aus den Tiefen des Kastens.

Er hatte, während Poldi die Lage im Auge behielt und sich seine Gedanken zu den Vorfällen und deren Auswirkungen machte, den Sicherungskasten aufgeschlossen, und ganz offensichtlich gefiel ihm nicht, was er entdeckte.

»Sag ich doch: Das war kein normaler Kurzschluss. Poldi, schau dir das an.«

Mit zwei Schritten stand Poldi neben Philipp, und für den Fluch, der ihm über die Lippen rutschte, hätte es einen ordentlichen Anschiss gegeben, wenn die Chefin ihn gehört hätte.

»Sabotage«, tönte Jürgen, der sich still und heimlich zwischen die beiden geschoben hatte.

Philipp nickte. »Von allein sind die Kaugummis jedenfalls nicht unter die Klappsicherungen geflogen«, kommentierte er.

»Gib mir mal Beweisbeutel!« Poldis Stimme klang merkwürdig tonlos.

In seinem Kopf ratterten die Gedanken wild durcheinander. Ein Anschlag war eine andere Hausnummer als ein paar Taschendiebstähle oder die verflixten Anti-Weihnachtsaufkleber. Hatte der Täter es nur auf das Christkind abgesehen? War es ein dummer Streich gewesen, oder war das erst der Anfang einer Anschlagsserie? Hatte der Weihnachtsscherzkeks seine Grenzen verschoben? Konnte es sein, dass der Kerl – wieso auch immer, aber Poldi ging stark davon aus, dass es ein Kerl war – einen immer größeren Kick suchte? Bei dem Gedanken lief ihm ein eiskalter Schauer über den Rücken.

Er musste unbedingt mit der Chefin sprechen. Konnten sie den Betrieb einfach weiterlaufen lassen, oder musste das Wunderland gar evakuiert werden?

Auf jeden Fall musste er die Spuren sichern, für alle Fälle.

Unten im Sicherungskasten lagen Plastikkrümel – die wanderten in einen Beutel. Dann nahm er einen zweiten Beutel und barg die unter die Sicherungen geklemmten Kaugummis. Ein Kaugummipapier, das neben den Plastikkrümeln auf dem Boden des Kastens lag, hob er ebenfalls auf. Die Tüten wurden mit dem genauen Fundort beschriftet.

»Der hier«, Philipp deutete auf den Kaugummi, den Poldi gerade vom Kastenboden geklaubt hatte, »der hat das Schlimmste verhindert. Wenn der nicht runtergefallen wär, na, ich weiß nicht … gut möglich, dass der Kasten ein hübsches Feuerwerk abgelassen hätte. Wenn du mich fragst, wir sind mit dem kaputten Christkind noch ganz gut weggekommen.«

Poldi nickte. Er musterte die drei Sicherungen, über die das Christkind abgesichert gewesen war, mit grimmigem Blick. Was alles hätte geschehen können – daran wollte er gar nicht denken. Vor allem, was danach passiert wäre. Das Christkind konnten sie runterspielen, da würde kein Journalist eine Story wittern. Ein funkenschlagender Sicherungskasten, ein Feuerwehreinsatz und vielleicht verletzte Besucher – das wäre allerdings ein gefundenes Fressen für die Presse gewesen. Darauf hätten sie sich mit Heißhunger gestürzt.

»Sag mal, wie lang kleben die Kaugummis da wohl schon? Ich mein, wie lang hat es ungefähr gedauert, bis es zum Kurzschluss kam?«

»Puh. Schwer abzuschätzen«, sagte Philipp. »Eine, maximal zwei Stunden, würde ich denken.«

Zwei Stunden also. Verflixt. Was gäbe er dafür, hier eine Überwachungskamera zu haben. Dann wäre der Fall im Handumdrehen gelöst.

»Hast du es?«, fragte Philipp jetzt. »Wenn du fertig bist, dann lass mich mal ran. Ich klemm das Christkind ab, und wir können den Betrieb wieder normal laufen lassen. Ich ruf meine Jungs, damit sie den Müll wegräumen. Und sie sollen eine Ersatzfigur aufstellen. Wenn ich mich nicht irre, haben wir noch einen Rudi im Lager.«

»Okay, dann los. Jürgen, gehst du wieder rein und drehst deine Runde. Nicht dass die Taschendiebe ihre Chance wittern. Philipp, du kümmerst dich hier um alles, ich verlass mich auf dich.«

Er konnte nur beten, dass die Entscheidung richtig war. Auf jeden Fall musste er jetzt umgehend mit der Chefin reden und abklären, wie sie weiter vorgehen wollten. Danach würde er Schorsch anrufen.

Vielleicht gab es ähnliche Attentate anderswo?

Gedankenversunken tastete Poldi über seine Brusttasche, da fiel ihm etwas ein.

»Jürgen, gib mir mal noch deine Beweistüten, damit ich alles beisammenhab.«

Mit festen Schritten überquerte er gleich darauf den Hof.

Eleonora lächelte die junge Frau an, die sich gerade sehr begeistert einen zweiten Becher Christkindelglück gekauft hatte.

»Dieser Punsch ist einfach unglaublich gut! Woher haben Sie nur die Rezepte? Kann man sich so etwas auch zu Hause machen?«

Sie konnte nicht mehr sagen, wie oft sie das schon gefragt worden war. Vielleicht sollte sie doch endlich mal mit der Chefin über ein Weihnachtswunderland-Punschrezeptbüchlein sprechen, das wäre ganz sicher eine tolle Bereicherung. Die Leute wüssten es bestimmt zu schätzen. Und sie könnte sich damit einen lang gehegten Traum erfüllen: ein eigenes Buch!

Doch schon im nächsten Moment hüpften ihre Gedanken wieder über den Platz zu Poldi, Jürgen und dem zerstörten Christkind.

Wie konnte es einen derartigen Kurzschluss geben, dass es solche Folgen hatte? Die Menschen waren richtiggehend durcheinander gewesen. Dieses arme Kind, das so geweint hatte. Zum Glück hatte sie den Kleinen beruhigen können.

»Mischa, schieb bitte die nächsten Herzen in den Ofen, wir brauchen bald wieder Kekse«, bat sie den Wichtel, der ihr heute am Stand zur Hand ging.

Mischa hatte gerade erst Abitur gemacht und wollte noch ein bisschen das Leben genießen, bevor er mit einem Studium begann. Deshalb jobbte er, um im Frühjahr eine Weltreise machen zu können. Er hatte vor zwei Monaten angefangen, im Wunderland zu arbeiten.

Eleonora hatte den Verdacht, dass der junge Mann noch reichlich grün hinter den Ohren war. Für ihren Geschmack nahm er den Job hin und wieder etwas zu sehr auf die leichte Schulter. Aber er war sehr charmant und immer fröhlich, das mochte Eleonora sehr. Unterm Strich konnte sie mit Mischa als Unterstützung durchaus zufrieden sein. Wenn viel Betrieb war, brauchte es einen Helfer, der sich um Nachschub kümmerte und den Ofen im Blick behielt. Anfangs wollte Eleonora das alles allein machen, doch nach der dritten Ladung verbrannter Elfenfüße hatte sie eingesehen, dass sie eben doch nicht Superwoman war.

Während sie auf Kundschaft wartete, holte Eleonora sich ein Blech Elfenfüße und begann, die halben Mandeln, die als Fußnagel jeweils auf dem großen Zeh lagen, mit Lebensmittelfarbe einzupinseln.

»Du hast wieder vergessen, die Kekse umzudrehen, Mischa. Wenn du sie immer gleich auf das Blech legst, haben wir am Ende lauter rechte Füße, das ist nicht schön.«

»Tut mir leid, Eleonora«, kam es prompt zerknirscht vom Wichtel. Aber dann hellte sich seine Miene auf. »Weißt du was? Ich mach die nächste Fuhre nur mit linken Füßen, dann passt es wieder.«

Das war eine gute Idee. Aber selbst wenn Eleonora die Hälfte der Füße hätte umdrehen müssen, wäre sie ihrem Helfer nicht ernsthaft böse gewesen. Sich zu ärgern ging gegen ihr Naturell. Sie wollte sich viel lieber freuen, und sie liebte es, wenn sie die Leute verwöhnen konnte. Deshalb verstand sie sich auch mit Poldi so gut. Er war ein Schatz, und er ließ sich nur allzu gern von ihr in den Punschhimmel heben. Außerdem mochte sie es, dass er aufgeschlossen war. Er rümpfte nicht immer gleich die Nase, wenn ihre Rezepte auch manchmal etwas außergewöhnlich waren. Dass er bei dem Feuerspuckerpunsch seine Grenze erreicht hatte, ging ja nicht auf ihr Konto. Ihr Punsch hatte ursprünglich eine durchaus erträgliche Schärfe. Niemand hatte ahnen können, dass der komische Scherzkeks zuschlagen würde.

Poldi tat ihr zwar leid, aber als Eleonora an sein Gesicht dachte, wie es sich langsam verfärbt hatte und ihm der Schweiß auf seiner Stirn stand, musste sie doch ein bisschen lachen. In einem Comic hätte er vermutlich aus den Ohren und Nasenlöchern gequalmt. So wie er gekeucht und nach Süßkram gegriffen hatte, hatte selbst im realen Leben nicht viel bis zum Qualm gefehlt. Zuerst hatte sie sich sehr gewundert, doch als sie ihren Punsch dann selbst ganz vorsichtig gekostet hatte, wusste sie, was passiert sein musste, und tat ihr Möglichstes, um Poldis Schleimhäute zu retten. Noch immer fragte sie sich, wer es geschafft hatte, den Trank zu verderben. Sie musste besser aufpassen.

Gerade wie sie so dastand, Elfenfußnägel lackierte und darüber nachdachte, kam Poldi über den Platz zu ihr. Er sah besorgt aus.

»Alles wieder in Ordnung?«, fragte Eleonora. Sie hoffte so sehr, dass er lächeln und nicken würde, doch Poldi wiegte abwägend den Kopf hin und her.

»Das wird sich zeigen, meine Liebe. Irgendwie hab ich ein ganz blödes Gefühl bei der Sache. Ein Unfall war das jedenfalls nicht, da bin ich mir sicher. Ich hoffe auf einen dummen Jungenstreich. Aber irgendwie grummelt es in mir. Es könnte sein, dass unser Scherzbold langsam aus dem Ruder läuft. Das ist nicht gut. Gar nicht gut.«

»Aber wer sollte so etwas machen?« Sie konnte sich beim besten Willen nicht vorstellen, wer so eine Dummheit machen würde. Das war auch für den Witzbold eine Nummer zu viel. Hier im Wunderland war die Welt doch in Ordnung. Es gab keinen Grund für derart derbe Scherze.

»Hast du vielleicht irgendetwas beobachtet?« Poldi sah Eleonora auffordernd an. »Überleg bitte ganz genau. Gab es Jugendliche, die ohne Begleitung hier herumgeschlendert sind? Alles, was irgendwie nicht ganz normal war, könnte uns weiterhelfen.«

Eleonora ließ den Farbpinsel sinken, mit dem sie immer noch Fußnägel anmalte, und dachte nach. Akribisch ließ sie die letzten Stunden Revue passieren. Aber da war nichts. Keine Jugendlichen. Keine Besucher, die irgendwie aus der Masse herausstachen.

Sie zuckte die Schultern und schüttelte den Kopf. »Tut mir leid. Nichts. Ich würde dir wirklich gern helfen, Poldi, aber es war nichts.«

Poldi, der sie voller Erwartung bei ihrer Grübelei beobachtet hatte, sackte leicht in sich zusammen. »Wäre ja auch zu schön gewesen«, brummte er.

Armer Kerl! Um diese Last auf seinen Schultern beneidete Eleonora ihn wirklich nicht.

»Kann ich dich mit einem Punsch aufheitern?«

Poldi winkte dankend ab. »Keine Zeit. Ich wollte dir nur kurz Bescheid geben. Der Platz ist in ein paar Minuten wieder frei, und die defekte Figur wird ausgetauscht. Der Betrieb läuft also gleich wieder normal weiter. Ich geh jetzt mal hoch zur Chefin. Mal sehen, was sie zu der Sache sagt.«

Die arme Frau Fellinger! Bestimmt war sie außer sich. Das Weihnachtswunderland war ihr Ein und Alles.

»Sei behutsam, Poldi. Du weißt, wie empfindlich sie ist, wenn es um das Wunderland geht.«

Poldi brummte in sich hinein, dann sah er zu Eleonora. »Und wie bitte schön sagt man behutsam, dass jemand die Sicherungen manipuliert hat und der Kurzschluss Absicht war?«

»Du machst das schon. Das weiß ich.« Eleonora beugte sich über den Tresen und schob Poldi einen Elfenfuß zwischen die Lippen. »Dann auf. Bring es hinter dich.«

Sie sah ihm nachdenklich nach, wie er mit hängenden Schultern auf den Eingang zuschlurfte. Es war bewundernswert, mit welcher Leichtigkeit er ansonsten die Geschicke rund um die Sicherheit des Weihnachtswunderlandes lenkte. Aber dieser Gang fiel ihm sichtlich schwer. Er tat Eleonora gehörig leid. Wie schade, dass sie ihm so gar nicht helfen konnte.

Sie seufzte und bewegte den Kopf, als wollte sie die Gedanken wegschütteln. Er kriegte das hin. Wenn das jemand konnte, dann Poldi.

»Guten Tag, ich hätte gern ein Herz. Darf ich mir die Sprüche ansehen?«

Der nächste Kunde lenkte Eleonora ab. Sie konzentrierte sich wieder darauf, Weihnachtszauber zu versprühen und ihre Kundschaft zu verwöhnen. Poldi würde sicher später zurückkommen und sie auf den neuesten Stand bringen.

Nach dem kurzen Halt bei Eleonora ging Poldi in das Gebäude und stapfte die Treppe aufwärts. Normalerweise taten ihm die Gespräche mit Eleonora immer gut, doch heute hatte es leider nicht geholfen. Am liebsten hätte er noch einen Punsch getrunken und das Gespräch mit der Chefin etwas länger hinausgezögert. Aber sich unter dunklen Wolken zu ducken, schützte ja auch nicht vor Regen. Er war der Sicherheitschef, und er musste sich seiner Aufgabe stellen.

Vor der Tür der Chefin holte er einmal tief Luft, bevor er klopfte.

# Kapitel 4

»Ich wusste ja, dass die Wichtel super sind. Aber sooo ein Angebot!«

Franziska, wie immer in ihrem selbst entworfenen Mütterchen-Frost-Kostüm, drehte sich so schwungvoll einmal um sich selbst, dass ihr fast die Krone vom Kopf rutschte. Dann umarmte sie Paul und gab ihm einen laut schmatzenden Kuss auf die Wange.

»Ich bin so glücklich. Damit ist die Wunderlanderweiterung auch ohne Bankzusage gesichert.«

»Die Amis haben offensichtlich Geschäftssinn. Das müssen wir feiern! Gehst du heute Abend mit mir essen?«

Franziska schloss die Tür auf und strahlte Paul an.

Er war nicht nur ihr bester Freund, sondern gleichzeitig auch ihr Architekt und heute für eine Vorbesprechung mit ihr verabredet. Sie wollte ihm erläutern, wie sie sich den neuen Weihnachtswunderlandzuwachs vorstellte, und von ihm hören, ob sich das so, wie sie es im Kopf hatte, umsetzen ließ. Die beiden hatten sich auf dem Weg ins Büro im Aufzug getroffen. Paul kam von einer Geschäftsreise und war direkt vom Flughafen ins Wunderland gefahren, und Franziska hatte ihm sofort von den grandiosen Gesprächen mit den Amerikanern berichtet.

»Weihnachtszauber, mein Lieber. Das ist der Schlüssel. Ich bin immer noch richtig geflasht. Weißt du, es ist für mich jedes Mal wie ein Wunder, wenn ich es schaffe, jemanden mit meiner Weihnachtsliebe zu infizieren, und spüre, wie diese spezielle Energie die Menschen erfasst. Auch wenn es nicht immer ganz einfach ist. Aber heute – ich sag dir, ich habe den Zauber nur so versprüht. Die Amis hatten gar keine Chance, sie mussten einfach zugreifen.«

Die Sitzung hatte etwas länger gedauert als geplant, aber jede

Minute hatte sich gelohnt. Es waren Lizenzverhandlungen zu einer ihrer Weihnachtserfindungen – einem kleinen Wichtelroboter. Das war ihr neuester Clou. Sie hatte die Idee gehabt, und die Wunderland-Entwicklungsabteilung hatte überragend gute Arbeit geleistet.

Die heutigen Verhandlungen hatten gezeigt, dass sich der kleine Wichtelroboter zu einem richtig dicken Weihnachtswurf entwickelte, denn die Amerikaner hatten ein Angebot gemacht, das Franziskas kühnste Hoffnungen übertroffen hatte.

»Du bist phantastisch, das hab ich dir schon so oft gesagt. Aber Weihnachtszauber oder Geschäftssinn, das ist letztlich doch egal, Hauptsache, sie haben angebissen. Was ist? Feiern? Essen gehen?«

Paul strich mit dem Handrücken über Franziskas Wange und lächelte sie fragend an. Sie kämpfte einen Moment mit sich, dann nahm sie seine Einladung an.

»Essen wäre wundervoll. Aber ich kann hier nicht vor acht weg.«

In Pauls Augen blitzte Freude auf. »Acht Uhr ist perfekt.«

Franziska wusste, dass er gern öfter mit ihr ausgehen würde, aber sie hatte einfach immer viel zu viel zu tun. Das Wunderland beanspruchte sie mit Haut, Haaren und Krone.

»Wir könnten in das ›La Boheme‹ gehen. Was meinst du? Ein Sternemenü für den durchstartenden Weihnachtswichtel? Für deinen neuen Stern am Weihnachtshimmel? Das ›La Boheme‹ ist zwar immer auf Wochen ausgebucht, aber hey, ich bin schließlich mit dem Chef befreundet – Johann wird sicher einen Platz für uns haben.«

Ein neuer Stern am Weihnachtshimmel – wie treffend Paul das formulierte. Für Franziska konnte es nicht genug Sterne geben, nicht genug Weihnachtszauber, nicht genug Glitzer und Weihnachtsfunkeln. Sie wusste, dass viele Leute heimlich den Kopf über sie und ihre Weihnachtsliebe – böse Zungen sprachen von Besessenheit – schüttelten, aber das interessierte sie nicht. Jeder sollte auf seine Art glücklich werden dürfen. Und sie lebte hier ihren persönlichen Traum vom Glück und teilte ihn sogar mit anderen Menschen – daran konnte doch nichts falsch sein.

Diese Saison würde sie alle Rekorde brechen. Besucherzahlen, Verkäufe, Lizenzeinnahmen – alles entwickelte sich exponentiell nach oben. Franziska schwebte auf ihrer Weihnachtswolke, und sie freute sich darauf, mit Paul zu feiern. Gut gelaunt tänzelte sie zu der Fensterfront, um ihr Baby zu bestaunen.

»Das ist eine gu…« Das nächste Wort blieb ihr in der Kehle stecken und verwandelte sich dort in ein fassungsloses Krächzen.

Sie hatte die Absperrung auf dem Rentierplatz entdeckt. Das durfte doch wohl nicht wahr sein!

Ohne lange zu überlegen, schnappte sie sich das Handy und rief ihren Sicherheitschef an. Doch was er zu berichten hatte, war nicht dazu angetan, sie zu beruhigen.

Paul hatte kurz nach unten geschaut, sich dann in einen der Sessel gesetzt und dem Gespräch gelauscht – zumindest ihrem Teil des Gesprächs, den Rest fasste sie gleich darauf für ihn zusammen.

Nach dem Telefonat tigerte Franziska am Fenster auf und ab und knetete dabei ungeduldig ihre Hände.

»Das wird schon nicht so schlimm sein, mach dich doch nicht verrückt. Komm, setz dich zu mir.«

Doch Franziska gab ihm keine Antwort, sie war zu sehr damit beschäftigt, sich auszumalen, wie negativ sich das Absperrband auf die Weihnachtslaune der Besucher auswirkte. Und auf den Umsatz.

Paul nutzte die Zeit, um Johann anzurufen.

»Wie ich es vermutet habe, sie sind eigentlich ausgebucht, aber für gute Freunde findet sich eben immer noch ein freies Eckchen. Wir haben unsere Plätze.« Zufrieden grinste Paul Franziska an. »Johann bietet ein fünfgängiges Weihnachtsmenü an, das ist doch genau das Richtige für uns. Was meinst du?«

»Was?«

Wie aus einer Trance schreckte Franziska hoch. Eben hatte sie sich noch darauf gefreut, den Abend mit Paul zu verbringen, doch da hatte sie auch noch nicht gewusst, dass es im Wunderland Probleme geben würde. Wie sollte sie angesichts dessen über ihr Privatvergnügen nachdenken?

»Ach so. Ja, mal sehen. Erst muss ich wissen, was da unten los ist. Ich kann jetzt wirklich nicht über ein Essen sprechen oder irgendetwas planen. Ich werde hier gebraucht.«

»Das verstehe ich. Aber bis heute Abend hat sich die Angelegenheit sicher längst geklärt. Mach dir nicht so viele Sorgen. Ich bin für dich da, und natürlich unterstütze ich dich, wenn hier Not am Mann ist. Und wenn es wirklich nicht klappt: Essen gehen können wir notfalls auch noch an einem anderen Tag.«

Der finstere Gesichtsausdruck Pauls passte nicht so recht zu seinen Worten, aber Franziska war viel zu sehr mit sich und ihren Ängsten beschäftigt, als dass ihr das aufgefallen wäre.

Die Minuten verstrichen, zogen sich, als wäre die Zeit plötzlich eine zähe Masse. Von unten drang das schrille Weinen eines Kindes bis zu ihnen hoch.

»Hör dir nur das Geschrei an! Ich werde noch wahnsinnig! Was macht er nur so lange?«

»Seine Arbeit«, kommentierte Paul trocken. »Und das sollten wir auch tun. Deshalb bin ich schließlich hier. Mit deiner Hin-und-her-Rennerei machst du es auch nicht besser. Er wird schon zu dir kommen, wenn er alles erledigt hat und dir mehr zu dem Vorfall sagen kann.«

Paul steckte die Hand in seine Jacketttasche und holte einen Kaugummi raus, den er in Seelenruhe auswickelte und sich in den Mund schob.

Wie konnte Paul nur so gelassen bleiben?

Im ersten Moment wollte Franziska aufbrausen, doch dann stieß sie die Luft aus, die sie angehalten hatte, und gab nach.

»Du hast recht. Lass uns über das Hotel sprechen.« Sie ging

um ihren Schreibtisch herum, holte eine Mappe und setzte sich zu Paul an den Besprechungstisch. »Sieh dir das mal an, Paul. Was meinst du, wäre das genehmigungsfähig?« Damit schob sie ihm einen Schwung Blätter, auf denen sie ihre Ideen zum weiteren Ausbau des Wunderlandes skizziert hatte, über die blank polierte Tischplatte zu.

Da immer mehr Gäste gern länger als einen Tag bleiben wollten, lag es auf der Hand, sich um ein betriebseigenes Weihnachtswunderlandhotel zu kümmern. Natürlich mit weihnachtlichem Wellnessbereich für die Erwachsenen und einem Spieleparadies für die Kleinen.

Auch wenn die Planung gerade erst begann, sah Franziska den neuen Wunderlandbereich bereits vor sich. Sie würde Eventwochen veranstalten mit extra dazu eingeladenen Sterneköchen. Die Gäste könnten sich verwöhnen lassen und gleichzeitig für das Fest zu Hause Inspiration finden. Vielleicht wären Weihnachtskochkurse ein lukrativer zusätzlicher Zweig? Wie tranchierte man eine Weihnachtsgans? Mit welchen Kniffen konnte man ein Dessert zu einem krönenden Festmenüabschluss machen? Weihnachtskekse selbst zu backen war auch eine Kunst, die es neu zu wecken galt. Weg von Fertigplätzchenteigen aus dem Supermarktkühlregal!

Allein bei dem Gedanken an diese Convenience-Food-Sünden schauderte Franziska. Der Geist der Weihnacht, vorgefertigt im Kühlregal – da ging doch der gesamte Zauber verloren.

Wie sehr hatten Tim und sie es immer geliebt, gemeinsam in der Küche zu stehen und die tollsten Plätzchenorgien zu feiern. Sie seufzte. Wie schade, dass ihr dafür keine Zeit mehr blieb. Sie war viel zu beschäftigt damit, anderen Menschen das Weihnachtswunder nahezubringen, wie sie mit leisem Bedauern feststellte. Andererseits hätte Tim ohnehin kein Interesse mehr an gemeinsamen Backstunden mit ihr gehabt. Diese Zeiten waren vorbei.

Wann war ihr Sohn eigentlich vom liebenswerten Kind zum bockigen Teenager mutiert? Franziska konnte den Zeitpunkt nicht benennen, es war ein schleichender Prozess gewesen. Heute stand eine mit Stacheldraht gesicherte Mauer zwischen ihr und Tim, errichtet und aufrechterhalten von ihm.

Auch wenn Franziska sich bemühte, die Stacheln weihnachtlich zu schmücken und glitzern zu lassen, taten sie ihr in der Seele weh. Ihr Mutterherz weinte und sehnte sich nach Nähe.

Energisch schob Franziska die traurigen Gedanken weg und konzentrierte sich wieder auf ihr Gegenüber. Sie wollte ihre Vorstellungen möglichst genau verwirklicht sehen, deshalb war es wichtig, Paul zu packen.

Er musste ihr inneres Bild auch zu seinem machen und ihre Vision umsetzen, ohne dass allzu viele bürokratische Hürden genommen werden mussten. In den ersten Jahren waren sie mit ihren Ideen oft am hiesigen Bauamt gescheitert, mussten Kompromisse eingehen und Auflagen erfüllen, die sie in ihrer Kreativität und ihr Unternehmen in seinem Wachstum erheblich bremsten.

Inzwischen lebte die Gemeinde nicht schlecht von den Gewerbesteuereinnahmen durch das Weihnachtswunderland, und so gingen jetzt Türen fast von allein auf, die anfangs trotz größter Bemühungen doppelt und dreifach verschlossen gewesen waren.

Paul hatte Franziska vom ersten Spatenstich bis heute begleitet. Er hatte gemeinsam mit ihr das gesamte Weihnachtswunderland geplant und Franziska bei allem unterstützt – weit über die Grenzen seiner Architektentätigkeit hinaus.

Sie hatten als Geschäftspartner begonnen, waren über die Jahre aber gute Freunde geworden.

Unruhig trommelte Franziska mit den Fingern auf den Tisch. Immer wieder schaute sie zum Fenster, nur mit äußerster Selbstbeherrschung schaffte sie es, nicht schon wieder aufzuspringen, um die Situation unten zu kontrollieren. Sie musste das loslassen. Immerhin war Poldi vor Ort und kümmerte sich um alles.

Verantwortung abzugeben war eine Lebenslernaufgabe für Franziska, ohne diese Fähigkeit konnte man keinen Betrieb der Größenordnung des Weihnachtswunderlandes aufziehen.

Nicht, dass sie es nicht versucht hätte, aber ihr Körper hatte deutliche Zeichen gesetzt. Vor drei Jahren war sie mit Verdacht auf Herzinfarkt in die Klinik eingewiesen worden. Zum Glück ging alles glimpflich ab, aber der Arzt hatte ihr klargemacht, dass sie ein vernünftiges Arbeitsmaß finden musste. Ausreichend Schlaf und Spaziergänge wurden verordnet, um ihren Körper vom erhöhten Dauerstresslevel zu kurieren.

Seit damals machte Franziska Qigong, und jeden Mittag gönnte sie sich eine halbe Stunde auf dem kleinen blauen Sofa in der Fensternische. Schlafen konnte sie nicht, aber sie kuschelte sich in ihre Sternendecke ein und visualisierte schöne Momente – das hatte sie in dem Entspannungskurs gelernt, den der Arzt ihr aufgezwungen hatte.

Dass sie dazu nicht einmal das Büro verlassen musste, kam ihr sehr entgegen. Nach dem Schreck damals hatte sie eingesehen, dass auch eine Weihnachtswunderlandchefin nicht unverletzlich war. Da half nicht einmal die Verkleidung als Mütterchen Frost.

Bei diesem Gedanken strich Franziska andächtig über ihr Kostüm. Diese Weihnachtsfigur hatte sie erfunden, weil sie schlecht als Väterchen Frost auftreten konnte. Das hätte sie albern gefunden. Im Zeitalter der Gleichberechtigung mussten Märchenfiguren die Geschlechteranpassung mitmachen. Zu ihrem Kostüm gehörte ein fließendes Kleid aus glitzernd weißem Spitzenstoff, der eisblau unterfüttert war. Auf ihren langen blonden, mit Weihnachtsglitzer besprühten Locken trug sie eine silberne, mit Kristallen belegte Krone.

Wenn sie nach draußen ging, legte sie sich eine passende weiße Plüschstola um, und an sehr kalten Tagen schützte ein Plüschmuff ihre Hände. So ausstaffiert fühlte Franziska sich wie in eine weihnachtlich fröhliche Disneywelt versetzt und voller Freude.

Kein Mensch konnte schlechte Laune haben, wenn er von dieser Magie umgeben war, und aus diesem Grund legte Franziska bei allen Mitarbeitern größten Wert auf das Lächeln. Wer nicht lächeln konnte, spürte den Zauber nicht, also war er im Weihnachtswunderland falsch. Diese einfache und klare Formel diente ihr von Beginn an als Leitschnur, und bislang war Franziska bei der Personalauswahl damit immer gut gefahren.

Die einzigen Ausnahmen machte sie für Lukas, als Knecht Ruprecht musste er nicht dauernd fröhlich sein, und bisweilen für Tim – eines Tages würde er wieder lächeln, ehrlich und von innen heraus, da war sie sich sicher. Ewig konnte er die emotionale Mauer schließlich nicht aufrechterhalten.

Franziskas ausgeprägte Weihnachtsliebe war ein Mitbringsel aus den Staaten. Dort hatte sie ein Jahr als Austauschschülerin verbracht. New York im Dezember – das war atemberaubend, umwerfend und so bewegend, dass es Franziska nie wieder losgelassen hatte. Als dann auch noch die Chance kam, Weihnachten zum Beruf zu machen, waren alle Dämme gebrochen. Von Jahr zu Jahr wurde Franziska Fellinger weihnachtsverrückter. Sie hatte sich ihren Platz in der Weihnachtsgeschäftswelt hart erarbeitet.

Mit der Eröffnung des Weihnachtswunderlandes hatte sie sich ihren Lebenstraum erfüllt, den sie nun jeden Tag lebte. Wenn der riesige, echte Weihnachtsbaum im neuen Saisonschmuck erstrahlte und drum herum die Menschen auf der Eisbahn ihre Kreise zogen, war das für Franziska immer wieder aufs Neue der Höhepunkt der Saison. In diesem Moment fühlte sie sich, als hätte sie den Central Park neu erschaffen.

Während Paul sich auf ihre Skizzen zum Wunderlandausbau konzentrierte, ließ Franziska ihre Gedanken wandern. Sie tat alles, um nur ja nicht an den abgesperrten Platz und den Kurzschlussärger zu denken. Doch immer wieder schlich sich das

Bild des im Wind flatternden Absperrbandes in ihren Kopf, schrillte das Weinen des Jungen in ihren Ohren.

Ungeduldig schnaubte sie. »Wie lange braucht er denn, um die Angelegenheit in Ordnung zu bringen? Das gibt es doch nicht!«

»Bleib locker, Franziska. Dein Herr Poldansky macht das schon. Und wenn er fertig ist –«

Das Klopfen an der Tür unterbrach Paul. Es hätte nicht besser getimt sein können.

»Ja, bitte!«, rief Franziska, und gleich darauf trat Poldi ein.

»Der Betrieb läuft wieder«, sagte er gleich als Erstes.

»Gott sei Dank! Aber was um Himmels willen war denn los? Wieso konnte ein Kurzschluss einen derartigen Schaden anrichten? Wenn ich Sie richtig verstanden habe, können wir froh sein, dass nichts Schlimmeres geschehen ist?«

Poldi kratzte sich im Eisbärgenick. Sein Gesichtsausdruck zeigte deutlich, wie unbehaglich er sich fühlte. Unentschlossen trat er von einem Fuß auf den anderen und schien mit sich zu hadern, wie er seinen Bericht beginnen sollte.

»Jetzt kommen Sie, Poldi. So ein bisschen Puff und Peng ist doch kein Beinbruch. Ich könnte mir vorstellen, dass ein paar der Besucher es sogar unterhaltsam fanden. Die Menschen lieben es doch, wenn sie ihre Sensationsgier befriedigen können.« Paul grinste. »Wenn du Pech hast, bist du mit dem Wunderland morgen eine Schlagzeile: Schmurgelalarm an der Weihnachtsfront – oder so was.«

»Paul!« Franziska gab ihrem Freund einen Knuff auf den Oberarm. »Das ist geschmacklos.«

Paul rieb sich den Arm. »Das mag sein, aber eben auch unterhaltsam. Nicht allen Menschen ist Weihnachten so heilig wie dir, Franziska. Und überhaupt. Wieso fliegt eigentlich das Christkind einfach so in die Luft? Kann es sein, dass du Billigschrott aus China gekauft hast? Dann musst du dich aber auch nicht wundern. Es ist ja bekannt, dass die Standards bei Billigimporten oft unter unseren Sicherheitsansprüchen liegen. Oder haben etwa deine Leute gemurkst?«

Einen Moment starrte Franziska ihn sprachlos an. Dann schüttelte sie den Kopf. »Sag mal, was ist denn in dich gefahren? Du klingst ja gerade so, als fändest du die ganze Angelegenheit amüsant. Ich würde mir etwas mehr Unterstützung wünschen.«

Das saß. Schnell bemühte Paul sich, einzulenken. »Tut mir leid. Es war nicht so gemeint. Ich wollte dich nur ein bisschen auflockern, Franziska. Du tust gerade so, als hätte es einen Terroranschlag gegeben und die Welt sei aus den Fugen. Es war nur eine Plastikfigur. Mehr nicht. Lass dir davon doch nicht die Freude über das erfolgreiche Gespräch heute Vormittag verderben. Und die Vorfreude auf unser Essen.«

»Was für eine merkwürdige Diskussion«, konterte Franziska. »Paul, ich verstehe dich wirklich nicht. Natürlich freue ich mich, aber das muss jetzt warten. Das musst du doch einsehen. Lassen wir bitte Poldi erklären, was er rausgefunden hat. Ich möchte wissen, was passiert ist. Und ich kann nur hoffen, dass die Presse keinen Wind von der Sache bekommen hat. Es ist auch so schlimm genug.«

»Soweit ich es beurteilen kann, war kein Journalist vor Ort«, sagte Poldi schnell. »Allerdings war es kein harmloser Kurzschluss, leider. Jemand hat die Sicherungen manipuliert.«

»Ja, aber …« Franziska stockte, sie konnte kaum fassen, was sie da gerade gehört hatte.

»Wir haben alles unter Kontrolle, Frau Fellinger. Aber wenn Sie mich fragen, sollten wir Anzeige gegen Unbekannt erstatten. Da wir die Hintergründe nicht kennen, sollten wir die Angelegenheit nicht auf die leichte Schulter nehmen. Wir haben Beweise gesichert, vielleicht kann die Polizei den Täter dingfest machen.«

Nein. Neinneinnein!

Vehement schüttelte Franziska ihre blonden Locken. »Kommt nicht in Frage, Poldi! Keine Polizei. Am Ende stolzieren hier noch Beamte in Uniform durch das Wunderland und verunsichern unsere Besucher. Keine Anzeige. Kein Aufsehen.«

»Und was ist, wenn der Täter es nicht bei einem Kurzschluss belässt? Was, wenn er erneut zuschlägt? Ich bin sicher, die Polizei würde nicht gleich wie ein Hornissenschwarm über uns herfallen, sondern wenn überhaupt, dann nur diskret ermitteln. Aber mit einer Anzeige wäre die Sache offiziell, wir hätten uns abgesichert.«

Einen Moment geriet Franziska ins Wanken. War ihre Entscheidung richtig, oder sollte sie auf Poldi hören? Doch was, wenn er unrecht hatte? Die Vorstellung von ins Wunderland einfallender Polizisten schreckte sie ab. Von wegen diskrete Ermittlungen, darauf wollte sie sich nicht verlassen. War der Ball erst einmal ins Rollen gebracht, hätte sie keine Möglichkeit mehr, ihn zu stoppen. Das wollte sie auf keinen Fall riskieren. Sie griff nach dem Strohhalm, der sich ihr anbot.

»Kaugummi, sagen Sie? Finden Sie nicht, dass das mehr nach einem Streich als nach einem Anschlag klingt? Ich bleibe dabei, Poldi. Keine Polizei. Ich erwarte von Ihnen, dass Sie Ihre Kontrollen verstärken. Halten Sie die Augen offen. Aber – Poldi – unauffällig! Kein Aufsehen! Die Besucher sollen nicht spüren, dass etwas in der Luft liegt. Verstanden?«

Sie konnte am Gesicht ihres Sicherheitschefs ablesen, dass er nicht mit ihrer Entscheidung einverstanden war. Aber sie hielt seinem Blick stand und ließ keinen Zweifel an ihrer Anordnung aufkommen. Poldi schnaufte etwas lauter als sonst aus, nickte und verabschiedete sich.

Franziska sah aus dem Fenster, um sich einen Eindruck der Situation zu verschaffen. Sie beobachtete eine Weile, wie die Besucher auf die neue Figur reagierten, dann atmete sie erleichtert durch.

»Sehr gut! Der Rudi macht sich ausgezeichnet an der Stelle. Wie gut, dass wir die Figur einsatzbereit im Lager hatten. Die Kinder lieben die leuchtende rote Nase.«

Damit wandte sie sich wieder Paul und den Plänen für die Erweiterung zu. Den Kurzschlusszwischenfall schob sie so weit es ging in ihrem Bewusstsein nach hinten. Ganz bestimmt war das ein dummer Streich gewesen, und es würde keine weiteren derartigen Vorkommnisse geben.

Gedankenversunken schob sich Franziska ihre Mütterchen-Frost-Krone zurecht.

# Kapitel 5

Was für eine Show! Er rieb sich zufrieden die Hände.

Das zu einem stinkenden Plastikklumpen zusammengeschmorte Christkind war schon sehr nach seinem Geschmack gewesen und hatte wesentlich zu seiner guten Laune beigetragen. Aber das hier war der Knaller. Eine Delikatesse sondergleichen.

Wie sie sich aufregte!

Voller Sorge lief sie am Fenster auf und ab und konnte doch nichts anderes tun, als abzuwarten und auf Poldi zu vertrauen.

Herrlich!

Wenn er das richtig sah, schimmerten ihre Augen sogar feucht. Wie bescheuert musste man sein, wegen einer kaputten Plastikfigur zu heulen? Das musste man sich mal geben!

Dabei war das Ding nicht mal ihr eigenes Design, sondern einfach nur gekaufter Schund. Und sie tat, als würde ihr jemand bei vollem Bewusstsein das Herz punktieren.

Die Reaktion der ach so tollen und immer über allem stehenden Wunderlandchefin auf das bisschen Geschmurgle war der Vorgeschmack für seinen persönlichen Sechser im Lotto. Das war Bundesliga mit 'ner Kiste Bier und reichlich Korn.

Der Himmel auf Erden!

Heute hatte er jedenfalls sicher keine Probleme mehr damit, das breite Weihnachtswunderlandlächeln zu präsentieren, das ihre Majestät von ihren Untergebenen und allen Menschen in ihrem Umfeld erwartete.

Wie ihr beim Blick aus dem Fenster das scheinheilige Lächeln aus der Fresse gerutscht war, das heimlich miterleben zu können war unbezahlbar.

Genüsslich hatte er das Schauspiel und ihr Gejammere beobachtet. Das tat ihm gut vom kleinen Zeh bis in die Haarwurzeln. Das war die Wiedergutmachung für alles, was gewesen war. Na ja, nein, so weit wollte er dann doch nicht gehen. Aber es war ein Anfang.

Wenn sie wegen eines kleinen Kurzschlusses derart am Rad drehte, dann konnte er sich vorstellen, wie es wäre, wenn echte Probleme auf sie zukamen.

War das sein Zeichen?

War es das Signal, jetzt endlich nicht mehr nur davon zu träumen, sondern das Spiel zu eröffnen?

Ja, doch. Je länger er darüber nachdachte, desto sicherer wurde er. Die Zeit war reif.

Er spürte die Energie in sich pulsieren.

Wer auch immer das Christkind auf dem Kerbholz hatte, sein Dank war ihm gewiss, denn er hatte das Gefühl, genau auf diesen Impuls gewartet zu haben.

Bei der Vorstellung der nächsten Schritte rieb er sich vorfreudig die Hände. Plötzlich gab es keinen Zweifel mehr. Kein Zögern und Zaudern. Er würde dafür sorgen, dass ihr das Lachen verging. Bald schon.

Und jetzt wusste er auch endlich, wie!

Monatelang hatte er sich Pläne zurechtgelegt und wieder verworfen. Er hatte immer den einen ultimativen Weg gesucht. Plötzlich lag das alles vor ihm wie ein offenes Buch. Und bei Weitem nicht so kompliziert, wie er es erwartet hatte.

Im Gegenteil! Sie zu vernichten war im Gegensatz zu vielen Dingen, die er in seinem Leben erlebt hatte, ein Klacks. Es war wie bei diesem verdammten Achilles. Man musste nur wissen, wo man zuschlagen musste.

Gleich nach Feierabend musste er zu Eddi.

Der war ihm noch einen Gefallen schuldig. Und er kannte die richtigen Leute, um ihm das notwendige Material zu besorgen.

Das würde eine Show werden! Dagegen war der Christkindkurzschluss Elchbabykacke.

Sie ging durch den Raum auf die Tür zu, fast schien es ihm, als würden ihre Blicken sich kreuzen. Schnell zog er den Kopf zurück. Sein Puls raste. Die Hände wurden vor Aufregung feucht. Er musste sich auf seine Atmung konzentrieren, um den Pulsschlag wieder zu normalisieren. Sie hatte zum Glück umgedreht und starrte nun wieder aus dem Fenster.

Schweren Herzens trennte er sich von dem Drama im Büro von Mütterchen Frost und huschte weiter. Jetzt hier erwischt zu werden könnte alles gefährden. Dieses Risiko wollte er nicht eingehen, auch wenn er sich ungern von dem für ihn derart erbaulichen Schauspiel löste.

Mit einem breiten Grinsen im Gesicht schlappte er den Flur entlang.

Rache schmeckte gut abgehangen und in dünne Scheiben aufgeschnitten am besten. Ein Rache-Carpaccio sozusagen. Und da er nun wusste, wo er das Messer ansetzen würde, um das nächste Scheibchen von diesem Weihnachtshaufen abzuschneiden, kribbelte die Vorfreude in ihm.

Er konnte es kaum erwarten.

# Kapitel 6

Missmutig schlurfte Poldi den immer noch gut mit Besuchern gefüllten Gang entlang.

Eine Familie mit fröhlichen Zwillingsmädchen im Kindergartenalter kam ihm entgegen. Die Mädchen hatten Halsketten mit bunt blinkenden Sternen um und jede hatte eine Papiertüte mit Elfenfüßen in der Hand. Alle zusammen trällerten auf dem Weg vom Bastelshop zur Kinderzimmerdeko vierstimmig schräg, aber genüsslich das Nikolauslied mit, das gerade durch die Lautsprecher schallte.

Singende Besucher – das kam oft vor.

Normalerweise ließ Poldi sich so eine Gelegenheit nicht entgehen. Er liebte es, wenn gesungen wurde, und brummte dann meist als weitere Stimme dazu. Doch nach dem Gespräch mit der Chefin war ihm die Lust erst einmal vergangen. Also machte er still einen Schritt an die Wand, um die Familie vorbeizulassen.

Er nickte einen kurzen Gruß, doch seine Miene blieb unbeweglich.

Dieses verflixte Christkind und dieses Gefühl der drohenden Gefahr hatten sich wie eine Schnur um seine gute Laune gelegt und würgten sie. Er schaffte nicht einmal das Fassadenlächeln, das ihn bei schlechter Stimmung normalerweise rettete. Nicht dass er es nicht versucht hätte, doch seine Wangenmuskeln gehorchten einfach nicht.

Natürlich hatte er geahnt, dass die Chefin sich querstellen würde. Er wusste, wie empfindlich sie reagierte, wenn es um ihr *Baby* ging. Dennoch hatte er bis zuletzt gehofft, sie umstimmen zu können.

Er war der Sicherheitschef. In der Regel hörte sie auf ihn, wenn es um Fragen ging, die seinen Aufgabenbereich betrafen.

Verdammt!

Sie tat so, als würden sie mit einer Anzeige die Büchse der Pandora öffnen, als würde die Polizei nur auf eine Gelegenheit warten, um mit Heerscharen uniformierter Beamter ins Wunderland einzufallen. Und sie war von dieser Horrorvision einfach nicht abzubringen.

Es verstand sich von selbst, dass auch Poldi, ebenso wie sie, hoffte, dass es sich bei dem Zwischenfall um eine einmalige Sache handelte. Einen dummen, etwas übers Ziel hinausgeschossenen Scherz.

Leider sprach sein Bauchgefühl eine andere Sprache. Er konnte es nicht greifen, aber über die glitzernde Weihnachtswelt hatte sich ein Schatten gelegt.

Die Angelegenheit einfach unter den Teppich zu kehren und keine Anzeige zu erstatten, hielt er nach wie vor für leichtfertig und falsch. Wenn nun weitere Vorfälle folgten und dabei womöglich noch jemand zu Schaden käme – er wollte sich das gar nicht ausmalen!

Hätte er sich durchsetzen müssen?

Das Nichtstun könnte, wenn es ganz dumm lief, sogar als fahrlässig ausgelegt werden. Dann wäre nicht nur die Chefin dran! Er als Verantwortlicher für die Sicherheit hing in dem Mist mit drin. Poldi sah sich schon, wie er mit Handschellen gefesselt abgeführt wurde. Er, der Ex-Bulle, plötzlich auf der anderen Seite des Spiels. Schnell schob er diesen Gedanken weg, so weit durfte es erst gar nicht kommen. Wozu war er denn der Sicherheitschef? Wozu hatte er über Jahre Erfahrungen gesammelt im Kampf gegen Kriminelle?

Die Chefin wollte kein Aufsehen? Okay. Er würde sich nicht über ihren Wunsch hinwegsetzen und Anzeige erstatten. Aber sie hatte ihm nicht untersagt, selbst Ermittlungen durchzuführen.

Und genau das hatte er vor.

Er musste es ihr ja nicht direkt auf die Nase binden, dann hatte sie auch keinen Grund, sich aufzuregen.

Am Ende des Ganges schloss Poldi die Tür zu seinem Büro

auf und trat ein. Erleichtert schlüpfte er aus dem Eisbärkostüm – es war ihm doch ziemlich warm geworden in dem Teil – und schnappte sich das Telefon. Vielleicht hatte er Glück, und Schorsch war zu Hause.

Sie hatten schon ein paar Wochen nicht mehr miteinander gesprochen, es war sowieso Zeit, sich mal wieder zu melden. Und Schorschs Einschätzung der Situation war Poldi wichtig, immerhin arbeitete sein Freund, mit dem er jahrelang Streife gefahren war und der eigentlich Georg Holzhammer hieß, inzwischen bei der Mordkommission.

Er hatte sich zum Kommissar hochgearbeitet, vielleicht wurde er sogar bald Leiter der Abteilung – der alte Chef verabschiedete sich in ein paar Monaten in den Ruhestand, und Schorsch wurde unter der Hand als heißer Anwärter auf den Posten gehandelt.

Offiziell gab es dazu selbstverständlich noch keinerlei Aussagen, deshalb hielt Schorsch den Ball flach und wiegelte Andeutungen in dieser Richtung ab. Aber Poldi hatte ein gutes Gefühl. Er sah seinen Freund bereits vor sich – strahlend und mit neuem Posten.

Mit ein paar Klicks hatte er den gesuchten Eintrag im Telefonbuch gefunden und drückte die Wähltaste.

Es klingelte.

Und klingelte.

Nach dem sechsten Mal legte er auf, doch genau als er die rote Taste drückte, hörte er noch, wie am anderen Ende jemand dranging.

Verflixt. Poldi starrte das Telefon wütend an.

Er wartete einen Moment, dann wählte er erneut. Dieses Mal meldete sich der Angerufene direkt beim ersten Klingelzeichen.

»Hey, Schorsch, grüß dich. Poldi hier.«

»Poldi, altes Haus! Was gibt's? Hast mich gerade noch erwischt, bin auf dem Sprung, ein paar Weihnachtseinkäufe zu erledigen. Dinge, die man halt im Urlaub so macht, weißt schon.«

»Urlaub also. Und Weihnachtseinkäufe, soso. Beamter müsste man sein. Andere Leute müssen für ihr Geld hart arbeiten.« Seit sie sich beruflich getrennt hatten, nahmen sie sich immer gegenseitig auf die Schippe, wer wohl den härteren Arbeitsplatz hatte.

»Tja, hättest du einen gescheiten Job, könntest du mit mir shoppen gehen. Hättest ja nicht von der Polizei wegmüssen. Aber wer halt im Ganzjahresweihnachtsrausch leben will …«

Das rieb Schorsch ihm immer wieder unter die Nase. Vermutlich hatte er bis heute nicht verstanden, weshalb Poldi die sichere Beamtenlaufbahn an den Nagel gehängt hatte. Dabei hatte Poldi handfeste Gründe gehabt. Und das wusste Schorsch, er wollte es nur nicht wahrhaben.

Aber Poldi bereute seine Entscheidung nicht. Er hatte genug gehabt von all dem Moloch, den er Tag für Tag zu Gesicht bekommen hatte. Der Tiefpunkt war erreicht, als sie eines Tages ein Mädchen aus einer Mülltonne fischen mussten. Fünfzehn. Benutzt und weggeschmissen wie ein alter Putzlappen. Der tote Körper hatte gestunken, dass es Poldi gewürgt hatte. Die Kleine hätte ihr ganzes Leben noch vor sich gehabt, und da kam so ein Arschloch und nahm es ihr einfach weg.

Doch damit nicht genug. Poldi hätte es nicht gedacht, aber dieser Tag damals wurde noch schlimmer. Zumindest für ihn. Kaum saßen Schorsch und er wieder im Streifenwagen, wurden sie zu einer Schlägerei gerufen. Ein Scheiß! Poldi brach der kalte Schweiß aus. Er wusste, was auf ihn zukam, und konnte es dennoch nicht abwenden. Kaum am Einsatzort angekommen, bewahrheiteten sich seine schlimmsten Befürchtungen. Einer der Streithähne hatte Nasenbluten. Bevor Poldi wegschauen konnte, hatte es ihn auch schon gepackt. Seine Knie wurden weich, der Magen flatterte, jemand drehte am Lautstärkeregler …

»Hey! Aufwachen. Komm, Poldi. Reiß dich zusammen. Wir müssen die Personalien aufnehmen.« Schorsch rüttelte an ihm, bis er wieder zu sich kam und sich stöhnend aufrappelte. Die Sache war ihm peinlich bis in die Haarspitzen. Der Bulle, der kein Blut sehen konnte. Wenn das die Runde machte, würden sie ihn womöglich in den Innendienst versetzen. Ätzend! Aber leider auch nachvollziehbar. Ein Polizist, der bei ein paar Tropfen Blut das Bewusstsein verlor – das konnte zu einem echten Problem werden. Meistens wurde ihm zum Glück nur kotzelend schlecht. Aber heute mitgerechnet, war er nun auch schon zweimal während eines Einsatzes umgekippt. Das machte ihn zu einem Risiko für die Kollegen. Es schüttelte ihn immer noch, wenn er an diese Zeit zurückdachte.

Als Poldi genau an diesem Tag die Stellenanzeige des Weihnachtswunderlandes las, schien ihm das wie ein Wink des Schicksals. Und auch heute war er noch immer davon überzeugt, dass der Posten als Sicherheitschef damals genau zum richtigen Moment gekommen war – ansonsten wäre er entweder in irgendeinem Büro vertrocknet oder am Gestank der Welt zerbrochen.

Aber das war alles Schnee von gestern. Inzwischen ging es ihm prima. Er hatte sich in der kunterbunten Weihnachtswelt ein behagliches Nest geschaffen und freute sich, dass die Freundschaft mit Schorsch auch über die Jahre und trotz ihrer unterschiedlichen Lebenswege gehalten hatte.

Das kurze Aufblitzen alter Bilder ging nur Sekunden – schon war er wieder bei dem Telefonat und frotzelte weiter: »Sagt der, der den Chefsessel anvisiert – schon klar. Deine freien Tage sind gezählt, mein Freund.« Poldi machte eine kurze Pause, dann fuhr er fort: »Du, Schorsch«, seine Stimme hatte den lockeren Unterton verloren, »ich hab hier ein Problem und würde gern deine Meinung dazu hören.«

»Ein Problem hast du? Ist der Weihnachtsmann krank, und ihr braucht einen Ersatz?«

Ein tiefes Lachen drang an Poldis Ohr.

Schorsch wäre tatsächlich ein guter Ersatz. Nicht so hoch gewachsen wie Oliver, aber in puncto Bauchumfang stand er dem Wunderland-Santa in nichts nach. Die Kinder wären bestimmt begeistert.

Poldi seufzte.

Es fiel ihm nicht leicht, die passenden Worte zu finden. Er wollte auf keinen Fall, dass Schorsch den Eindruck bekam, er wäre seiner Stellung als Sicherheitschef nicht gewachsen. Es war schließlich nicht so, dass er Angst hatte, aber er hätte einfach gern eine zweite Fachmeinung, um die Tragweite des Anschlags besser einschätzen zu können. Kein Risiko für die Wunderlandbesucher! Das hatte Priorität.

»Nein, leider ist es nicht so einfach. Wir haben hier eher ein, hmm, man könnte sagen, ein technisches Problem. Aber eigentlich auch nicht, weil die Technik hat nicht freiwillig gestreikt, ich meine –«

»Du warst auch schon mal eloquenter, Poldi.« Schorsch lachte kurz, dann sagte er: »Weißt du was? Du denkst in Ruhe drüber nach, was du von mir willst, und ich geh derweil shoppen. Dann telefonieren wir heut Abend noch mal in aller Ruhe. Okay?«

»Nein, das ist zu spät. Schorsch, musst du denn so dringend … ich meine, könntest du nicht vielleicht …«

Wieder lachte Schorsch. »Na, dir hat es ja echt die Sprache verhagelt. Aber okay. Wenn es dir so wichtig ist … Pass auf, ich lass das Shoppen sausen. Ich wollte dich sowieso die Tage besuchen, wieso also nicht jetzt gleich? Wir trinken einen Punsch bei deiner Frau Claus, und du erzählst mir, wo der Schuh drückt. Einverstanden?«

Auf Schorsch war Verlass, er hatte es doch gewusst. »Ausgezeichnet! Dann sehen wir uns gleich. Und, Schorsch – danke.«

»Bild dir nur nichts ein. Ich komm wegen dem Punsch.« Damit legte er auf.

Punsch konnte Schorsch bekommen, bis sein Bauch gluckerte. Er atmete zufrieden durch. Es war die richtige Entscheidung gewesen, Schorsch anzurufen. Die Schatten waren noch da, aber Poldi hatte seine gute Laune zurück, und das fühlte sich verflixt gut an. Wer oder was auch immer gerade das Weihnachtswunderland und damit ihn bedrohte, er sollte sich warm anziehen.

Als Poldi aus dem Gebäude trat, um beim Punschstand auf Schorsch zu warten, freute er sich über das allgegenwärtige Glitzern und Leuchten, das in der Dunkelheit erst richtig zur Geltung kam. Das war zumindest ein positiver Aspekt der kurzen Tage, denn es war noch nicht einmal Abend und trotzdem bereits Kuhnacht.

Als zusätzliches Weihnachtsfunkeln hatte es angefangen zu schneien. Die Schneeflocken tanzten im Schein der tausend Lichter. Na, da hätte er direkt wieder das Eisbärkostüm anziehen können, aber da er sich gleich ungestört mit Schorsch unterhalten wollte, hatte Poldi sich für eine neutrale Daunenjacke entschieden.

Als Eisbär zog er zu viel Aufmerksamkeit auf sich, da sprangen immer Kinder um ihn herum, wollten ihn anfassen, umarmen oder ein Foto machen. Dieser Effekt war durchaus beabsichtigt. Das nutzte er, wenn er unauffällig den Betrieb beobachten wollte. Niemand vermutete einen Sicherheitschef in einem Kuschelbärkostüm.

Um in Ruhe ein Gespräch zu führen, war die Verkleidung allerdings ungeeignet.

»Alles in Ordnung, Poldi?«, fragte Eleonora, kaum dass er sich zu ihr an den Stand gestellt hatte. Ungefragt stellte sie ihm einen Punschbecher hin. »Christkindelglück«, sagte sie, als Poldi fragend die Augenbrauen hob.

»Danke! Das tut gut nach der Aufregung.« Zufrieden schnupperte er den köstlichen Punschduft, gönnte sich ein paar Schlucke und lehnte sich an den Tresen.

»Hey, Poldi, alles ruhig.« Jürgen stellte sich neben ihn an den Stand und strahlte Eleonora an. »Grüß dich, Frau Claus. Du siehst wieder bezaubernd aus, wie Frau Weihnacht persönlich. Hast du mir auch einen?«

Eleonora lachte etwas verlegen und kümmerte sich um die Bestellung.

»Gab es irgendwelche Auffälligkeiten? Irgendwas, was auf weitere Probleme hindeutet?«, fragte Poldi.

»Nein. Wirklich alles absolut ruhig und unauffällig. Ein vermeintlicher Diebstahl hat sich als Irrtum herausgestellt. Die Geldbörse war unter die Matratze des Kinderwagens gerutscht. Sonst gab es nichts.«

Während Jürgen seinen kurzen Bericht abgab, konnte er kaum die Augen von Eleonora abwenden, die ihm zwischenzeitlich seinen Punschbecher in die Hand gedrückt hatte.

Da sie ebenfalls an weiteren Informationen interessiert war und sich gerade alle Gäste wunschlos glücklich in kleinen Grüppchen um den Stand herum tummelten, blieb sie bei den Sicherheitsmännern stehen.

»Prost, ihr beiden.« Sie hatte sich auch einen Punsch eingeschenkt und hob den Becher. Dann senkte sie ihre Stimme und sprach leise weiter. »Ich hab gehört, das war gar kein technisches Problem, sondern ein Attentat. Das soll eine Bombe gewesen sein. Stimmt das, Poldi?«

Das war ja klar. Der Wunderlandfunk funktionierte wie immer ausgezeichnet und leider nach dem Prinzip Flüsterpost. Der Erste sagte *Weihnachten*, und der Letzte hörte *Schwein schlachten*.

»Ach, Frau Claus, du solltest doch wissen, wie das mit den Gerüchten ist. Total überzogen und voller Effekthascherei«, bemühte Poldi sich, die Sache abzuwiegeln.

»Effekthascherei? Redest du da etwa grad von dir, Poldi?« Schorsch stand direkt hinter Poldi und klopfte ihm zur Begrüßung auf die Schulter. Dann grüßte er Jürgen und lächelte über den Verkaufstresen hinweg Eleonora an. »Was hab ich dich vermisst, Frau Claus. Glaub es oder nicht, nur die Sehnsucht nach dir hat mich hergetrieben!« Er strahlte sie an.

Eleonora und Schorsch kannten sich, seit Poldi im Wunderland arbeitete, denn die beiden Männer hatten schon manche vergnügliche Stunde am Punschstand verbracht.

»Wenn du mich anflunkerst, Schorsch, sag ich es meinem Mann, dem Santa. Dann bleibt dein Stiefel dieses Jahr leer.«

Schorschs dröhnendes Lachen donnerte lauter als das

vergnügte Kreischen der Kinder auf dem Rentierschlitten. »Solange mein Punschbecher gefüllt ist, ist mir der Stiefel wurscht.«

»Wusst ich es doch, von wegen die Sehnsucht nach mir. Dir geht es nur um den Punsch! Du bist enttarnt, mein Lieber.« Sie fuchtelte schelmisch mit dem Zeigefinger durch die Luft. Alle lachten.

Nur Jürgen wirkte merkwürdig verkniffen.

Poldi schmunzelte, als er die zusammengezogenen Brauen seines Detektivs bemerkte. Dass Jürgen in Frau Claus verschossen war, war ein offenes Geheimnis.

»Machst du mir eine von deinen Sondereditionen, Eleonora?« Schorsch zwinkerte ihr zu. »Und es darf ruhig ein Schuss drin sein. Ich kann mir das erlauben, bin ja schließlich nicht im Dienst.«

»Aber nur einen kleinen Schuss, bitte«, beeilte Poldi sich zu intervenieren. »Ich brauch den Kerl bei klarem Verstand.« Er schob seinen Becher in Eleonoras Richtung. »Und wenn du meinen auch noch mal nachfüllen würdest …«

Dann wandte er sich an den immer noch finster dreinschauenden Jürgen. »Sei so gut, dreh du bitte noch mal eine Runde hier draußen. Red mal mit den Leuten an den Ständen, frag nach, ob es Auffälligkeiten gab.«

Mit einem bedauernden Blick in Eleonoras Richtung verschwand Jürgen in der Menge. Poldi und Schorsch suchten sich mit ihren gefüllten Bechern einen ruhigen Winkel.

»Also«, sagte Schorsch. »Leg los, wo drückt der Schuh?«

Und Poldi ließ sich nicht zweimal bitten. Leise, damit vorbeischlendernde Besucher nicht versehentlich etwas von der Geschichte aufschnappen konnten, erzählte er seinem Freund von dem nachmittäglichen Zwischenfall und dem anschließenden Gespräch mit seiner Chefin.

Schorsch hörte aufmerksam zu, stellte hin und wieder Zwischenfragen und nickte, als er die Fakten gehört und zu einem Bild zusammengesetzt hatte, einige Male nachdenklich.

»Und jetzt willst du meine Einschätzung, ob das ein Einzelfall war oder ob ihr mit weiteren Vorfällen rechnen müsst?«

»Du hast es erfasst. Nichts lieber, als die Sache ad acta zu legen und mich wieder um Ladendiebe zu kümmern. Aber ich will die Angelegenheit nicht auf die leichte Schulter nehmen. Dazu ist mir die Verantwortung für die Besucher und die Mitarbeiter zu wichtig.«

Wieder nickte Schorsch. Er schnappte sich seinen Becher, kippte den letzten – inzwischen leider kalt gewordenen – Rest runter und sagte: »Also los. Zeig mir mal den Sicherungskasten. Und was du an Beweisen gesammelt hast.«

Gleich darauf nahm Schorsch den Tatort unter die Lupe. Während er sich alles genau einzuprägen schien, sagte er kein Wort. Als er sich einen Eindruck verschafft hatte, fragte er: »Wer kann den Kasten öffnen? Haben alle Mitarbeiter einen Schlüssel?«

»Nein. Nur die, die hier dranhängen. Andererseits ...« Poldi, der Schorsch angespannt beobachtet hatte, rieb sich den Nacken. »Ich meine – die Schlüssel hängen an den Ständen in Schlüsselkästen. Sicher ist es kein großes Problem, da ranzukommen.«

»Dann sollten wir prüfen, ob irgendwo ein Schlüssel fehlt. Was meinst du?«

Poldi überlegte kurz. »Ich frag Eleonora, ob sie das übernehmen möchte. Sie hat einen guten Draht zu den Kollegen. Lass uns in mein Büro gehen. Dann zeig ich dir, was wir haben. Dort ist es auch ruhiger«, schlug er vor, nachdem sich die ersten Kinder neugierig um sie herumscharten. Er winkte Jürgen zu sich, der gerade auf den Rentierschlitten zuging. »Alles klar? Wenn du hier durch bist, komm bitte auch gleich zur Besprechung in mein Büro. Dann bist du direkt auf dem Laufenden.«

»Okay, ich hab's gleich. Den Rentierschlitten noch, ich will mit dem Tannenbaum reden. Dominique hat zwar schon gesagt, dass sie nichts mitbekommen hat, aber vielleicht hat sie was gesehen und weiß nur nicht, dass es eine wichtige Beobachtung ist. Ich werde mal mit ihr plaudern.«

Jürgen winkte und machte sich wieder auf den Weg zu dem Fahrgeschäft.

»Nicht gerade ein Sonnenschein, aber zumindest denkt er mit, das ist gut.« Schorsch zeigte mit dem Daumen nach oben.

»Ja, hat gute Anlagen. Nur manchmal ist er ein bisschen grob und übereifrig. Aber nichts, was ich nicht kontrollieren könnte. Der lernt es schon noch.«

Sie hatten erst ein paar Schritte getan, als Poldi stoppte. »Moment, geh schon mal vor, bin gleich da. Ich red noch schnell mit Eleonora.«

Er drückte Schorsch den Büroschlüssel in die Hand und steuerte den Punschstand an. Wie er erwartet hatte, war Eleonora begeistert, dass sie helfen durfte. Da gerade nicht so viel Betrieb war, wies sie ihren Helfer an, den Stand zu übernehmen, und machte sich sofort an die Arbeit. Poldi schob sich unterdessen zum Mandelstand. Wenn er seinen Freund schon in die Angelegenheiten seines Jobs reinzog, dann sollte der zumindest gut versorgt sein. Und Poldi wusste, dass Schorsch ein ausgesprochenes Schleckmäulchen war. Gebrannte Mandeln, Marzipan, Lebkuchen und obendrauf noch eine Tüte heiße Maronen. Poldi besorgte eine Familienportion Köstlichkeiten und steuerte dann mit großen Schritten Schorsch hinterher in den dritten Stock.

Sie setzten sich an den Besprechungstisch, und Poldi packte alle Beweistüten nebst Süßigkeiten und heißen Maronen in die Mitte.

Schorsch begutachtete die Funde, griff sich abwechselnd Maronen und Mandeln, die im Nu in seinem Schlund verschwanden, wiegte mit dem Kopf und brummte zwischendurch unverständlich vor sich hin.

Dann kam er zu seinem Fazit. »Ich kann deine Chefin verstehen. Wenn sie Anzeige erstattet, könnte das durchaus ungewollt große Kreise ziehen. Ich meine, in der heutigen Zeit nimmt niemand mehr einen Anschlag auf die leichte Schulter. Andererseits handelt es sich nicht um eine Bombe. Eine Drohung liegt auch nicht vor, und ihr habt das Gelände ziemlich abgesichert. Wer reinwill, muss sich einer Taschen- und Körperkontrolle unterziehen. Ich hab mir das vorhin eine Weile angesehen, die Jungs und Mädels am Eingang machen ihre Sache gut und gewissenhaft.«

»Dann meinst du, wir können erst mal abwarten?«

Wie es sich anhörte, hängte Schorsch die Angelegenheit nicht sehr hoch, stellte Poldi erleichtert fest. Auf das Urteil seines Freundes vertraute er.

Bevor Schorsch antworten konnte, klopfte es, und Jürgen kam herein. »Und? Gibt es was Neues?«

»Setz dich. Schorsch wollte gerade sagen, ob wir seiner Meinung nach Anzeige erstatten müssen.«

Der nahm den Faden auf. »Anzeige muss nicht sein. Wenn ich es entscheiden müsste, würde ich abwarten und die Augen aufhalten. Ein gewisses Risiko bleibt, schon klar. Wir wissen nicht, was für eine Idee hinter der Sache steckt. Aber es scheint doch sehr unwahrscheinlich, dass jemand dem Wunderland wirklich schaden wollte. Vielleicht waren es ein paar Besoffene, die sich einen Witz erlauben wollten. Oder dieser Depp mit den Aufklebern, von dem du mir erzählt hast. Augen offen halten und im Rahmen der Möglichkeiten Ermittlungen anstellen, um den Täter eventuell dingfest zu machen, das sollte der richtige Weg sein.«

Schorsch schob sich die letzte Mandel zwischen die Lippen.

»Danke, Schorsch. Auf jeden Fall werden wir in nächster Zeit erhöhte Wachsamkeit an den Tag legen. Falls doch mehr dahintersteckt.«

»Absolut!«, bekräftigte Jürgen, der mit seinem Stuhl schaukelte, während er zuhörte. Mit einem Knall setzten die Stuhlbeine auf, als er sich nun vorbeugte. »Und wir werden rausfinden, wer das mit dem Christkind war. Ehrensache.«

Poldi legte den Kopf in die Hände und seufzte. »Dabei wollte ich mich bis zur Rente nur noch um Taschendiebe kümmern – maximal.«

»Tja. Und jetzt hast du einen Weihnachtsmord an der Backe – also quasi. So schnell kann es gehen.« Schorsch schnappte sich eine Kastanie und lehnte sich auf seinem Stuhl zurück. »Viel Erfolg! Ruf mich dann, wenn ich jemanden abführen darf.«

»Sag mal, und du hast Urlaub?«, fragte Poldi so gedehnt, dass Schorsch laut auflachte.

Er winkte ab und schüttelte den Kopf. »Sag nichts. Ich ahne schon, worauf du hinauswillst. Aber weißt du was? Das Zauberwort heißt Urlaub. Faulenzen. Das Leben genießen. Schöne Dinge machen.«

Doch zwischen den Worten glaubte Poldi etwas zu hören, das ihm Hoffnung machte. Schorsch schien nicht ernsthaft auf Abwehr zu gehen. Also versuchte er es weiter.

»Na ja, das mit den schönen Dingen ist hier wohl kein Problem. Immerhin haben wir unsere zauberhafte Eleonora und ihren Punsch. Was willst du mehr?«

Schorsch grinste und schwieg. Von Jürgen kam ein Schnauben, das Poldi aber nicht beachtete. Er nahm noch einen Anlauf. Ganz direkt diesmal.

»Weißt du, Schorsch«, begann er. »Es hat zwar nur eine Plastikfigur ihr Leben ausgehaucht, aber da Mord dein Ressort ist, was meinst du? Willst du mir nicht ein bisschen bei den Ermittlungen helfen? So wie in alten Zeiten. Du und ich gegen das Böse der Welt.«

»Glaubst du, mir fällt nichts Besseres ein, was ich mit meinem Urlaub anstellen könnte?«

Doch das Blitzen ins Schorschs Augen verriet ihn.

»Also? Bist du dabei?«, stellte Poldi die Gegenfrage.

Einen Moment hielt Schorsch noch die Spannung, doch dann nickte er. »Einverstanden. Ich bin dabei.«

Hocherfreut über die Unterstützung hielt Poldi Schorsch die Hand zum Abklatschen hin. Und auch Jürgen wurde in das Ritual einbezogen.

Etwas Besseres hätte gar nicht passieren können! Poldi freute sich aufrichtig.

Nicht nur, weil damit auch der letzte Schatten seine Kraft verlor. Es war auch Nostalgie dabei. Nach all den Jahren mal wieder Seite an Seite mit Schorsch auf Verbrecherjagd zu gehen – damit hatte er in diesem Leben nicht mehr gerechnet. Sehr cool. Genau diese Teamarbeit war das Einzige, was Poldi von seiner Zeit als Polizist vermisste – und jetzt bekam er es, ohne dass er in eine Uniform steigen musste.

»Wir setzen dich undercover ein. Die wenigsten Mitarbeiter kennen dich. Nur Jürgen und Eleonora. Jürgen gehört ja eh zum Team, und Eleonora unterstützt uns ohnehin. Sie ist absolut vertrauenswürdig, wir können sie einbeziehen.« Er klopfte Schorsch auf die Schulter. »Dann los, altes Haus. Zeig mal, dass du noch nicht eingerostet bist.«

# Kapitel 7

»Ermittlungen also.« Schorsch klatschte in die Hände. »Dann fangen wir doch gleich mal an. Am besten mit einer Liste. Poldi, hast du was zu schreiben?«

Poldi langte zu seinem Schreibtisch und nahm Papier und Stift in die Hand. »Wer könnte für das Christkindmassaker in Frage kommen? Auf geht's. Kollegen? Aktiviert eure Phantasie und schmettert eure Ideen frei heraus. Lieferanten? Unzufriedene Gäste? Alles, was euch einfällt.«

»Guter Ansatz.« Poldis Handy klingelte, und er ging ran. »Das war Eleonora«, erklärte er, nachdem er das Gespräch beendet hatte. »Alle Schlüssel sind an ihrem Platz, darüber kommen wir also nicht weiter.« Fragend blickte er in die Runde und klopfte dabei mit dem Stift auf den vor ihm liegenden Block. »Vorschläge? Ideen?«

»Das Erste, was ich gedacht habe, als du mir von der Sache erzählt hast, war: Jungenstreich«, sagte Schorsch.

Amüsiert beobachtete Poldi, wie sein Kumpel sich am Ohrläppchen zog. Das hatte er früher schon immer gemacht, wenn er sich konzentrierte.

Wenn er auf dem neuen Chefposten viel grübeln musste, würden die Ohrläppchen ihm irgendwann bis auf die Schultern reichen.

Schorsch bemerkte Poldis Blick, ließ ertappt sein Ohr los und zerkrümelte stattdessen ein Papiertaschentuch. Offensichtlich brauchten seine Finger Bewegung, wenn das Hirn arbeiten sollte, überlegte Poldi, verkniff es sich aber, seinen Kumpel deshalb aufzuziehen. Er wollte schnell mit den Ermittlungen vorankommen und sich nicht durch Albernheiten ablenken lassen.

»Sag mal«, fuhr Schorsch fort, als sei nichts gewesen, »ist der Junior von eurer Chefin eigentlich immer noch so anti eingestellt? Das letzte Mal, als ich ihn gesehen hab, sah er aus, als würde er Weihnachten am liebsten ganz aus dem Kalender streichen.«

Es war glasklar, worauf Schorsch mit dieser Frage hinsteuerte, und Poldi schüttelte heftig den Kopf.

»Vergiss es, Schorsch! Nie im Leben! Ich meine, ja, Tim ist ein pubertärer Sturkopf, und das Weihnachtswunderland geht ihm zwischendurch mächtig auf die Nerven, aber …«

Nein. Das konnte nicht sein. Ungeheuerlich! Er war der Sohn der Chefin. Der Juniorchef! Er würde doch nicht …

Während Poldi vor lauter sich überschlagender Gedanken vergessen hatte, weiterzusprechen, mischte sich Jürgen ein. Er war sich der Unmöglichkeit dieser Überlegung nicht so sicher.

»Also ich weiß nicht, Poldi. Schon klar, Juniorchef und so. Aber hey, der Hosenscheißer ist in der Pubertät. Der hat doch noch keine Ahnung vom Leben und von Verantwortung und so. Und wenn er sich unbeobachtet fühlt, rennt er mit seiner Null-Bock-Visage durchs Wunderland – von wegen immer freundlich und fröhlich sein … da kann man durchaus auf die Idee kommen, dass er das Weihnachtswunderland richtig blöd findet … Tim könnte schon in Frage kommen. Vielleicht hat er gedacht, er mischt den Laden mal auf? So ein bisschen Action halt. Hat sich vielleicht eingebildet, das sei voll cool. Das mit den Aufklebern war er bestimmt auch. Weiß man doch, wie Jungs in dem Alter ticken. Keinen Respekt vor nichts!«

Überheblich grinste er in die Runde und begann wieder mit der Stuhlschaukelei.

Bevor Poldi widersprechen konnte, nahm Schorsch den Spielball an sich. »Oder er wollte seinen Kumpels imponieren?«

Poldi gab seinen Widerstand auf. Zumindest teilweise. »Das mit den Aufklebern – vielleicht. Auch wenn ich bis jetzt keinerlei Anhaltspunkte habe, dass er damit was zu tun hat. Das mit dem Christkind ist aber echt eine andere Hausnummer.« Er hielt kurz inne und dachte nach. Dann sprach er weiter: »Wisst ihr was? Ich kann es mir nicht vorstellen und vor allem – ich will es mir nicht vorstellen. Trotzdem habt ihr natürlich recht. Wir können die Möglichkeit nicht von vornherein ausschließen. Also schreibe ich ihn auf. Aber damit ihr es gleich wisst, hinter seinen Namen schreibe ich nicht *ein*, sondern mindestens drei dicke Fragezeichen. Alles klar?«

Inzwischen war es spät geworden, und Poldi gähnte. Der Blick auf die Uhr sagte ihm, dass in einer Stunde Verkaufsschluss war. Er rieb sich über die müden Augen.

»Schreib neben die Namen auch die in Frage kommenden Motive, damit uns nichts durch die Lappen geht. Wir halten alles erst mal fest – ganz egal, wie wahrscheinlich oder unwahrscheinlich es uns erscheinen mag. Und dann arbeiten wir uns Stück für Stück vorwärts und hangeln uns mit den Ermittlungen an den Stichworten entlang.«

Man merkte Schorsch seine langjährige Diensterfahrung an – und der emotionale Abstand zum Weihnachtswunderland und den dazugehörenden Personen stellte bei den Erwägungen zum Täter eindeutig einen Vorteil dar.

»Jugendlicher Übermut würde jedenfalls zu der Tat passen. Und die Kaugummis auch. Wir sollten uns den Kleinen echt mal vorknöpfen«, hakte Jürgen nach. Sein Gesicht leuchtete vor Eifer.

Er hatte sich richtiggehend in die Vorstellung, dass Tim verantwortlich sein könnte, verbissen. Zufrieden verschränkte er seine Finger ineinander, schob die Handflächen nach vorn und ließ die Gelenke knacken.

Jetzt hatte Poldi genug. Den würde er sicher nicht auf Tim loslassen.

»Lass mal die Kirche im Dorf, Jürgen. Erstens knöpfen wir uns derzeit noch gar niemanden vor, sondern arbeiten erst einmal eine Grundlage aus, auf der wir unsere Ermittlungen dann aufbauen. Zweitens müssen wir sehr vorsichtig vorgehen – nicht nur, weil Tim der Juniorchef ist, sondern weil die Chefin nicht unbedingt wissen muss, dass wir überhaupt ermitteln. Schon gar nicht, dass wir dabei über ihren Sohn nachdenken.

Und wie immer gilt: Unschuldig bis zum Beweis des Gegenteils.«

»Wie clever ist er denn, dieser Tim?«, lenkte Schorsch die Unterhaltung wieder auf den Punkt zurück. »Wenn ich dich richtig verstanden habe, war es vor allem Glück, dass nicht mehr passiert ist. Hätte er das Risiko abschätzen können? Oder hat er so einen Hass auf seine Mutter, dass er vielleicht sogar bewusst richtig Schaden anrichten wollte? Auch auf die Gefahr hin, dass Unbeteiligte verletzt werden könnten? Könnte er es sogar darauf angelegt haben?«

Mit seinen tiefer gehenden Fragen nahm Schorsch etwas von der Spannung, die zwischen Jürgen und Poldi in der Luft lag, weg, dafür brachte er neuen Sprengstoff in das Gespräch ein.

Aber das ging Poldi zu weit, selbst wenn es im Moment nur Überlegungen ins Dunkle hinein waren.

»Nein. Das ist vollkommen undenkbar.« In Poldis Stimme schwang keinerlei Zweifel mit. »Tim ist zwar in einem schwierigen Alter, aber er ist nicht hemmungslos und nicht aggressiv. Zerstörungslust kommt als Motiv nicht in Frage. Und schon gar nicht gewollte Verletzung von Menschen. Wenn er es tatsächlich gemacht haben sollte – was ich absolut nicht glaube –, dann war es als Scherz gemeint, und er hatte keine Ahnung, wie gefährlich das in Wirklichkeit war.«

Während er sprach, notierte Poldi ein paar Stichworte neben Tims Namen. »Weiter im Text. Wer könnte noch zum Kreis der Verdächtigen zählen?«, forderte er seine Verbündeten auf.

Jürgen schien Gefallen daran gefunden zu haben, in Richtung Chefetage zu pinkeln. Er kam gleich mit der nächsten Absurdität ums Eck.

»Wie ist es denn mit der Fellinger?« Von Poldis Aufschrei ließ er sich nicht aus dem Konzept bringen. »Wollen wir jetzt alle Ideen auf den Tisch bringen, oder nicht?«

Die Frage hing zwischen ihnen.

Poldi verbiss sich einen Kommentar, Schorsch saß nur da

und sagte ebenfalls nichts – nur war sein Schweigen nicht so protestierend wie das von Poldi.

Jürgen wartete kurz, dann spann er seine wilde Phantasie weiter. »Also. Vielleicht hat die Chefin sich verkalkuliert? Klar, jetzt gerade tobt der Weihnachtsmann, aber im Sommer ist es doch wesentlich ruhiger. Und außerdem hat sie unglaublich viel Kohle in die Entwicklung gesteckt. Zu viel? Ich hab da schon zwischendurch was munkeln hören. Könnte es nicht sein, dass sie Geld braucht und versucht, sich über die Versicherung gesundzustoßen? So eine warme Sanierung oder so.«

Poldi blieb schier die Luft weg angesichts dieser irrwitzigen Unterstellung! Franziska Fellinger war der aufrichtigste und herzlichste Mensch, den er kannte. Die Verkörperung von integer müsste ihre Gestalt haben – und dann spuckte Jürgen einen derartigen Verdacht in den Raum!

»Also das i–«

»Nicht diskutieren, Poldi, und nicht aufregen«, unterbrach ihn Schorsch und tippte mit dem Zeigefinger aufs Papier. »Das hier ist nichts Persönliches. Komm, schreib deine Chefin auf. Wir werden der Sache nachgehen, und entweder es ist an den Haaren herbeigezogen – dann ist nichts weiter passiert, außer dass wir eben eine Spur ausschließen können –, oder wir decken es auf. Dann allerdings ist Helau auf ganzer Linie angesagt! Alles klar?«

»Vielleicht hat sie auch in Wirklichkeit die Nase voll von ihrer eigenen Wunderweihnachtsglitzerwelt? Irgendwann hat doch jeder normale Mensch das ewige Bimmeln, Funkeln und Hohoho satt, oder?«, legte Jürgen mit zufriedenem Gesichtsausdruck und reichlich selbstzufrieden noch ein weiteres Motiv obendrauf, das für Poldi ebenso undenkbar war wie das erste.

Jeder normale Mensch vielleicht, aber die Chefin war eben etwas Besonderes. Persönlich hin oder her, Poldi konnte nicht anders. Er zeigte Jürgen den Vogel und schüttelte den Kopf.

Dann notierte er schweren Herzens den Namen der Chefin

und die beiden möglichen Motive. »Unmöglich«, murmelte er, während der Stift über das Papier kratzte. »Absolut unmöglich! Bevor das stimmt, tanzen Nikolaus und Osterhase zusammen Samba, das sag ich euch.«

Er hielt kurz inne, dachte an sein Gespräch, das er vorhin im Büro der Chefin geführt hatte. »Wie sieht es denn mit Paul Obermeier aus? Wenn wir schon in der Chefetage sind? Der war heute irgendwie merkwürdig drauf, als ich vorhin der Chefin Bericht erstattet hab. Fast hätte man denken können, er sei schadenfroh.«

»Schadenfroh?« Diese Info schien Jürgen zu elektrisieren. »Ich dachte, die beiden seien so?« Er verschlang zwei Finger miteinander, um zu zeigen, wie eng er sich das Verhältnis der Chefin mit dem Paul vorstellte. »Und so auch«, fügte er hinzu, und dieses Mal waren seine Handbewegungen nicht freundschaftlich verschlungen, sondern genauso ordinär wie das Lachen, das er ausstieß. »Er ist doch ihr Stecher, oder?«

»Hey!«, rief Poldi.

»Gibt's da Stress?«, hakte Schorsch zeitgleich mit Poldis Ausruf ein. »Eifersucht?«

»Jetzt aber mal langsam. Jürgen, reiß dich zusammen!«, wies Poldi ihn zurecht. »Wir wollen hier einen Fall aufklären, aber keine Gerüchte streuen. Was fällt dir denn überhaupt ein?«

Für Poldis Geschmack hatte sein Assistent den Bogen eindeutig überspannt. Schlimm genug, dass die Ermittlungen überhaupt in diese Richtung gingen. Aber wenn schon, dann auf keinen Fall in diesem Ton und vor allem nicht mit derartigen Untertönen. Jürgen war schon manchmal etwas burschikos, aber so weit war er noch nie gegangen. Er benahm sich, als säßen sie besoffen an irgendeinem Stammtisch. Was war nur in ihn gefahren?

»Tut mir leid, schon gut. Aber das Gemunkel, dass die beiden was miteinander haben, das kommt nicht von mir. Ehrlich!«

Ein kleine Kopfbewegung in Jürgens Richtung sollte ihm zeigen, dass Poldi die Entschuldigung angenommen hatte.

Doch seine Miene blieb ernst, Jürgen sollte spüren, dass er sich mit seinem Benehmen auf dünnem Eis bewegte.

»Wir wissen nicht, was genau zwischen der Chefin und Paul läuft«, sagte Poldi in Schorschs Richtung. »Aber heute lag da irgendeine Spannung in der Luft. Und ich fand es tatsächlich irritierend, wie er mit der Christkind-Angelegenheit umging. Immerhin ist das Weihnachtsland auch ein Stück weit sein Werk, er ist von Beginn an dabei und hat die Träume der Chefin Wirklichkeit werden lassen. Da hätte ich mehr Empathie erwartet.« Er machte eine Pause und ließ noch einmal die Minuten im Büro Revue passieren. Dann fiel ihm noch etwas ein, das wichtig sein könnte. »Paul kaut übrigens ständig Kaugummi. Das macht ihn zwar nicht verdächtig, aber es könnte ein Indiz sein.«

Die anderen beiden stimmten zu.

Somit landete Paul also ebenfalls auf der Liste. Als mögliche Motive notierte Poldi Neid und Eifersucht.

»Wir sollten rausfinden, wie eure Chefin und Paul Obermeier zueinander stehen.« Schorsch tippte auf das Wort »Eifersucht« auf Poldis Liste. »Der Ansatz scheint mir jedenfalls vielversprechend.«

Die Männer schwiegen. Jeder hing seinen Gedanken nach und dachte über weitere Verdächtige nach.

Wieder malträtierte Schorsch sein Ohrläppchen. Jürgen schaukelte mit seinem Stuhl und kratzte sich das Tattoo, das vom Hals übers Brustbein lief.

Schorsch ließ von seinem Ohr ab und kam mit der nächsten Idee ums Eck. »Der Weihnachtsbaumverkäufer fällt mir noch ein. Ich hab vergessen, wie er heißt, aber der ist doch auch ziemlich derb drauf. Er macht nicht den Eindruck, dass er nur so finster guckt, weil es zur Rolle des Ruprecht gehört. Vielleicht wollte er sich mal Luft machen, mal ein bisschen Abwechslung in die tägliche Routine bringen?«

Ohne Diskussion schrieb Poldi den Namen auf.

»Okay«, sagte er dann. »Wir haben also Tim, die Chefin,

Paul und Lukas. Wir müssen rausfinden, was mit den anderen Mitarbeitern ist. Hat einer Ärger mit der Chefin oder sonst wie einen Hals auf das Wunderland? Und klar, es könnte auch einer der Besucher gewesen sein. Idioten laufen genug rum, aber das müssen wir vorerst ausblenden. Da hätten wir wohl ohnehin keine Chance. Wie soll man das rauskriegen? Außerdem hätte das jemand sein müssen, der wusste, wo ein Schlüssel für den Sicherungskasten hängt, und er hätte den Schlüssel klauen und wieder zurückhängen müssen – laut Eleonora fehlt ja keiner. Ziemlich weit hergeholt, wenn ihr mich fragt.«

»Du sprichst ein wahres Wort gelassen aus. Ohne weitere Anhaltspunkte geht in diese Richtung nichts. Aber wir haben ja auch vorerst genug zu tun. Das heißt, die vier Namen sind unser Ansatz. Jetzt müssen wir unauffällig Alibis checken, würde ich sagen. Wie war das? Die Tatzeit liegt im Bereich von zwei Stunden vor der Explosion. Und wir sollten nicht vergessen, dass wir die Wachsamkeit erhöhen müssen. Nur für den Fall der Fälle …«

Schorsch sprach es nicht aus, aber dennoch war es Poldi, als hielte ihn eine eisige Hand umklammert.

»Ich möchte Eleonora ins Boot holen«, sagte er sehr bestimmt. »Ihr Stand ist mittendrin. Von dort aus kann man weite Bereiche des Wunderlands beobachten – und Eleonora mit ihrer liebenswerten Art ist auch Anlaufstelle für viele Mitarbeiter, wenn es mal was gibt, was jemand auf dem Herzen hat. Sie ist die perfekte Basis für uns.«

»Kannst du denn ausschließen, dass sie etwas mit der Sache zu tun hat?«, fragte Schorsch.

Polternd brachte Jürgen seinen Stuhl wieder auf die vier Beine. »Tickst du noch ganz richtig?«, blaffte er Schorsch an.

»Ruhig, Jürgen« Poldi legte ihm die Hand auf den Arm. Zu Schorsch sagte er: »Ja, das können wir ausschließen. Sie hat kein Motiv. Sie liebt ihren Job und das Wunderland. Und sie ist absolut integer, dafür lege ich meine Hand ins Feuer«, zählte er die Argumente auf, die gegen Eleonora als Verdächtige sprachen.

»Außerdem«, schob er hinterher, »hatte sie reichlich zu tun, und ich hab sie vor der Explosion an ihrem Stand gesehen, war kurz vorher sogar selbst dort. Sie hätte in der fraglichen Zeit nicht mal eben weggehen können, ohne dass das aufgefallen wäre.«

»Na also. War doch eh klar.« Jürgen schoss mit den Augen Pfeile in Schorschs Richtung. »Du, Poldi, wie wäre es, wenn ich 'ne Weile bei Eleonora am Stand aushelfe? Du willst ihr die Verantwortung doch wohl nicht ohne Unterstützung aufbürden?«

Jetzt funkelten seine Pupillen erwartungsvoll, und Poldi grinste. War ja klar, dass Jürgen sofort seine Chance ergriff.

»Erst einmal brauch ich dich, um Patrouille zu gehen. Aber ich kümmere mich um weitere Unterstützung. Ab morgen machst du dann Dienst bei Eleonora. Schorsch mischt sich undercover ins Getümmel. Er lässt sich mit den Besuchern treiben und hält dabei die Augen offen. Ich selbst werde mich gleich morgen Vormittag um Wibbel kümmern.«

Als Schorsch fragend die Augenbrauen hob, erklärte Poldi: »Wibbel ist die Sekretärin von Franziska Fellinger. Wiebke, um genau zu sein. Wenn ich was über das Verhältnis von der Chefin und Paul rausbekommen möchte, bin ich bei ihr an der richtigen Stelle.«

Er stand auf, reckte sich und schnappte seine Jacke. »Auf geht's. Jürgen, wie gesagt, du machst noch eine Runde. Bitte schau dir unauffällig noch mal die anderen Sicherungskästen an, falls der Täter sich an denen auch zu schaffen gemacht hat. Guck einfach, ob dir irgendwas Verdächtiges auffällt.«

Er wandte sich an Schorsch. »Du kannst gleich mal deine erste Besucherrunde drehen. Lass dich inspirieren – wolltest du nicht eh Weihnachtseinkäufe machen? Hier gibt es alles, was das Herz begehrt. Und nimm dir auch die Fahrgeschäfte vor, okay? Ich spreche mit Eleonora.« Er schaute auf seine Uhr. »Danach machen wir Feierabend. Morgen um zehn geht es weiter.«

»Ich weiß es zu schätzen, dass du bereit bist, uns zu unterstützen, Frau Claus«, sagte Poldi eine halbe Stunde später. Er hatte Eleonora eingeweiht und ihr erklärt, worauf sie achten sollte. Im Grunde auf alles – was die Sache natürlich nicht gerade einfacher machte. Ihm war klar, dass er eigentlich zu viel von der gutmütigen Eleonora erwartete, zumal sie ja auch beschäftigt war. Punsch rühren, Lebkuchenherzen und andere Leckereien herstellen und nebenher weihnachtlich fröhlich die Kunden zu bedienen, war alles andere, als ein lockerer Schnarchjob, bei dem viel Zeit für Detektivspielchen blieb.

Aber Eleonora zögerte keine Sekunde, als er sie um Hilfe bat. »Weißt du, Poldi, das Weihnachtswunderland ist fast mein Zuhause. Hier ist es warm, gemütlich und weihnachtlich. Alle sind vergnügt und offen. Wenn es einen Ort gibt, an dem Wunder wahr werden können, dann ist es hier.«

Sie beugte sich zu ihm rüber, damit niemand hörte, was sie jetzt sagte. »Und genau deshalb ist dieser hinterhältige Christkindmord das Letzte. Wer das Weihnachtswunderland angreift, der greift mich an. Du kannst dich darauf verlassen, Poldi. Wenn es etwas gibt, was ich tun kann, damit wir den Fiesling drankriegen, dann werde ich es tun.«

Das Funkeln in ihren Augen wirkte plötzlich gar nicht mehr warm und gütig, für Poldi hatte es eher die Gefährlichkeit eines Raubtiers. Fast wie Frau Mahlzahn, aus Jim Knopf, bevor sie sich in den goldenen Drachen verwandelte. Die Geschichte stand immer wieder auf dem Vorleseprogramm, und Poldi liebte es genau wie die Zwerge, die Abenteuer erzählt zu bekommen. Außerdem war der Vorleseplatz unter dem großen Wunderlandtannenbaum ein perfekter Ort, um die Lage unauffällig im Blick zu behalten.

Während die Kinder in warme Decken eingewickelt der vorlesenden Elfe lauschten und an ihrem Kinderpunsch nippten, stand er deshalb oft dabei. Meist in seinem Eisbärkostüm – damit wurde er als Sicherheitschef für die Besucher quasi unsichtbar.

»Du bist die Beste, Eleonora. Und ab morgen stell ich Jürgen zu dir an den Stand als Unterstützung.«

Er streckte ihr seinen leeren Punschbecher hin. »Machst du mir zum Feierabend noch einen Absacker mit Umdrehungen? Nach dem Tag kann ich einen Schuss vertragen.«

# Kapitel 8

»Einen wunderschönen guten Morgen. Hmmm, hier duftet es aber köstlich!«

Schorsch grüßte das Rentier, das hinter der Verkaufstheke stand, und hob schnuppernd die Nase in die Luft. Frisch gebackene Brötchen und Croissants! Ihm lief das Wasser im Mund zusammen. So ließ er sich Ermittlungsarbeit gern gefallen – selbst im Urlaub.

Das Wetter spielte ebenfalls mit, die Sonne strahlte, und die Eiskristalle der geschlossenen Schneedecke funkelten und schillerten um die Wette.

Während er darauf wartete, dass er bedient wurde, ließ Schorsch seinen Blick ebenso wie seine Gedanken spazieren gehen. Zu beobachten gab es wahrlich genug!

Ein Elf arbeitete sich von Bude zu Bude voran und schlug die Eiszapfen weg, die sich an den Dachrändern gebildet hatten. Das war zwar irgendwie schade, weil sie schön anzusehen waren, aber auf den Kopf bekommen wollte Schorsch im Zweifel so einen Zapfen auch nicht. Nicht nur in der realen Welt – auch hier im Weihnachtswunderland ging Sicherheit eben vor.

Die Besucher flanierten die Wege entlang. Schorsch sah Familien, frisch verliebte Pärchen, eine Kindergruppe mit zwei erwachsenen Begleitpersonen. Alles schien ganz normal zu sein. Etwas Ungewöhnliches hatte er bislang nicht ausmachen können.

Schorsch war seit etwa einer Stunde im Einsatz. Er war wie vereinbart kurz vor zehn mit Hunderten erwartungsvollen Gästen ins Wunderland geschlappt.

Auf dem ersten Rundweg hatte er Poldi kurz gegrüßt, ganz unauffällig natürlich, er wollte ja seine Deckung nicht gefährden. Ansonsten hatte er sich von dem Menschenstrom mitziehen lassen und sich die Örtlichkeit mit den Augen des wachsamen Kommissars angesehen.

Da er ohne Frühstück aufgebrochen war, kam die Weihnachtscafébude als Anlaufstelle nach diesem ersten ausgiebigen Wunderlandspaziergang gerade recht.

Es war wirklich beeindruckend, was diese vollkommen weihnachtsverrückte Frau Fellinger hier aufgebaut hatte. Seit er vor einigen Monaten das letzte Mal hier gewesen war, hatte sich das Gelände schon wieder spürbar vergrößert. Noch mehr Buden. Noch mehr Spielmöglichkeiten und Fahrgeschäfte. Für Weihnachtslust schien es hier im Weihnachtswunderland keine Grenzen zu geben.

Schorsch staunte und beglückwünschte sich selbst, weil er vorhin zu Hause instinktiv die Wanderschuhe gewählt hatte. Zuerst war es ihm albern vorgekommen, jetzt wusste er, dass sein Bauchgefühl absolut richtig gewesen war. Bis zum Abend würde er – selbst mit Pausen und Besprechungszeiten in Poldis Büro – etliche Kilometer auf den Hacken haben.

Die Verkäuferin im Rentierkostüm kam zu ihm. Sie nickte freundlich in seine Richtung, was ihr Geweih zum Wippen brachte. »Was darf es denn sein, an diesem wunderbaren Adventsmorgen?«, fragte sie fröhlich und lächelte Schorsch in Erwartung seiner Bestellung herzlich an.

Wieder einmal bemerkte Schorsch voller Bewunderung, wie herzlich und gut gelaunt das Weihnachtswunderland-Team auftrat. Kein Muffeln, kein Achtung-Kunde-Gesicht. Wenn er dagegen an seine Baumarktbesuche dachte. Schorsch liebte Baumärkte – aber die Verkäufer dort waren ein Graus. Einmal gab es am Ausgang eine Befragung zur Kundenzufriedenheit. Ausgerechnet nachdem Schorsch eine Stunde vergeblich versucht hatte, einen kompetenten Verkäufer zu erwischen.

»Ich hoffe, Sie waren mit der Beratung zufrieden«, trällerte eine Hostess ihm entgegen. »Wie fanden Sie unsere Verkäufer?«

»Gar nicht«, hatte Schorsch unwirsch gebrummt. »Immer

wenn ich ums Eck kam, waren sofort alle verschwunden.« Das Ausfüllen des Fragebogens hatte er sich dann geschenkt.

Hier im Weihnachtswunderland war das vollkommen anders. Offene und ansteckende Lebensfreude, wohin er sich auch wandte. Überall wuselten hilfsbereite Wesen herum, die nur darauf aus waren, Besucherfragen zu beantworten und Wünsche zu erfüllen.

»Ein Schinkenbrötchen und einen großen Milchkaffee, bitte«, gab er seine Bestellung auf. Schorsch rieb sich die Hände, um sie etwas zu wärmen. Der Morgen hatte sein frostiges Winterfell angezogen. »Oh, und ein Croissant bitte. Die sehen so lecker aus, das muss einfach sein.« Er klopfte sich auf seinen Bauch und hob die Schultern. Das Rentier lachte.

Keine zwei Minuten später schob die junge Frau ihm seine Bestellung über den Tresen, und er bezahlte. Um im Gespräch bleiben zu können, suchte Schorsch sich einen Tisch in der Nähe des Rentiers. Nach den ersten Schlucken Kaffee und einem kräftigen Bissen ins Schinkenbrötchen fühlte er sich gewappnet, um den gezielten Small Talk zu starten.

»Ich bin ein paar Tage hier«, erzählte er in leutseligem Tonfall. »Meine Tochter und der Enkelsohn haben mich überredet.«

»Ach, wie nett. Da haben Sie sicher viel Spaß! Wer Weihnachten liebt, ist im Weihnachtswunderland genau richtig.«

Schorsch winkte ab. »Ach, ich hab die beiden allein losgeschickt. Sollen die mal toben. Ich genieße derweil die tollen kulinarischen Angebote. Die sind wirklich nicht zu verachten«, sagte er und biss wieder in sein Brötchen. Er kaute, spülte mit Milchkaffee hinterher und nahm das Gespräch wieder auf. »Gestern hat es ja mächtig gestunken, als das Christkind zerschmurgelt ist. Haben Sie das mitgekriegt? Was war denn da los?«

Jetzt machte das Rentier ein erschrockenes Gesicht.

»Ich hab davon gehört, gestern hatte ich frei. Ein technisches Problem und sicher eine Ausnahme. Meine Kollegen sind sehr bemüht, dass so etwas nicht noch einmal vorkommt. Es tut mir sehr leid, dass der Vorfall Sie belästigt hat. Ich hoffe, es hat Ihnen nicht die Freude an unseren Angeboten verdorben.«

Frei. So ein Mist. Das nannte Schorsch Ermittlerpech.

»Ach was, so was kann ja mal passieren. Halb so wild«, bemühte er sich, sie zu beruhigen. Man merkte ganz deutlich, dass die oberste Maxime Kundenzufriedenheit war. Die Vorstellung, dass er belästigt worden sein könnte, hatte der Verkäuferin einen sichtlichen Schrecken eingejagt.

Zügig kippte er den letzten Schluck Kaffee runter, nahm das Croissant in die Hand und verabschiedete sich.

Nach zwei weiteren fehlgeschlagenen Anläufen, mit Mitarbeitern über den gestrigen Vorfall ins Gespräch zu kommen, zog Schorsch ein erstes, unbefriedigendes Fazit: Bei dem Plan, verdeckt mit den Mitarbeitern zu plaudern, hatte er eine wesentliche Sache nicht bedacht – deren Loyalität.

Jeder, der hier im Weihnachtswunderland arbeitete, hatte strikte Anweisung zu immerwährender Fröhlichkeit und Freundlichkeit. Bei dem Versuch, aus denen etwas rauszukriegen, würde er sich die Zähne ausbeißen. Wenn überhaupt, dann hätte er allenfalls bei dem schlecht gelaunten Lukas eine Chance. Für die anderen musste er die Strategie ändern. Er wusste zum Glück auch schon, wie er doch noch zum Ziel kommen konnte. Allerdings bräuchte er dafür Jürgens Unterstützung.

Okay. Also erst Lukas, dann Jürgen.

»Grüß Gott«, sagte Schorsch und tat so, als würde er sich für die Bäume interessieren.

»Ja, wenn ich ihn seh«, konterte Lukas.

Keine Frage, ob er ihm helfen könne. Kein erwidertes Lächeln. Der Mann stand da, an seinen Kassenstand gelehnt, und schob sich mit einem Schraubenzieher den Dreck unter den Fingernägeln weg. Offensichtlich hatte er seine Knecht Ruprecht Rolle etwas zu sehr verinnerlicht, da konnte man ja glatt Angst bekommen.

Ob die Fellinger das wusste? Verkaufsfördernd war das jedenfalls ganz sicher nicht.

»Was meinen Sie? Bin ich mit einer Nordmanntanne besser dran oder doch eher eine Fichte?«

»Baum ist Baum. Nehmen Sie den, der Ihnen gefällt, und gut.«

Gut, über ein lockeres Beratungsgespräch auf das Thema Christkind zu kommen, war offensichtlich keine Option. Dann eben anders.

Schorsch lachte und zog einen Flachmann aus der Jacke. Er nahm einen winzigen Schluck und hielt ihn dem Verkäufer hin. »Sie haben ja recht. Dieses ganze Gedöns um den richtigen Baum ist vollkommen überzogen. In drei Wochen fliegt das Ding zum Fenster raus und ist vergessen. Eigentlich könnte man sich den Aufwand auch schenken. Aber dieses Gezeter zu Hause, wenn ich meiner Frau sage, ich kauf keinen Baum – nein, das will man sich gar nicht vorstellen.«

Tatsächlich, nach kurzem Zögern nahm Lukas den Flachmann. Einen ordentlichen Schluck später grinste er. »Ich hab dahinten noch eine Fichte, die schon was älter ist. Wenn Sie die nehmen, nadelt es Ihnen so dermaßen das Zimmer voll, dass Ihre Frau nächstes Jahr freiwillig auf den Mist verzichtet.«

»Herrlich! Sie haben Humor. Klasse!« Schorsch lachte so überzeugend er konnte. Dann wiegte er den Kopf. »Aber ich weiß nicht, dann muss ich mir über die Feiertage das Gejammere wegen der Nadelei anhören und werde statt Krawatten und Socken wohl nur Vorwürfe ernten.« Er machte eine kurze Pause, dann zwinkerte er Lukas zu. »Wobei ich auf die Krawatten problemlos verzichten könnte. Die schneiden einem nur die Luft ab. Ich sag Ihnen, die Dinger hat eine Frau erfunden. Und zwar eine, die ihren Mann gehasst hat.«

Schorsch streifte bei zwei Bäumen über die Zweige und tat so, als überlege er immer noch.

»Die Sabotageidee gefällt mir aber. Es darf nur nicht so auffällig sein, dass sie gleich merkt, dass ich das absichtlich getan hab. Vielleicht so was wie gestern mit dem geschmolzenen Plastikhaufen. Ich kaufe ihr eine leuchtende Figur und bastel ein bisschen an der Verkabelung.«

Lukas nahm noch einen Schluck aus dem Flachmann und gab ihn dann zurück. »Prost. Dann stinkt die Hütte tagelang nach giftigen Plastikdämpfen. Das würde ich mir an Ihrer Stelle gut überlegen.«

Jetzt war der Moment gekommen, um überzuleiten. »Das war schon krass gestern. Ich hab nur den Knall gehört, war aber nicht direkt vor Ort. Als ich kam, haben sie den Plastikklumpen gerade gegen ein Rentier ausgetauscht. Ist ja gar nicht so schlecht. Das klingelt wenigstens nicht so nervtötend wie das Plastikchristkind.«

Keine Reaktion.

»Wenn man als Besucher herkommt, ist es ja schön. Aber hier zu arbeiten, stell ich mir schon anstrengend vor. Gehen Ihnen die ewige Glöckchenbimmelei und das Weihnachtsgedudel nicht manchmal auf die Nerven?«

»Es ist ein Job«, antwortete Lukas, ohne die Frage zu beantworten.

»Na, jedenfalls hat mich der Knall schon ganz schön erschreckt. Was war denn überhaupt los? So eine Figur geht doch nicht einfach aus heiterem Himmel in Rauch auf.«

»Woher soll ich das wissen? Geht mich nix an.«

Verflixt.

»Na ja, ich dachte nur, so als Angestellter bekommt man doch Dinge mit, die den Gästen vorenthalten werden, oder?«

Fragend hielt Schorsch ihm noch mal den Flachmann hin. Doch Lukas lehnte ab.

»Ich krieg nichts mit. Und das ist auch gut so. Was ist jetzt? Wollen Sie einen Baum?«

Schorschs Kopfschütteln nahm der Ruprecht emotionslos hin. Ganz offensichtlich war es ihm vollkommen gleichgültig, ob er verkaufte oder nicht.

»Danke jedenfalls. Ich muss noch mal drüber nachdenken,

bis später vielleicht«, sagte Schorsch, hob die Hand zum Gruß und ging Richtung Punschstand davon.

Zeit für den Strategiewechsel.

Als er sein Ziel fast erreicht hatte, sah er Jürgen mit Eleonora, die eifrig an den Lebkuchenherzen arbeiteten. Wobei Jürgens Aufmerksamkeit eindeutig mehr bei Frau Claus lag. Die schien Spaß daran zu haben, mit dem bulligen Detektiv zu schäkern.

Schorsch blieb etwas verdeckt stehen und beobachtete die Turteltäubchen. Jürgens Interesse lag klar auf der Hand. Frau Claus machte den Eindruck, als wäre sie noch unentschlossen. Ganz offensichtlich brauchte sie etwas mehr Zeit, um sich über ihre Gefühle klar zu werden. Schorsch hatte genug Erfahrung mit Frauen, um zu sehen, dass Eleonora nicht ernsthaft auf Jürgens Avancen einging. Da müsste er noch ein paar Schippen drauflegen, wenn er ihr Herz erobern wollte.

Jürgen legte sich sehr ins Zeug. Er walkte den Teig, stach aus, dekorierte und tat alles, was Eleonora ihm auftrug. Allerdings fehlte ihm offensichtlich das Backtalent. Vielleicht lag es aber auch daran, dass er immer wieder, statt auf seine Arbeit an den Lebkuchenherzen zu achten, den Blick über die Menge schweifen ließ.

Guter Mann, dachte Schorsch. Der vergisst trotz Verliebtheit nicht, dass er einen Auftrag hat.

Eleonora sah das allerdings anders.

»Pass doch auf, Jürgen«, rief sie und stoppte ihn gerade noch, bevor er den Zuckerguss über dem falschen Herz verteilen konnte. »Ich dachte, du wolltest mich unterstützen. Im Moment machst du mir allenfalls noch mehr Arbeit!« Während sie den Zuckerguss von der Arbeitsplatte wischte, schimpfte sie mit ihm. Aber nur halbherzig, ihre lächelnden Augen verrieten sie.

»Kannst ruhig zugeben, dass du dich freust, dass ich bei dir bin«, hakte Jürgen auch sofort ein und nahm die nächste Fuhre Teig entgegen, die ein Elf gerade aus der hauseigenen Bäckerei anlieferte.

»Bild dir nur nichts ein«, antwortete Eleonora und wedelte mit dem Putztuch unter Jürgens Nase.

Der grinste, doch einen Wimpernschlag später fuhr er mit einem Fluch herum. Aus dem Backofen qualmte es. Schnell riss er die Tür auf und jaulte in der gleichen Sekunde, weil er sich am heißen Blech verbrannt hatte.

Eleonora schob ihn eilig zur Seite und holte die Lebkuchen raus. Nachdem sie das Malheur begutachtet hatte, meinte sie: »Glück im Unglück. Wie gut, dass der Ofen nicht gleichmäßig backt. Nur das hier ist zu dunkel, das können wir nicht mehr verkaufen.« Sie stellte das Blech zur Seite. »Während die auskühlen, machen wir mit den angefangenen Herzen weiter. Auf, auf, sonst muss ich einen anderen Helfer anfordern.«

Ohne Widerrede assistierte Jürgen seiner Angebeteten, nur vom Zuckerguss ließ er vorsichtshalber die Finger weg. Er kümmerte sich um die Bänder, an denen die essbaren Kunstwerke aufgehängt werden konnten, und wickelte die fertigen Stücke in Folie.

Dann nahm er das etwas zu dunkel gewordene und inzwischen etwas abgekühlte Gebäck und begutachtete es. »Steinhart«, diagnostizierte er. Jürgen überlegte nicht lang. Er nahm das aussortierte Herz und begann konzentriert, es zu verzieren.

Eleonora bediente einige Punschkunden, doch dann bemerkte sie, was Jürgen trieb. »Was machst du denn da? Das ist doch Ausschuss.« Sie schob die anderen Herzen zu ihm. »Wenn du dich doch wieder an den Zuckerguss traust – hier, die müssen noch verziert werden.«

Doch Jürgen ließ sich nicht stören. In aller Ruhe vollendete er sein Werk, betrachtete es kritisch und lächelte. »Frau Claus, das hier ist für dich.« Er hielt ihr das dunkle Herz hin.

»Du bist ja verrückt!«, sagte Eleonora. Aber sie nahm das Geschenk entgegen. Ihre Wangen wurden eine Nuance röter, als sie ohnehin aufgrund der frischen Luft schon waren.

Schorsch verrenkte sich den Hals, um zu sehen, was sie so verlegen machte. Jürgen hatte den Lebkuchen mit einer Zuckerrose, einem J und einem E verziert. Nicht schlecht, Herr Specht, dachte Schorsch. Der Kerl sieht aus wie eine Dampfwalze, aber der hat schon auch ein feines Gespür. Eleonoras Herz hatte sich durch diese Geste ganz offensichtlich ein Stückchen weiter geöffnet.

»Danke schön. Das werde ich tragen, wenn der Zuckerguss trocken ist.« Damit schob Eleonora das Herz auf dem Tresen ziemlich nach hinten und deckte einen Karton drüber. »Geht ja niemanden was an«, meinte sie, gab Jürgen aber ein schnelles Dankeschönküsschen auf die Wange.

Der strahlte. Endlich erinnerte er sich auch wieder an seine eigentliche Aufgabe, die er für Schorschs Geschmack zu sehr aus den Augen verloren hatte. Jetzt war Jürgen wieder in der Spur. Während er die nächste Fuhre Teig knetete, scannte er die Menge um die Punschhütte herum auf mögliche Auffälligkeiten ab.

Genug gesehen. Schorsch beschloss, seinen Beobachtungsposten zu verlassen. Er machte die letzten Schritte und erreichte den Punschstand.

Dort konnte er der Versuchung nicht widerstehen, Jürgen ein bisschen zu foppen.

»Einen schönen guten Tag, wunderschönste aller Punschverkäuferinnen«, sagte er und amüsierte sich, weil Jürgen prompt sehr unwirsch aus der Wäsche guckte. Aber er wollte es auch nicht übertreiben, deshalb legte er sofort nach. »Grüß dich, Jürgen.«

Der Angesprochene nickte stumm.

»Sag, hast du mal kurz Zeit für mich. Ich würde gern was mit dir besprechen.«

»Darf es ein Punsch sein?«, fragte Eleonora.

»Ja, bitte. Aber was ohne Umdrehungen, ich brauch einen klaren Kopf. Jürgen, du auch einen?«

»Von mir aus.« Jürgens Stimme tönte frostig. »Eigentlich hab ich hier zu tun«, murrte er.

»Ja, schon klar. Aber es ist wichtig.«

Schorsch stellte sich mit Jürgen an den Tisch, an dem er sich gestern schon mit Poldi unterhalten hatte. Ein bisschen weg vom Schuss und so, dass sie ungestört und – noch wichtiger – unbelauscht sprechen konnten.

Trotzdem senkte Schorsch vorsichtshalber die Stimme. »Also, pass auf. Unser Plan mit meinem Undercovereinsatz hat eine Schwachstelle.«

»Ach, der Herr Kommissar hat wohl Probleme, wenn er sich nicht mit seiner Marke Respekt verschaffen kann.« Jürgen genoss es ganz offensichtlich zu sticheln.

»Depp!«, konterte Schorsch, milderte das Wort allerdings mit einem Lächeln.

Doch das kam bei Jürgen nicht an. »Leck mich«, sagte er und wollte wieder an den Punschstand gehen.

»Hiergeblieben!« Jetzt wurde es hinten aber höher als vorn. Was bildete sich der Kerl überhaupt ein?

Immerhin blieb er stehen. Aber sein Gesicht verriet deutlich, dass er innerlich brodelte. Irgendwie schien Jürgen auf Krawall gebürstet.

Schorsch beschloss einzulenken. Streit im Team war nicht gerade ermittlungsfördernd. »Jetzt komm, Jürgen. Bist du mit dem falschen Fuß aufgestanden? Wir wollen doch beide das Gleiche, oder? Anschläge verhindern und wenn möglich den Täter dingfest machen. Und – falls es das ist, was dich drückt: Deine Frau Claus interessiert mich nicht. Ehrlich! Das ist nur freundschaftliches Geplänkel, kein Stück mehr.«

Jürgen kniff die Augen zusammen und fixierte Schorsch. Dann schnaufte er durch und nickte.

»Na also«, sagte Schorsch. Eifersucht konnte einen Mann wahrlich in den Wahnsinn treiben – es war nicht das erste Mal, dass Schorsch das klar wurde. »Pass auf. Die Wunderlandmitarbeiter sind dermaßen auf Freundlichkeit getrimmt, dass ich nicht mit ihnen über den Kurzschluss und das geschmorte Christkind reden kann. Die lächeln das einfach weg.«

Um Jürgens Mund zuckte es spöttisch, doch Schorsch ließ

sich nicht provozieren und sprach weiter, als hätte er die Schadenfreude nicht mitbekommen. »Ich werde also meine Strategie ändern und ein bisschen Öl ins Feuer gießen. Ich möchte, dass du die Leute im Blick behältst, wenn ich mit ihnen gesprochen hab. Wollen wir doch mal sehen, ob wir nicht jemanden nervös machen, wenn ich behaupte, ich hätte gehört, dass der Täter so gut wie überführt sei. Ich werde dick auftragen. Mit etwas Glück erwischen wir ihn oder sie auf diese Weise – ausschließen können wir im Moment ja noch niemanden wirklich – oder aber einen Mitwisser, der den Täter dann warnen möchte.«

Schorsch nahm einen Schluck Punsch und zog an seinem Ohrläppchen. »Viel ist das nicht, und wie so oft am Beginn von Ermittlungen kommt das der Suche nach der Nadel im Heuhaufen gleich, auch wenn es sich hier um eine Tannenbaumnadel handelt. Nur irgendwo müssen wir ja starten. Also. Ich nehme mir erst mal die Buden und Stände rund um den Platz vor, die du vom Punschstand aus gut beobach–«

Das Geschrei vom Eingangsportal platzte mitten in Schorschs Ausführungen hinein. Ein Wichtel sah sich hilfesuchend um. Die Frau entdeckte Jürgen und kam angerannt. »Jürgen, schnell! Wo ist denn Poldi? Wir brauchen ihn. Da drinnen ist was passiert!«

Ohne zu zögern, rannten Schorsch und Jürgen mit dem Wichtel zusammen ins Gebäude. Schorsch zückte, während er rannte, das Handy, um Poldi zu alarmieren.

# Kapitel 9

Nach einer schlaflosen Nacht trat Poldi seinen Dienst im Weihnachtswunderland an. Bevor er gleich sein Ermittlerglück bei Wibbel versuchen wollte, machte er seinen täglichen Rundgang über das Gelände.

Er hauchte sich in die Hände und sah den Atemwölkchen nach, die aufwärtsstiegen. Frostig war es, aber das passte ausgezeichnet. Bei kaltem Winterwetter strömten meist noch mehr Besucher ins Wunderland. Kälte und Schnee waren in den Herzen der Menschen untrennbar mit Weihnachtszauber verbunden.

Während der Weihnachtszeit hatte Poldi – wie viele andere, die mit Herzblut zur Weihnachtswunderlandfamilie gehörten – Zwölfstundentage und Siebentagewochen. Das war selbstverständlich für ihn. Dafür machte er im Sommer sechs Wochen Urlaub am Stück, dann übernahm Jürgen das Regiment. Nur die vielen Zusatzkräfte, studentische Aushilfen meist, hatten – wenn sie es wollten – normale Dienstzeiten. Manche ließen sich auch für Doppelschichten einteilen, um in möglichst kurzer Zeit möglichst viel zu verdienen.

Auch die Sicherheitsabteilung wurde zur Weihnachtszeit mit reichlich Hilfskräften aufgestockt, die sich über das gesamte Gelände verteilten. Sie hatten den Auftrag, die Augen offen zu halten und sofort Alarm zu schlagen, falls es irgendwo nicht rundlief. Das waren natürlich keine Fachleute, aber das brauchte es auch nicht.

Neben den Taschendiebstählen, die sicher achtzig Prozent aller Vorfälle ausmachten, kam es hin und wieder zu Familienstreitigkeiten. Die Aushilfen hatten die Vorgabe, ihn sofort über Probleme zu informieren, keinesfalls sollten sie selbst eingreifen.

In der Regel konnte Poldi die Situationen ohne größere

Schwierigkeiten deeskalieren, und am Ende herrschte wieder dem Wunderland angemessene frifrofröhliche Weihnachtsstimmung.

Dass jemand gar keine Ruhe geben wollte, war in all den Jahren erst einmal vorgekommen. Den hatte Poldi dann vor die Tür gesetzt. Als auch vor dem Eingang noch immer nicht Schluss mit den Pöbeleien war, hatte er eine Streife gerufen. Ein paar Stunden Schlaf in einer warmen Zelle konnten Wunder bewirken – das wusste Poldi noch aus seiner aktiven Polizeizeit.

Poldi war davon überzeugt, dass er sich auf seine Leute verlassen konnte. Er hatte die Weihnachtsaushilfen sorgfältig ausgewählt, viele von ihnen kannte er schon seit Jahren. Sie jobbten regelmäßig in den Semesterferien bei ihm. Oft kamen diese Studenten Jahre später, wenn sie in ihren Jobs Karriere gemacht hatten, mit ihren Partnern und Kindern selbst als Besucher ins Weihnachtswunderland zurück. Der Zauber, der hier gewebt wurde, hielt mitunter ein Leben lang.

Genau deshalb, weil er so ein gutes Verhältnis zu seinen Mitarbeitern pflegte, hatte er sich auch nachts hin- und hergewälzt und überlegt, ob er nicht vielleicht doch seine gesamte Mannschaft einweihen und um erhöhte Wachsamkeit bitten sollte.

Letztlich hatte er sich aber dagegen entschieden. Je mehr Personen davon wussten, desto größer war die Gefahr, dass es sich rumratschte. Am Ende landete es dann vielleicht doch bei der Chefin – worauf Poldi sehr gern verzichten konnte.

All das ging ihm durch den Kopf, während er den gesamten Außenbereich abging und keine Auffälligkeiten entdecken konnte.

Kurz vor Mittag traf er bei Wibbel im Sekretariat ein. Perfekt getimt. Er hatte noch eben beim Bäcker ein Lunchpaket besorgt. Wibbel würde sich freuen, sie liebte es, wenn er sie besuchte und auch mal etwas Zeit mitbrachte.

Das schale Gefühl, das sich in Poldi breitmachen wollte, weil der die Gefühle der sympathischen Frau bewusst für seine Zwecke ausnutzte, schob er energisch weg. In dringenden Situationen heiligte der Zweck die Mittel. Immerhin ging es im schlimmsten Fall um das Leben vieler Menschen.

Er blieb vor der Tür stehen und klopfte. Zweimal kurz, Pause, zweimal kurz.

»Poldi! Das ist ja eine schöne Überraschung. Jetzt hast du mich aber gerade noch erwischt, ich wollte just in diesem Moment in die Pause gehen.«

Wie erwartet zog ein rosa Schleier über Wibbels Wangen. Das machte die Mittfünfzigerin glatt zehn Jahre jünger. Wibbel war durchaus ein Hingucker. Hätte Poldi auch nur das geringste Interesse an einer Beziehung gehabt, wäre er nicht abgeneigt gewesen. Aber seit dem Scheidungskrieg mit Sonja hatte er ein für alle Mal die Nase voll von Frauen. Keine Freundin, kein Stress. Und für eine Affäre kam Wibbel nicht in Frage. So was ging am Arbeitsplatz nicht gut. Also stand für Poldi fest: Finger weg.

Wibbel steckte in einem rot-grünen Elfenkostüm, das ihr ausgezeichnet stand. Die blonden Haare trug sie zu einem Zopf gebunden, der ihr bis auf den unteren Rücken fiel. Die Elfenmütze hatte sie keck schräg aufgesetzt. Poldi fragte sich, wie die wohl hielt.

Obwohl die quirlige Frau mit den lebendig blitzenden Augen so gar nicht nach einer strengen Chefsekretärin aussah, wusste Poldi, dass sie ihren Job leidenschaftlich liebte. Ebenso wie die Chefin. Wann immer sie glaubte, es drohe Gefahr, warf sie sich wie eine Löwenmutter vor Franziska. In Wibbels Beisein wagte niemand auch nur den Ansatz von Kritik am Führungsstil der Chefin. Poldi musste dementsprechend behutsam an das Gespräch herangehen.

»Genau das war mein Plan«, sagte er und wedelte mit der Lunchbox in Wibbels Richtung. »Was ist? Hast du Lust, mit einem alten Mann die Mittagspause zu verbringen? Es gibt Räucherlachssandwiches, und als Dessert hab ich Eleonora ein paar ihrer besten Pralinen und – natürlich – Elfenfüße abgeschwatzt.«

Wibbel klatschte vor Freude in die Hände. »Ich sehe hier zwar weit und breit keinen alten Mann, aber mit dir verbringe ich die Mittagspause ausgesprochen gern. Was für eine tolle Idee. Da hätte es nicht mal die Elfenfüße gebraucht, um mich zu überreden. Wobei ich dazu natürlich nicht Nein sagen kann.«

Diese köstlichen Mandelkekse, die es nur bei Eleonora gab, waren Wibbels ganze Leidenschaft, das wusste fast jeder hier im Wunderland. Sie wurde oft geneckt, weil sie die Kekse der Nagellackfarbe nach vernaschte. Jeder Elfenfußkeks hatte eine farbige halbe Mandel auf dem großen Zeh. Bei Wibbel verschwanden immer die Roten zuerst, gefolgt von Gelb, Grün, und zum Schluss kamen die mit den blauen Nägeln.

Prompt leckte sie sich voller Vorfreude über die Lippen. »Soll ich uns einen Tee kochen?«

»Nicht nötig.« Poldi zeigte auf die zweite Tüte in seiner Hand. »Ich hab eine Thermoskanne voll Christkindelglück dabei.«

»Perfekt. Das hatte ich ewig nicht. Vor lauter Bürokram komme ich überhaupt nicht dazu, unsere Wunderlandspezialitäten zu genießen. Aber es gibt so viel zu tun, du glaubst es nicht. Ach, ich freue mich!«, jubelte sie. »Hier mit dir ist es auch viel schöner als allein zu Hause.«

»Seit wann gehst du mittags nach Hause?« Normalerweise verbrachte Wibbel ihre Pause immer im Gemeinschaftsraum oder in der Kantine.

»Gar nicht, nur heute ausnahmsweise. Ich habe nachmittags eine Fortbildung, wir bekommen ein neues Abrechnungsprogramm. Und der Schulungsort ist direkt bei mir ums Eck. Deshalb. Aber so ist es viel netter. Wie läuft es denn bei dir, Poldi? Das war ja ein Schreck gestern!«

Poldi freute sich. Sein Plan funktionierte bestens. Wibbel hegte keinerlei Verdacht, und das Gespräch fand den Weg wie von selbst Richtung Arbeit – was natürlich nicht weiter überraschend war, immerhin waren sie Kollegen. Da hatten Gespräche eigentlich immer diese Tendenz. Selbst wenn man sich in der

Freizeit traf, früher oder später landete man beim Geschäft. Und dass Wibbel auf das gestrige Ereignis zu sprechen kam, war auch nicht verwunderlich. Das war überall im Wunderland Gesprächsthema Nummer eins.

»Verreckte Technik halt«, antwortete Poldi. »Aber wir haben alles im Griff.«

Damit gab sich Wibbel zufrieden.

Im Nu hatte sie den kleinen Besprechungstisch gedeckt. Aus den Weihnachtstassen dampfte es köstlich, und die Sandwiches waren ebenso wie die Pralinen und Elfenfüße auf Sternentellern gelandet, die in der Mitte des Tisches ihren Platz fanden. Natürlich gab es auch Weihnachtsservietten.

»Elche oder Engel?«, fragte Wibbel und hielt Poldi die Servietten hin.

»Elche«, sagte er prompt und lächelte sie an. »Der Engel am Tisch bist du.«

»Quatschkopf!« Wibbel konnte ihre Freude über seine Schmeichelei trotz der Frotzelei nicht verbergen.

Sie aßen und plauderten eine Weile belanglos über das Leben und waren gerade wieder bei Weihnachten gelandet. Wibbel erzählte, dass die Chefin den ganzen Nachmittag zusammen mit Paul wegen der geplanten Erweiterung unterwegs sein würde. Der richtige Zeitpunkt für Poldi, um den ersten zaghaften Vorstoß zu wagen.

»Jetzt macht die Chefin das schon so lange«, sagte er. »Wird es ihr nicht manchmal zu viel? Ich mein – immer nur Weihnachten, da könnt ich schon verstehen, wenn sie mal eine Veränderung bräuchte.«

Wibbel starrte Poldi einen Atemzug lang fassungslos an. Es schien, als könne sie gar nicht begreifen, was er da gesagt hatte. Doch schon im nächsten Moment fand sie ihre Sprache wieder. »Also Poldi, echt. Ich glaube, dir tut dein Eisbärfell nicht gut, das du zwischendurch trägst. Wie kommst du denn auf so eine Schnapsidee?«

Sie nahm einen Schluck Punsch und den letzten Bissen ihres

Sandwiches, dann sprach sie weiter. »Weißt du, jemand wie Franziska Fellinger, die so lange und so hart für den Erfolg gearbeitet hat, die gibt das nicht leichtfertig auf. Ich glaube, sie hatte sowieso nur die Kraft, das alles zu schaffen, weil sie von ihrer Weihnachtsliebe getragen wurde. Die ist so fest in ihr verankert – da gibt es keinen Platz für etwas anderes. Und das wird sich ganz sicher auch nicht ändern. Obwohl es ihr wirklich nicht leicht gemacht wird.« Wibbel wischte nachdenklich ein paar Sandwichbrösel zusammen und seufzte. »Ich würde ihr so wünschen, dass sie mal nicht mehr so viel kämpfen müsste.«

»Aber die Mehrarbeit durch die Erweiterung halst sie sich doch freiwillig auf. Ich meine, sie macht das doch, weil sie es will, oder?« Poldi hatte irgendwie den Faden verloren. Er verstand nicht, weshalb Wibbel plötzlich so trübsinnig in die Welt guckte.

»Ach das«, sagte Wibbel. »Klar. Das will sie. Und wie es aussieht, kriegt sie es sogar hin – dank der neu verkauften Lizenz. Aber andererseits, vielleicht klappt es doch nicht. Weißt du, so golden, wie sie es gern glänzen lässt, ist es zurzeit nicht. Ist ja auch keine Überraschung. Überleg mal, was das alles gekostet haben muss. Die Chefin hat Millionen hier drin stecken. Zum Glück ist sie echt clever. Sie hat geschickt investiert und Gelder gewinnbringend angelegt. Nie leichtsinnig, natürlich! Aber was nutzt dir alle Vorsicht, wenn die Finanzwelt zusammenbricht?«

Ach, daher wehte der Wind!

Poldi hatte am Rande was von dem Bankencrash mitbekommen, richtig zugehört hatte er nicht, da er keine Anlagen besaß, die dadurch in Gefahr geraten könnten.

»Sag nur, dieser Bankencrash betrifft das Weihnachtswunderland?« Konnte es sein, dass die heile Welt Gefahr lief, zu kippen?

Aber Wibbel wiegelte ab. »Jetzt mal nur nicht den Teufel an die Wand, Poldi. Nein, nein. So schlimm wird es schon nicht sein. Frau Fellinger arbeitet mit dem Herrn Obermeier an den Erweiterungsplänen. Das würde sie ja wohl kaum machen, wenn es ernste Probleme gäbe, oder? Aber sie tut mir halt leid. Sie hat wohl schon einiges an Geld verloren. Ich hab nur mitbekommen, dass sie versucht hat, ein paar ihrer Immobilien abzustoßen. Das geht natürlich nicht von heute auf morgen. Es müssen ja erst mal Käufer gefunden werden.«

Wibbel merkte wohl, dass sie sich hatte hinreißen lassen, viel zu viel auszuplaudern. Sie begann, die Teller aufeinanderzustellen. »Ach, vergiss mein Geschwätz. Erstens versteh ich von der Finanzwelt sowieso viel zu wenig, um da mitreden zu können, und zweitens geht uns das alles gar nichts an.«

»Na ja, immerhin hat die Chefin ja noch ihren Paul. Der wird ihr schon eine Schulter zum Trösten bieten, wenn es mal zu hart kommt.« Poldi gab sich alle Mühe, die Bemerkung so unauffällig wie möglich einfließen zu lassen. Leider ging Wibbel nicht so darauf ein, wie er es sich erhofft hatte.

»Es ist immer gut, Freunde zu haben«, sagte sie nur.

Doch so schnell wollte Poldi sich nicht geschlagen geben. »Oder auch einen Partner«, schob er hinterher.

Wibbel tat, als verstünde sie nicht, worauf Poldi hinauswollte, dabei war er sicher, dass sie es ganz genau wusste. Aber in diesem Punkt war sie stur. Stattdessen hielt sie ihm den letzten Elfenfuß an die Lippen. Natürlich mit blauem Mandelzeh. »Bitte schön, mein Lieber. Damit du nicht sagst, ich würde dir alles wegfuttern. Bei diesen Dingern vergesse ich mich, das sind meine absoluten Lieblingskekse.« Tatsächlich hatte Wibbel bis auf diesen letzten alle Elfenfüße weggeknabbert.

Da sie auf die Andeutungen nicht reagierte, entschloss Poldi sich, bevor er sich den Keks in den Mund schieben ließ, zu einem direkten Vorstoß. »Komm, Wibbel. Verrat es mir. Läuft was zwischen dem Paul und der Chefin?«

Doch Wibbel lächelte nur und hob die Augenbrauen. »Nimm jetzt den Elfenfuß und stell nicht so viele Fragen. Die beiden sind Geschäftspartner und obendrein gute Freunde. Das ist doch schon ziemlich viel, würde ich meinen. Alles andere geht uns nichts an.«

Nachdenklich kaute Poldi. In dem Punkt käme er nicht weiter, egal, wie er es anstellte. Was Wibbel ansonsten gerade erzählt hatte, war nicht gerade das, was er sich gewünscht hatte. Lagen Jürgen und Schorsch mit ihrer Vermutung am Ende doch richtig? Hatte die Chefin sich verkalkuliert? Dazu kam, dass das Wunderland Unsummen verschlang. Böse Zungen behaupteten, es sei reine Spinnerei einer reichen Verrückten und würde im Leben nicht das einbringen, was Unterhalt und Personal an Kosten verursachten. Poldi lebte nicht auf dem Mond, er kannte die Gerüchte, die immer mal wieder die Runde machten. War vielleicht doch nicht alles Weihnachten, was glitzerte?

Zumindest wusste er jetzt, dass die Chefin ihre Finanzen und die Immobilienabwicklungen überwiegend selbst in der Hand hatte. Wibbel war in diesen Fällen lediglich dafür zuständig, Anrufe zu vermitteln oder Briefe zur Post zu bringen, die die Chefin aber selbst schrieb.

Er musste sich das ansehen. Und dafür musste er in ihr Büro. Dass sie unterwegs war, nahm er als Zeichen. So eine Chance gab es nicht oft.

Wibbel warf einen Blick auf die Uhr an der Wand und stand auf. »Poldi, sei mir nicht böse, aber ich muss jetzt gleich los, sonst komme ich zu spät.«

»Kein Problem. War schön, mal wieder mit dir zu plaudern. Dann viel Spaß bei deinem Kurs.«

Wibbel lachte. »Danke. Werde ich haben. Nach allem, was ich bisher gesehen habe, werde ich dieses neue Programm lieben.«

Typisch Wibbel. Immer positiv. Immer Sonnenschein. Selbst im ärgsten Wintersturm fand sie einen wärmenden Gedanken. Eigentlich schade, dachte Poldi, dass ich so ein verhunzter Ex bin. Hätte er statt Sonja Wibbel geheiratet …

Im nächsten Moment schüttelte er über sich selbst den Kopf. Was waren das denn für Töne? Da konzentrierte er sich doch lieber auf die nächsten Schritte.

In einem kleinen Abstellraum schräg gegenüber von Wibbels Büro wartete Poldi in Ruhe ab, bis Wibbel davongerauscht war. Noch zwei Minuten – um sicherzugehen, dass sie nichts vergessen hatte und doch noch mal zurückkam –, dann zog er seinen Generalschlüssel aus der Tasche und zack, stand er an ihrem Schreibtisch. Mit gekonnten Griffen suchte er an den typischen Stellen nach dem Zweitschlüssel für das Büro von Franziska Fellinger. Das war der einzige Raum, zu dem er trotz Generalschlüssel keinen Zutritt hatte.

In dem Weihnachtsfrosch, der zwischen den Blumen auf dem Fensterbrett saß, wurde er fündig. Natürlich ein Frosch! Poldi grinste. Vermutlich hatte Wibbel ihn geküsst. Eine Frau wie sie glaubte an das Märchen der großen Liebe.

Verflixt. Was hatte Eleonora ihm in den Punsch getan, dass seine Gedanken heute dauernd in diese Richtung steuerten? Energisch steckte Poldi den Schlüssel ins Schloss, trat in das Büro ein und schloss die Tür vorsichtshalber hinter sich ab. Er wollte keinesfalls gestört werden.

Er ließ seinen Blick einmal durch den Raum schweifen. An der Wand hingen einige Weihnachtsbilder. Hier sah man auch sofort, wo die Liebe ihren Ursprung hatte. Verschiedene Motive, unterschiedliche Blickwinkel, aber immer New York im Weihnachtsmäntelchen.

Dazwischen, in einer Vitrine neben der Tür, eine Weihnachtskugel. Poldi wusste, dass es sich um die erste von der Chefin entworfene Weihnachtskugel handelte. Der gerahmte Zeitungsartikel, der über der Vitrine hing, erzählte die dazugehörige Geschichte, die im Weihnachtswunderland natürlich jeder Mitarbeiter kannte. Die Frage danach, wie alles begann, war Teil des Vorstellungsgesprächs. Wer das nicht wusste, zeigte, dass er nicht recherchiert hatte und sich nicht wirklich mit dem Weihnachtswunderland und der hier herrschenden Stimmung identifizierte. Job? Fehlanzeige. So jemand wurde nicht eingestellt.

Poldis Blick blieb am Schreibtisch hängen. Er ging darum herum und setzte sich in den Sessel, in dem sonst Mütterchen

Frost saß und die Geschicke ihres persönlichen Lebenstraums lenkte.

Könnte es tatsächlich um Versicherungsbetrug gehen?

Schublade um Schublade zog Poldi auf. In der untersten fand er Unterlagen zu den Immobilien, von denen Wibbel gesprochen hatte. Doch er konnte nichts Auffälliges erkennen. Ganz normale Vorgänge, soweit er das beurteilen konnte.

Ein Schreiben an einen Makler fiel ihm in die Hand. War das eine Spur? Poldi überflog die Zeilen. Es sagte klar aus, dass seine Chefin nicht unter Wert verkaufen wollte. Sie schrieb dem Makler, er solle noch vier Wochen den Verkauf anbieten. Falls sich kein Käufer fände, wolle sie die Immobilien weiter vermieten und den Vertrag über die Verwaltung entsprechend verlängern.

Nein. Daraus ergab sich kein Hinweis auf akute finanzielle Schwierigkeiten. Alles komplett unauffällig. Poldi legte den Brief zu den anderen Papieren zurück und schloss die Schublade.

Nachdenklich stellte er die Ellbogen auf dem Schreibtisch auf und stützte sein Kinn auf die Hände.

Sein Blick fiel wieder auf den Zeitungsartikel mit dem Bild der jungen Franziska Fellinger, der über der Vitrine an der Wand hing. Er stand auf und ging näher ran. Wie glücklich sie damals aussah. Als hätte sie geahnt, dass aus diesem Moment heraus ihre Träume Wirklichkeit werden würden. Mehr noch – vermutlich hatte sie damals noch nicht einmal im Traum an das gedacht, was sie heute ihr Eigen nennen konnte. Der Typ neben ihr sah allerdings aus, als hätte Knecht Ruprecht ihn persönlich übers Knie gelegt. Er hatte eine mächtige Narbe, die sich über den Hals bis unter das T-Shirt zog, was nicht gerade dazu angetan war, den grimmigen Gesamteindruck zu mildern. Neben diesem missmutigen Typen stand ein zweites Mädchen, das irgendwie gelangweilt wirkte – so als ginge sie das alles nichts an. Das glückliche Lächeln von Franziska überstrahlte die beiden Figuren und ließ das Foto leuchten.

Doch in alte Geschichten einzutauchen, brachte ihn hier und jetzt nicht weiter. Deshalb riss Poldi sich los und sah sich noch einmal gründlich im Raum um. Als er bei dem Stuhl landete, auf dem gestern Paul gesessen hatte, nahmen seine Gedanken diesen Impuls auf.

War das vielleicht die richtige Spur?

Auch gestern hatte Paul Kaugummi gekaut. Aber sprach das nicht eher gegen ihn als Täter? Er konnte doch nicht so blöd sein und die Spur derart offensichtlich auf sich selbst lenken?

Verdammt! Wieso war Wibbel nur so fürchterlich loyal? Wieso bekam er bei ihr nichts über die Beziehung zwischen der Chefin und Paul raus? Weil es nichts rauszukriegen gab? Oder wollte sie sich partout nicht über das Privatleben der Chefin auslassen?

Ihrer Meinung nach gab es keinerlei Probleme. Die beiden waren Geschäftspartner und befreundet und Punkt. Doch war wirklich alles gut zwischen den beiden? Sicher war Poldi nicht. Es wäre durchaus möglich, dass Wibbel mehr wusste, als sie zugab.

Da ihn das Gespräch mit Wibbel nicht wirklich weitergebracht hatte, konzentrierte er sich auf seine eigenen Beobachtungen. Schon mehrfach hatte er das Gefühl gehabt, dass die Beziehung von Obermeier und der Chefin über das Geschäftliche und die damit verbundene lockere Freundschaft hinausging. Wenn sein siebter Sinn nicht im Weihnachtsurlaub war, dann lag in Pauls Blicken, die er der Chefin zuwarf, deutlich mehr Intensität, als es umgekehrt der Fall war. Konnte es sein, dass er sich in sie verliebt hatte und sie die Gefühle nicht erwiderte? Oder ging es um seine männliche Ehre? Hatte er Schwierigkeiten mit ihrem Erfolg? Er wäre nicht der erste Mann, dessen Selbstbewusstsein angesichts einer erfolgreichen Frau aufjaulte.

Poldi hatte auf jeden Fall schon mehrfach den Eindruck, dass es unter der freundschaftlichen Oberfläche ungut brodelte. Wie eben gestern im Büro der Chefin, als er über den Christkindvorfall berichtet hatte.

Pauls merkwürdiges Auftreten passte nicht zu einem entspannten Verhältnis. War das ein freundschaftliches Kräftemessen, männliche Überheblichkeit oder steckte doch mehr dahinter? Unerwiderte Liebe konnte seltsame Auswüchse treiben, das hatte Poldi schon oft genug erlebt.

Vielleicht traute er sich nicht an sie ran, weil sie so erfolgreich war? Das konnte einen Mann durchaus einschüchtern. Wollte er sie schwächen, damit er ihr helfen und sie dann in seinen Armen Trost finden konnte? Oder war er am Ende eifersüchtig, weil bei ihr immer das Weihnachtswunderland an erster Stelle stehen würde?

Aber waren all das Motive für eine Sabotage? Weit hergeholt, aber nicht unmöglich, fand Poldi. Diese Reichen kamen doch auf die blödesten Ideen. Es konnte aber auch gut sein, dass der wahre Täter genau das beabsichtigt hatte, nahm er den Gedanken wieder auf, den er vorher schon einmal kurz gehabt hatte. Doch die Frage nach dem Wieso blieb. Wer sollte etwas gegen Paul haben und gleichzeitig dem Wunderland schaden wollen?

Langsam, aber sicher wurde Poldi schwindlig von seinen sich im Kreis drehenden Gedanken. Er wollte schon frustriert aufgeben, als sein Blick auf die schwarze Aktentasche fiel, die unter dem Besprechungstisch an ein Tischbein gelehnt stand, als wäre sie vergessen worden. Mütterchen Frost hatte eine zu ihrem Kostüm passende selbst designte Tasche, ihre war es also auf keinen Fall.

Ohne lang zu überlegen, hatte Poldi die Aktentasche auch schon auf den Tisch gelegt und geöffnet. Sie gehörte Paul. Na also. Poldi zog einen Stapel Dokumente heraus. Wow. Die Chefin wollte offenbar wirklich in die Vollen gehen mit der nächsten Wunderlanderweiterung! Ein leiser Pfiff schlich sich über Poldis Lippen, als er immer mehr Einzelheiten erfasste, die sich vor ihm ausbreiteten.

In der nächsten Sekunde schoss es ihm eiskalt durch den Körper. Im ersten Moment dachte er, die Chefin und Paul kämen zurück, weil er gemerkt hatte, dass er seine Tasche vergessen hatte. Doch dann wurde ihm klar, dass der Lärm von draußen kam. Vom Platz her drangen Schreie ins Büro.

Sofort stopfte er alle Unterlagen zurück in die Tasche und lief los.

An der Tür wurde er schmerzhaft gebremst – er hatte vergessen, dass er hinter sich abgeschlossen hatte, um nicht gestört zu werden. Fluchend drehte Poldi den Schlüssel, öffnete die Tür und rannte so schnell er konnte die Treppen hinunter.

Doch er musste gar nicht bis nach draußen laufen …

# Kapitel 10

Franziska ging gemeinsam mit Paul mit großen Schritten auf das Hauptgebäude des Weihnachtswunderlandes zu – was gar nicht so einfach war, denn es herrschte reger Betrieb. Immer wieder mussten sie abbremsen oder ausweichen. Franziska begegnete den Menschen mit einem herzlichen Lächeln, dieser Besucherstrom war ganz nach ihrem Geschmack.

Bei herrlichem Sonnenschein genossen die Gäste die Angebote im Außenbereich. Viele schlenderten die Wege entlang und hatten es überhaupt nicht eilig. Hier im Wunderland konnte man die um sich greifende Weihnachtshektik, die sonst überall in den Geschäften zu spüren war, ausblenden. Hier wurde man zum Genießen verführt.

Franziska freute sich über die entspannt flanierenden Menschen, denn genau das war ihr Ansinnen gewesen bei der Planung. Sie hatte mit vielen Beratern intensiv getüftelt und die Bereiche so gemischt, dass der Weihnachtszauber Raum hatte, sich zu entfalten.

Die Tatsache, dass es natürlich auch im Weihnachtswunderland um Konsum ging, wurde durch eine reiche Auswahl an nicht kommerziellen Angeboten verlockend verhüllt.

Paul allerdings war weit von der Entspannung entfernt, die um ihn herum herrschte.

»So ein Ärger«, sagte er zum wiederholten Mal. »Es tut mir wirklich leid, Franziska. Ich bin so ein Schussel! Keine Ahnung, wo ich meinen Kopf hatte. Das ist mir tatsächlich noch nie passiert.«

Doch Franziska wischte die Selbstvorwürfe ihres Freundes weg. »Mach dich nicht verrückt. Jeder kann mal was vergessen. Wir konnten den Termin ja zum Glück auf später verschieben – also ist doch gar nichts passiert, außer, dass wir nachher halt noch mal losmüssen.«

»Aber …«

Paul war offensichtlich noch nicht fertig mit seiner Selbstzerfleischung und suchte nach Worten für die nächste Runde, wie Franziska amüsiert feststellte. Sie wusste, wie peinlich es ihm war, dass seinetwegen der Termin kurzfristig verlegt werden musste. Aber bei allem, was recht war, so schlimm war das nun auch wieder nicht.

Also blieb sie kurz stehen und umarmte ihn. »Du bist der süßeste Perfektionist, den ich kenne. Du machst sogar mir Konkurrenz – und das will was heißen.« Sie zwinkerte ihm zu. »Weißt du was? Wir gehen jetzt ins Büro, lassen uns Punsch und Elfenfüße bringen und machen es uns gemütlich. Dann hatte deine Vergesslichkeit am Ende sogar noch was Gutes, siehst du? Du hast uns eine kleine Auszeit geschenkt.«

Sie wollte ihm eine Freude machen. Wenn sie ehrlich war, tat sie es jedoch nicht nur für ihn, sondern auch, um ihr schlechtes Gewissen zu besänftigen. Das nervte sie nämlich, seit sie gestern das Essen mit Paul im »La Boheme« abgesagt hatte.

Aber sie hatte nicht anders gekonnt. Auf keinen Fall hätte sie mit ihm einen lauschigen Abend und ein Sterneweihnachtsmenü genießen können, während ihre Gedanken um das zerstörte Christkind und das Wie und Warum kreisten. Das wäre weder Paul noch dem Sternekoch gegenüber angemessen gewesen. Deshalb hatte sie ihn schweren Herzens gebeten, das Essen zu verschieben. Paul hatte ihre Bitte ohne Protest hingenommen. Er hatte sich sehr bemüht, sich seine Gefühle nicht anmerken zu lassen. Aber sie sah die Enttäuschung in seinen Augen sehr wohl – auch heute noch, als er sie abgeholt hatte.

Und genau das wollte sie nun mit diesem unverhofften Punschstündchen wiedergutmachen. Sie wollte diesen traurigen Schleier aus seinem Blick wischen und das Funkeln zurückholen.

Das freudige Aufblitzen in Pauls Augen zeigte Franziska, dass sie auf dem richtigen Weg war. Sie seufzte leise. Da gab es noch etwas anderes. Auch wenn es noch nie ausgesprochen worden war. Weder von ihm noch von ihr. Irgendwann müsste sie sich den Tatsachen stellen und offen mit Paul über ihre Beziehung sprechen. Sie spürte längst, dass es für ihn über die platonische Freundschaft hinausging. Nur was sie selbst fühlte, dessen war sie sich nicht sicher.

In ihrem Leben gab es nur Tim und das Weihnachtswunderland, und es war schwierig genug, beides unter einen Hut zu bringen. Wenn auch noch ein Partner dazukäme, der ihre Aufmerksamkeit einforderte, müsste sie sich wohl klonen. Anders war das unmöglich machbar. Vielleicht hatte ihr Unterbewusstsein den Vorfall mit dem Christkind als Grund für die Absage auch nur vorgeschoben? Vielleicht wollte sie sich, ohne es zu wissen, genau vor dieser Auseinandersetzung mit Paul drücken? Denkbar wäre es.

Heute jedenfalls schien die Sache mit dem Kurzschluss schon weit weg zu sein und schrumpfte in der Erinnerung zu einem kleinen Ärgernis zusammen. Wieso hatte sie sich gestern nur so da hineingesteigert? Und nicht nur sie. Auch Poldi hatte für ihren Geschmack deutlich überzogen reagiert.

Anschlag. Polizei. Das war doch alles weit hergeholt, wenn sie die Menge betrachtete, die hier friedlich und fröhlich den Weihnachtszauber genoss. Wer sollte ihr oder dem Wunderland auch etwas Böses wollen?

Während Franziska all diese Gedanken durch den Kopf gingen, hatten sie sich wieder in Bewegung gesetzt. Als sie die Eingangstür fast erreicht hatten, stockte Franziska.

Da stimmte etwas nicht! Von wegen friedlich und fröhlich.

Die Tür stand auf. Davor und in der Eingangshalle, ja sogar die Treppe hinauf drängten sich Menschen. Sie reckten ihre Hälse, als ob es etwas zu sehen gäbe.

Sofort dachte Franziska wieder an den vorigen Tag und das zerschmurgelte Christkind. Und jetzt war es von einem Wimpernschlag zum nächsten von dem kleinen Ärgernis, an das sie eben noch gedacht hatte, wieder zu einer Monsterbedrohung angewachsen.

Ihr Herz setzte einen Schlag aus, um dann wie von der Leine gelassen loszugaloppieren. Ihr wurde heiß und kalt, sie spürte, wie der Schweiß über ihren Rücken rann.

»Paul, sieh nur, da muss etwas passiert sein!« Franziska begann zu laufen.

Paul brauchte eine Sekunde länger, um die Situation zu erfassen. Doch dann spurtete auch er los. Mit seinen langen Beinen war er schneller als Franziska. Er überholte sie und lief dann vor ihr her, um ihr den Weg durch die Menschenmenge zu bahnen. »Lassen Sie uns durch! Bitte, machen Sie Platz!«

Sie erreichten das Gebäude und sahen sich suchend um. Aus dem ersten Stock tönte Poldis Stimme. »Herrschaften, gehen Sie weiter bitte. Es gibt hier nichts zu sehen. Genießen Sie Ihren Aufenthalt. Haben Sie die Angebote im zweiten und dritten Stock schon entdeckt? Die Krippenausstellung im Ostflügel sollten Sie sich nicht entgehen lassen!«

Und auch Jürgens Anweisung dröhnte über die Köpfe hinweg. Er kam die Treppe hinunter und drängte die Menge mit ausgebreiteten Armen aus dem Gebäude. »Weitergehen, Leute. Hier gibt es nichts zu gaffen. Geht raus, fahrt Rentierschlitten oder trinkt einen Punsch. Macht, was ihr wollt, aber geht weiter. Los jetzt! Wird's bald?«

»Aber das ist doch …!« Franziska schnappte nach Luft.

Was fiel diesem unverschämten Kerl ein? Wie ging er denn mit den Kunden um? Das war nicht der Tonfall, den sie von ihren Angestellten erwartete. Unfassbar, wie der sich aufführte! Sie musste umgehend mit Poldi über seinen Assistenten sprechen. Aber vor allem musste sie ihn bremsen. Und zwar sofort!

Sie quetschte sich zwischen den Leuten hindurch bis zu Jürgen. »Herr Böhringer! Was erlauben Sie sich?«, blaffte sie ihn an.

Dann erinnerte sie sich daran, dass sie mitten zwischen ihren Gästen stand. Hier war weder die richtige Zeit noch der richtige Ort, um einen Mitarbeiter zu maßregeln. Umgehend setzte sie ein herzliches Lächeln auf, das sie den Menschen rundherum schenkte.

»Bitte begeben Sie sich in den Außenbereich«, trällerte sie so liebenswürdig sie konnte. »Unser Punschangebot ist wirklich sehr empfehlenswert. Und in wenigen Minuten ist auch wieder Zeit für den Santa Claus. Den sollten Sie erleben. Draußen, rechts neben dem Punschstand, wird er sein, und die kleinen und natürlich auch die großen Kinder«, sie zwinkerte einer jungen Frau zu, »können ihm ihre Wünsche ins Ohr flüstern. Sie wissen ja, Weihnachten ist die Zeit der Wunder – also, nur zu!«

Zögernd setzte sich die Menge in Bewegung. Franziska ging näher an Jürgen heran und flüsterte: »Das wird ein Nachspiel haben!«

Seine Erwiderung ging im nun doch wieder lauter werdenden Raunen unter. Doch sein Blick ließ Franziska schaudern. Seine dunkelbraunen Augen wirkten merkwürdig kalt. Dieser Mann passte wirklich nicht zu ihnen ins Wunderland, jetzt gerade zeigte er keine Spur Freundlichkeit.

Zwischen den nach außen strebenden Menschen zwängten sich Sanitäter und ein Notarzt ins Gebäude. Jürgen übernahm wieder das Kommando und wies dem Rettungsteam den Weg. Das folgte seinem Deuten, und die Helfer stürmten im Laufschritt die Treppe hinauf.

Auch Franziska und Paul eilten in den ersten Stock. Dort erreichten sie das Zentrum des schaurigen Schauspiels, und Franziska stieß einen Schrei aus. Sie blieb stehen und starrte fassungslos auf das Szenario.

Die Tür zu einem Putzraum stand auf. Davor lag ein Mann im Weihnachtszwergenkostüm. Die Augen geschlossen. Das Gesicht weiß wie frisch gefallener Schnee. Erst als sie genauer hinsah, erkannte Franziska ihn. Es war Ernst, der immer fröhliche Maronenverkäufer.

Der Notarzt beugte sich über ihn. Er prüfte die Vitalzeichen und schüttelte bereits Sekunden später den Kopf. Nichts mehr zu machen, hieß das.

Tränen schossen Franziska in die Augen.

Ernst. Ausgerechnet der gutmütige Mann, der seit der ersten Stunde an ihrer Seite war. Einer der Besten. Einer der Nettesten. Einer, der für sie fest zur Wunderlandfamilie gehörte.

»Was ist passiert?«, fragte sie Poldi, der mit betroffener Miene neben sie getreten war.

Poldi rieb sich den Nacken und schien nach den richtigen Worten zu suchen. Ein weiterer Mann kam zu ihnen.

»Holzhammer«, stellte er sich Franziska vor. »Kommissar Georg Holzhammer.«

»Kommissar?« Franziska sah sich erschrocken um. Hoffentlich bekamen die Besucher nicht mit, dass die Polizei im Wunderland war. Doch Poldi und seine Leute hatten ganze Arbeit geleistet, die neugierige Besuchermenge hatte sich aufgelöst, und die erste Etage war inzwischen abgesperrt.

»Herr Holzhammer ist ein Bekannter von mir, Frau Fellinger«, erklärte Poldi. »Es ist Zufall und – ich würde sagen, auch Glück, dass er vor Ort war. So können die Ermittlungen direkt starten.«

»Ermitt…?« Sie unterbrach sich selbst und sah noch einmal zu dem Toten, dem die Sanitäter gerade eine Decke überlegten. »Was ist denn passiert? Hatte er einen Herzinfarkt? Und was wollte Ernst im Putzraum? Er müsste doch an seinem Stand sein.«

Während sie sprachen, kamen Polizisten die Treppe hoch. Uniformierte! Franziskas gestriger Alptraum wurde Wirklichkeit.

Schorsch entschuldigte sich für einen Moment, gab ein paar Anweisungen und kam dann wieder zu Franziska. »Frau Fellinger, können wir uns irgendwo in Ruhe unterhalten? In Ihrem Büro oder im Zimmer von Herrn Poldansky?«

Franziska betrachtete ihn mit aufgerissenen Augen. Sie versuchte auf seine Frage zu reagieren, doch die Ungeheuerlichkeit der Situation hatte ihr die Kontrolle über ihren Körper geraubt. Sie konnte keinen zusammenhängenden Satz mehr denken, geschweige denn vernünftig sprechen oder handeln. Der Boden schien unter ihren Füßen zu schwanken. Dankbar nahm sie wahr, dass Paul den Arm um sie gelegt hatte und sie stützte.

»Kommen Sie mit, ich führe Sie hin«, übernahm Paul, der wohl spürte, dass Franziska kurz vor einem Kollaps stand, jetzt die Initiative.

Während sie die Stufen in den dritten Stock erklommen, wich Paul nicht von Franziskas Seite. Es wäre ihm auch gar nicht möglich gewesen, denn sie hielt seine Hand fest umklammert, als wäre diese ihr Rettungsanker.

Holzhammer ging dicht neben Poldi hinter ihr und Paul. Im Augenwinkel sah sie, dass die beiden Männer ein paar geflüsterte Worte hin- und herwarfen und sorgenvolle Blicke austauschten.

War es wirklich Zufall, dass dieser Kommissar im Weihnachtswunderland war? Ausgerechnet jetzt? Oder hatte Poldi hinter ihrem Rücken und gegen ihre ausdrückliche Anordnung doch die Polizei eingeschaltet? Doch sie hatte keine Zeit, weiter darüber nachzudenken, denn sie hatten den Bürotrakt erreicht.

»Wenn es Ihnen nichts ausmacht, dann lassen Sie uns in Poldis Zimmer gehen«, sagte Schorsch, als sie den Gang entlanggingen.

Paul sah Franziska fragend an, die zuckte kurz mit den Schultern. Hauptsache, sie erfuhr endlich, was denn genau los war. Wo das Gespräch stattfand, spielte nun wirklich keine Rolle. Sie steuerte an ihrer eigenen Bürotür vorbei und die anderen folgten ihr.

In Poldis Büro setzten sie sich an den runden Besprechungstisch. Poldi stellte ein Glas Wasser vor Franziska auf den Tisch und bot auch Paul etwas an, der aber ablehnte. Franziska dankte ihm und nahm ein paar Schlucke. Endlich fühlte sie ihre Lebensgeister zurückkehren.

»Was ist los? Ich möchte jetzt wissen, was hier gespielt wird«, forderte sie. »Wieso ist ein Kommissar hier? Und was ist mit Ernst passiert?«

Sie spürte die Tränen heiß in die Augen schießen. Bevor sie

es verhindern konnte, liefen sie ihr auch schon über die Wangen und tropften das Kinn hinab auf ihre Jacke. Paul streichelte ihr den Rücken, was wirklich guttat und sie etwas beruhigte.

»Frau Fellinger, es tut mir leid. Ich hätte Ihnen den Anblick am Tatort wirklich gern erspart. Folgendes, Ihre Reinigungskraft Clarissa war heute für den ersten Stock eingeteilt. Als sie Papiertücher holen wollte, um die Behälter im Waschraum aufzufüllen, hat sie Ihren Maronenverkäufer gefunden. Tot. Er lag in der Putzkammer.« Schorsch holte Luft, dann sprach er weiter. »Wir«, an der Stelle sah er kurz zu Poldi, »gehen nicht davon aus, dass er etwas aus dem Putzraum holen wollte und dann ausgerechnet dort eines natürlichen Todes gestorben ist. Erstens hatte er, soweit Poldi mich informiert hat, in dem Putzraum nichts zu suchen – Sie haben das ja gerade selbst bestätigt –, und zweitens lag er dort, als hätte ihn jemand abgelegt. Die Spurenlage bestätigt diese Annahme, soweit sich das jetzt schon sagen lässt.«

»Spurenlage?« Franziska hörte, dass ihre Stimme einen blechernen Klang hatte. Aber das war auch kein Wunder. »Abgelegt?« Sie versuchte die Fäden der einzelnen Informationen zusammenzufassen. »Heißt das? Ich meine, wurde er …?«

Nein, sie konnte das nicht aussprechen.

»Frau Fellinger, es tut mir leid. Aber so, wie es aussieht, wurde Ihr Mitarbeiter Opfer einer Gewalttat. Ich werde die Ermittlungen leiten. Ich versichere Ihnen, ich werde so diskret wie möglich vorgehen, sodass die Besucher weitgehend ungestört bleiben. Von meiner Seite aus können Sie das Weihnachtswunderland geöffnet lassen. Nur der Fundort und der Bereich, zu dem uns die Spuren führen, wird vorerst abgesperrt werden. Aber auch das nur so lange wie nötig. Wir werden den Tatort, so bald es geht, wieder freigeben.«

»Hast du das gehört, Paul?«, fragte Franziska. Sie klammerte sich an seine Hand. Er nickte.

Franziska saß eine Weile stumm da und versuchte zu fassen, was sie gehört hatte. Ernst ermordet? Aber wieso?

»Tun Sie, was Sie tun müssen, Herr Kommissar«, sagte sie endlich. »Ich möchte den Täter gefasst sehen. So schnell es geht. Wenn Sie Unterstützung brauchen …« Sie drehte sich zu Poldi hin.

»Selbstverständlich.« Damit stellte er klar, dass sie sich auf ihn verlassen konnte.

»Herr Poldansky und ich werden eng zusammenarbeiten«, versicherte Schorsch. »Wir informieren Sie, Frau Fellinger, sobald wir die ersten Ergebnisse haben.«

Er schaute zu Poldi und schien ihm ein Signal zu geben. Franziska hatte den Eindruck, dass das Gespräch beendet war. Sie wollte schon aufstehen, als Poldi sich zu Wort meldete.

»Wir werden auch überprüfen, ob Ernsts Tod in Zusammenhang mit der Christkindsache steht«, sagte er. »Wenn es eine Verbindung gibt, werden wir sie aufdecken.«

Er erhob sich, ging zu seinem Schreibtisch und holte die Beweise hervor, die er gesichert hatte. »Das hier sind Spuren vom Christkindtatort. Die übergebe ich nun der Polizei. Schorsch ist über den Vorfall bereits informiert.«

Während er das sagte, sah er abwechselnd Franziska und Paul an.

»Gut, Poldi. Danke. Vielleicht hätten wir doch gleich die Polizei einschalten sollen. Ist es am Ende gar meine Schuld, dass Ernst …«

Eine kalte Hand griff nach ihrem Herz und quetschte es, bis sie glaubte, es würde bersten.

»Nein«, versicherte Schorsch. »Nach allem, was ich weiß, hätten Sie die Tat nicht verhindern können, Frau Fellinger. Machen Sie sich deshalb keine Vorwürfe. Auf jeden Fall haben Sie einen sehr umsichtigen Sicherheitschef. Dank seiner Vorarbeit können wir die Spuren dieser Christkindsache nun untersuchen. Fingerabdrücke, DNA. Wirklich ausgezeichnete Arbeit.« Mit einem leisen Ächzen stand er auf. »So. Jetzt entschuldigen Sie mich. Ich muss zu meinen Leuten. Frau Fellinger, meine Herrn«, er grüßte in die Runde und machte zwei Schritte zur

Tür. Dort drehte er aber wieder um, kam zum Tisch zurück und griff sich die Beweise. »Das sollen die Kollegen gleich mitnehmen.«

»Ach Paul, ich kann es immer noch nicht fassen. Was geht da nur vor sich? Der arme Ernst.«

Kaum hatten Franziska und Paul ihr Büro erreicht, übermannte sie die Gewalt der Bedrohung und raubte ihr die Kontrolle. Ihr Hals wurde eng. Tränen rannen nicht, nein, sie schossen ihr geradezu aus den Augen. Das Weinen ging in haltloses Schluchzen über.

Das Weihnachtswunderland war in Gefahr! Sie spürte die Bedrohung als körperlichen Schmerz. Die Schwäche, die sie übermannte, ließ ihre Knie wegknicken.

Paul hielt sie.

Franziska wusste nicht, wie lange sie so dastanden. Sie hing in seinen Armen und durchnässte mit ihren Tränen seinen Pullover. Unablässig streichelte er ihren Rücken und über die Haare und machte immer wieder »Schhhh«, wie es sonst Eltern tun, wenn sie ihr Kind beruhigen wollen.

Irgendwann hatte Franziska so viel Kraft, dass sie den Kopf zumindest wieder heben konnte. Sie sah Paul an.

Und dann küssten sie sich.

Verzweifelt. Sehnsüchtig. Hungrig.

Dieser Kuss schien ihr neue Kraft einzuflößen. Er war zärtlich und wild zugleich. Seine Lippen warm und wie ein Versprechen. Franziska ließ sich fallen.

Doch schon in der nächsten Sekunde schaltete sich ihr Verstand ein. Sie stemmte sich von Paul weg. Fragend sah er sie an. Sie wich seinem Blick nicht aus, doch sie schüttelte unmerklich den Kopf.

Er verstand.

Sie sah es an dem Schleier, der sich über seine Augen legte. Sie erkannte es an seiner Körperhaltung.

»Entschuldige«, murmelte Paul. Er führte Franziska zu ihrem Sofa und setzte sich selbst auf einen Stuhl, ein gutes Stück von ihr weg.

Mir tut es auch leid, dachte sie. Aussprechen konnte sie es nicht. Sie war sich auch nicht sicher, was ihr leid tat. Der Kuss oder dass ihr Verstand eingesetzt und sie in die Realität zurückgeholt hatte.

»Hier ist sie ja«, sagte Paul und hob seine Aktentasche hoch.

Es rührte Franziska, wie er sich bemühte, seinen Schmerz vor ihr zu verbergen. Sie war zornig auf sich selbst, dass sie mit diesem Kuss seine Hoffnungen geschürt hatte, nur um ihn im nächsten Moment mit Eiseskälte zu überschütten. Sie betrachtete ihr Kleid. Ja, sie war wirklich Mütterchen Frost. Und das hatte nicht nur gute Seiten.

# Kapitel 11

»Nein! Ich will nicht. Lass mich!«

Der Schrei fuhr Poldi wie ein elektrischer Schlag durch den Körper. Er warf sich herum und atmete im nächsten Moment zitternd aus.

Kein neuer Anschlag.

Nur ein quengelndes Kind, das seinen Kopf durchsetzen wollte, und eine überforderte Mutter mit einem zweiten Zwerg im Tragetuch. Offensichtlich wollte sie weitergehen, der Kleine aber noch nicht.

»Na, hast du was entdeckt, was du dir wünschst?«, fragte Poldi.

Eifrig nickte der Zwerg und streckte seinen Finger aus. Ein ferngesteuerter Flitzer war das Ziel der Begierde. Poldi rieb sich den Nacken, er überlegte kurz, dann hatte er eine Idee.

»Pass auf, ich weiß natürlich nicht, ob es klappt, aber hast du den Santa Claus schon kennengelernt? Draußen auf dem Platz ist er. Alle Menschen dürfen ihm ihre Wünsche ins Ohr flüstern, und wenn man brav ist und ein wenig Glück hat, dann werden sie erfüllt. Einen Versuch ist es doch auf jeden Fall wert, was meinst du?«

Der Junge hatte Poldi mit immer größer werdenden Augen gelauscht. Jetzt schnappte er sich die Hand seiner Mutter und zog sie Richtung Treppe. »Komm, Mama, wir gehen zum Santa!«, rief er.

Die Mutter warf Poldi noch ein dankbares Lächeln zu, dann war die kleine Familie aus seinem Blickfeld verschwunden.

Puh! Seit Ernsts Tod lagen Poldis Nerven blank. Früher hätte er nicht lange überlegen müssen. Er hätte sich den Kleinen auf die Schultern gepackt und ihn im Galopp zum Juchzen gebracht. Heute war er froh, die Situation überhaupt gemeistert zu haben.

Aber er hatte es geahnt. Schon als das Christkind sabotiert worden war, hatte er es gespürt – auch wenn er es nicht hatte wahrhaben wollen. Er hatte tief in seinem Inneren gewusst, dass eine Bedrohung in der Luft lag und es nicht mit dem Wegräumen der zerschmurgelten Figur getan sein würde. Und er konnte es immer noch fühlen. Auch Ernsts Tod war noch nicht das Ende. Da kam noch mehr, darauf würde er seinen nikolausgeschmückten Hintern verwetten.

Leider tappten sie noch immer vollkommen im Dunkeln. Es schien keinen Anhaltspunkt zu geben. Kein Motiv, kein Muster. Was hatten das Christkind und der Maronenverkäufer gemeinsam? Gab es eine Verbindung? Galt der Anschlag wirklich Ernst, hatte er etwas beobachtet und musste als Zeuge ausgeschaltet werden? Oder war er selbst in die Sache verwickelt, war er nur Mittel zum Zweck gewesen? Ein Bauernopfer? Aber worum ging es überhaupt?

Poldis Hoffnung lag auf der Auswertung der Spuren.

Seit vorgestern hatte er so gut wie nicht mehr geschlafen. Er ruhte sich lediglich zwischendurch auf dem Sofa in seinem Büro aus. Nach Hause ging er gar nicht mehr. Unter den gegebenen Umständen wollte er das Weihnachtswunderland keine Sekunde aus den Augen lassen. Er war nicht mal zu sich in die Wohnung gefahren, um sich frische Wäsche zu holen. Stattdessen trug er nun Boxershorts mit fröhlichen Nikoläusen und einen Pulli mit einem lachenden Schneemann – den hatte er dem rotnasigen Rudi vorgezogen. Ein Shirt mit Elch und Lichterkette im Geweih hatte es auch noch gegeben, das würde er morgen anziehen. Die Klamotten hatte Poldi sich in der Weihnachtsboutique hier im Wunderland besorgt.

Seit diesem tragischen Vorfall ging Poldi nicht mehr nur morgens eine Runde, sondern er patrouillierte mit kurzen Pausen während der gesamten Öffnungszeit und darüber hinaus durch das Gebäude und den Außenbereich. Vermutlich brauchte er neue Schuhe, wenn das alles überstanden war.

Wenn … bis jetzt sah es nicht danach aus, als kämen sie der

Lösung näher. Abgesehen von weiteren fünf Anti-Weihnachtsaufklebern, die er bei seinen Rundgängen entdeckt hatte, gab es keinerlei Ermittlungserfolg.

Poldi durchschritt zügig die Gänge im zweiten Stock. Besonders die nicht öffentlichen Räume wie Putzkammern und Lagerräume behielt er im Visier. Immer wieder drückte er die Klinken hinunter, um zu prüfen, ob die Türen abgeschlossen waren.

Eigentlich eine Selbstverständlichkeit, doch in den letzten Monaten war diese Vorgabe nur noch relativ lax befolgt worden. Immer wieder hatten die Mitarbeiter das Abschließen vergessen. Deshalb hatte er jetzt eine Dienstanweisung herausgegeben, die mit sofortiger Kündigung drohte, sollte jemand dieser Pflicht nicht nachkommen. Er wusste, dass es den Putzfrauen und Verkäufern lästig war, aber die Lage war zu ernst, als dass er auf Bequemlichkeit hätte Rücksicht nehmen können.

Als Poldi aus dem Fenster schaute, sah er Jürgen mit Frau Claus turteln.

Sehr beeindruckend, wie sich dieser Raubautz in ihrer Nähe zu einem Schäfchen mit Herzen in den Augen entwickelte. So viel Weichheit würde man diesem harten Kerl überhaupt nicht zutrauen. Und Eleonora schien ihre anfängliche Abwehr langsam aufzugeben. Gerade lachte sie herzlich über etwas, was Jürgen ihr ins Ohr geflüstert hatte.

Vielleicht konnte diese wunderbare Frau ihm die Härte nehmen, die immer wieder durchkam und schuld daran war, dass die Chefin Jürgen inzwischen auf dem Kieker hatte. Poldi hatte am Vortag ein langes und ernstes Gespräch mit ihr geführt.

Wäre es nach ihr gegangen, wäre Jürgen geflogen, doch Poldi hatte sich für ihn eingesetzt. Nicht nur, weil er gerade jetzt jeden verfügbaren Menschen brauchte, sondern auch, weil er Mitleid hatte mit ihm. Er spürte, dass Jürgen aus seiner Vergangenheit eine Last mit sich herumschleppte, die ihm das Leben schwer machte. Er wollte ihm die Chance nicht nehmen, die ihm hier im Weihnachtswunderland und vielleicht sogar an der Seite von Eleonora geboten wurde.

Im zweiten Stock war alles safe, Poldi schleppte sich die Treppe hinauf in die dritte Etage. Er fühlte sich unsäglich müde und ausgelaugt. Wenn er sich jetzt hinlegen würde, dann würde er vermutlich bis ins nächste Jahr durchschlafen – aber das war nicht drin. Er hatte einen Job. Und er hatte es sich zur persönlichen Aufgabe gemacht, den Täter zu überführen.

Seine Uhr sagte ihm, dass Schorsch in einer halben Stunde eintreffen würde. Sie hatten sich verabredet, um sich gegenseitig auf den neuesten Stand zu bringen. Vor allem aber wollten sie gleich die Fingerabdrücke der Belegschaft erfassen und Speichelproben nehmen.

Jetzt gerade war Schorsch im Kommissariat, um die neuesten Ergebnisse abzufragen. In der Pathologie wollte er auch noch vorbeischauen.

Vielleicht sollte er sich doch noch kurz hinlegen? Eine halbe Stunde würde ihm helfen, wieder einen klareren Kopf zu bekommen. Aber er musste sichergehen, dass er nicht verschlafen würde. Bei dem Grad seiner Erschöpfung wollte er sich nicht auf seinen Handywecker und die eigene Willenskraft verlassen. Er könnte Wibbel bitten, ihn zu wecken.

Ja, das war eine gute Idee. Poldi änderte die Richtung und steuerte auf Wibbels Büro zu.

Nach dem Klopfen, zweimal kurz, Pause, zweimal kurz, wie immer, blieb jedoch alles still.

Vielleicht hatte sie die Kopfhörer auf und tippte ein Diktat ab. Da kam es manchmal vor, dass sie nichts hörte. Poldi öffnete die Tür und schob seinen Kopf durch den Spalt.

Niemand da.

Die Tür zum Büro der Chefin war angelehnt, von dort hörte er Stimmen. Vielleicht war Wibbel bei ihr. Im ersten Impuls wollte Poldi wieder gehen, er wollte die Chefin nicht stören. Dann überlegte er es sich anders, ging um Wibbels Schreibtisch herum und suchte Zettel und Stift.

Er würde ihr die Weckbitte einfach aufschreiben und auf die Tastatur legen – dort würde sie es auf jeden Fall sehen.

Die Stimmen im Büro wurden lauter. Doch das war nicht Wibbel. Wenn Poldi richtig hörte, war es Tim, der da gerade seine Stimme erhob.

Als einfacher Mitarbeiter hätte er jetzt sicher das Weite gesucht, aus familiären Streitigkeiten hielt man sich besser raus. Doch Poldi war Sicherheitschef, noch dazu mit einem äußerst kniffligen Fall betraut. Wenn der Streit zwischen Mutter und Sohn relevant war? Vielleicht brächte es ihm neue Erkenntnisse, die den Ermittlungen einen Schub geben könnten.

Unter dieser Prämisse fand Poldi es legitim, dass er sich leise der Tür näherte und lauschte.

»Immer krieg ich nur die Idiotenjobs«, klagte Tim. »Du behandelst mich wie einen billigen Hilfsarbeiter. Das ist voll fies.«

Poldi hätte sich nicht gewundert, das Stampfen eines Fußes zu hören. Tim hatte den Tonfall eines bockigen Kindes.

»Timothy, bitte. Was soll das denn? Ich hab dir doch erkl–«, versuchte Franziska um Verständnis zu werben.

»Ja, ja, ja. Immer die gleiche Predigt! Du musst alles von der Pike auf lernen, Timothy. Es ist wichtig für die Charakterbildung, Timothy. Andere Kinder wären froh über eine solche Chance, Timothy. Ach, Scheiße! Ich hab keinen Bock, immer nur der Depp zu sein. Ich hab jetzt tagelang dem Tannenbaum beim Rentierschlitten geholfen. Wenn ich schon nicht dort bleiben kann, will ich endlich mal einen gescheiten Job und nicht Handlanger am Weihnachtsschmuck-Verkaufsstand oder der Maronenmann sein.« Die letzten Worte betonte er besonders abfällig.

Poldi rieb sich seinen Nacken und schüttelte stumm den Kopf. Armer Tim, Teenager zu sein, war wirklich kein Zuckerschlecken. Nicht mehr Kind, aber auch noch nicht erwachsen und dann auch noch Sklave der überschäumenden Hormone. Wenn Poldi die Chance hätte, noch mal jung zu sein, auf die Teenagerphase würde er mit Handkuss verzichten.

»Tim!« Man musste kein Hellseher sein, um zu wissen, dass Franziska kurz davor stand, die Geduld zu verlieren.

An ihrem pubertierenden Sohn ging die im Tonfall liegende Warnung allerdings vorbei. »Ich bin der Sohn der Chefin und kein einfacher Hilfsarbeiter. Die anderen lachen schon voll über mich. Echt.«

»Jetzt reicht es aber, Timothy. Komm mal her. Wir setzen uns jetzt hierhin, und du hörst mir zu. Keine Widerrede. Ich rede, du bist still. Alles klar?«

Dem Schlurfen nach folgte Tim der Ansage seiner Mutter. Poldi konnte die bockige Stimmung selbst durch die angelehnte Tür hindurch spüren.

»Ich weiß, du glaubst, ich mache das alles, um dich zu ärgern. Aber Tim, mal ehrlich, wieso sollte ich das denn wollen? Hey, ich bin deine Mutter. Ich liebe dich. Es ist selbstverständlich, dass ich immer nur das Beste für dich will. Das musst du mir glauben, mein Schatz.«

Sie hielt inne. Tim schwieg.

»Ich weiß, du kennst die Geschichte, aber das ist egal. Ich denke, es ist Zeit, dass ich sie dir wieder einmal erzähle. Und zwar mit allem, was dazugehört. Du musst das fühlen, Tim. Es geht hier nicht um Prestige oder darum, was andere sagen oder denken. Es geht darum, in eine Aufgabe hineinzuwachsen. Nur wenn du das verstehst, wirst du eines Tages das Weihnachtswunderland übernehmen und zu noch mehr Erfolg führen können.«

Die Stimme der Chefin kam etwas näher Richtung Tür.

»Diese Kugel, Timothy, ist der Anfang meines Traums und der Beginn des Wunderlandes. Das hier ist der Keim dessen, was du eines Tages erben wirst.«

Vermutlich war sie aufgestanden und zur Vitrine hinübergegangen, folgerte Poldi, denn jetzt entfernte die Stimme sich wieder etwas.

»Ich war damals gar nicht so viel älter als du. So jung. So unerfahren. Und so ziellos.«

Sie machte eine kurze Pause.

Poldi war versucht, seine Lauschposition zu verlassen. Diese Geschichte kannte er ja nun wirklich in- und auswendig.

Andererseits ... vielleicht erzählte die Chefin ihrem Sohn Details, die nicht öffentlich waren? Und vielleicht – man sollte nie nie sagen – fand sich in dieser Geschichte ein Anhaltspunkt, an den sie ihre Ermittlungen anknüpfen könnten?

Er hatte noch Zeit bis zur Verabredung mit Schorsch. Also blieb er, wo er stand, und hörte zu.

»Woher soll man auch gleich nach der Schule wissen, was man tun will? So viele Entscheidungen. Was man lernen oder studieren will. Wo man wohnen will. Ich suchte nach einer Möglichkeit, meine kreative Ader auszuleben, aber wie? Kunst schien ein brotloses Gewerbe zu sein. Meine Eltern wollten, dass ich etwas lerne, womit ich meinen Lebensunterhalt verdienen konnte. Also überlegte ich mir, ob es sich kombinieren ließe – eine Schneiderlehre und anschließend ein Modedesignstudium etwa. Das hätte tatsächlich etwas für mich sein können, aber wie soll man sicher sein, wenn man noch nichts erlebt hat? Genau in dieser Phase sprang mir die Ausschreibung ins Auge.«

»Na, da kannst du ja froh sein, dass sie dich nicht verletzt hat, diese Ausschreibung. Armes Auge«, feixte Tim, hörbar genervt, weil er verdonnert war, sich diesen romantischen Schmu seiner Mutter anzuhören.

»Mach dich nur lustig, es hilft dir nichts. Ich werde erzählen und du wirst zuhören. So lange und so oft, bis du es verstanden hast. Nicht mit dem Kopf, Tim. Ich möchte, dass du es mit dem Herzen verstehst. Also, diese Ausschreibung der Weihnachtsschmuckfabrik kam genau zum richtigen Zeitpunkt. Und es war allein schon ein Wunder, dass ich sie überhaupt entdeckt hatte, denn sie stand in einer Wochenzeitung, die ich sonst nie las. An diesem Tag saß ich bei meiner Mutter in der Küche. Sie kochte, und mir war langweilig, deshalb blätterte ich die Zeitung durch, und da stand es! Künstlerisch talentierter Mitarbeiter für unsere Designabteilung gesucht. Vorkenntnisse nicht notwendig, lieber sind uns Weihnachtsliebe, Kreativität und Freude am Gestalten. Ich war elektrisiert. Und das Beste an der Sache war, dass sie nicht einmal eine Bewerbung wollten. Stattdessen gab es einen Wettbewerb, bei dem man beweisen sollte, dass man ins Team passte.«

»Oh Mama, das kenne ich doch schon alles«, hörte Poldi Tim stöhnen.

Doch seine Mutter ließ sich nicht aus dem Konzept bringen. »Ausgerechnet Weihnachten! Ich sah sofort wieder New York im Advent vor mir. Wie sehr hatte ich meine Austauschzeit dort geliebt. Dieser besondere Weihnachtszauber hatte mich nicht mehr losgelassen. Ich wusste einfach, dass diese Stelle wie für mich gemacht war.«

»Was sich ja auch bestätigt hat«, nutzte Tim ein kurzes Atemholen seiner Mutter, um die Prozedur etwas zu beschleunigen.

»Ja, hat es. Guter Versuch. Nutzt dir nur nichts. Also weiter geht's.«

Poldi hörte das Lächeln im Ton. Er sah vor sich, wie sie ihren Sohn liebevoll betrachtete, liebevoll, aber eben auch unnachgiebig. Sie wollte ihn zu seinem Glück zwingen und ließ nicht locker.

»Wir waren zu zehnt. Die Aufgabe war schlicht, aber gerade dadurch ziemlich herausfordernd. Es ging darum, einen besonderen Weihnachtsbaumschmuck zu entwerfen und einen Prototypen herzustellen. Ein Anhänger sollte es sein. Kugeln, Figuren, was auch immer. Materialien und Werkzeuge wurden uns gestellt. Wir durften auch um Hilfe bitten – solange es um die Ausführung ging. Bei der Idee waren wir auf uns allein gestellt. Ich habe es geliebt. Von der ersten Sekunde an wusste ich, dass das genau mein Ding war. Endlich hatte ich das gefunden, was mein Herz zum Tanzen brachte. Ich hatte mich seit meinem Besuch in New York immer nach dieser Stimmung gesehnt, aber ich wusste auch, dass ich nicht dort leben wollte. Jetzt hatte ich plötzlich die Möglichkeit, mir mein eigenes wunderbar zauberhaftes Weihnachten zu schaffen.«

»Maamaa, übertreib nicht so. Es ging nur um einen einzigen Anhänger. Du tust gerade so, als hättest du Weihnachten neu erfunden.«

Ihr leises Lachen zeigte, dass er sie ertappt hatte.

»Siehst du, die Gefühle gehen auch heute noch mit mir durch, so besonders war das damals. Nein, ich habe nicht Weihnachten neu erfunden, aber ich habe für mich den Weihnachtszauber entdeckt, der ebenso berührend ist wie der, den ich vor dem Rockefeller Center erlebt habe. Ich habe mich damals mit Feuereifer darangemacht, die schönste Weihnachtskugel zu designen, die ich mir vorstellen konnte. Eine Weihnachtsengelschneekugel.«

»Ja, und dann hast du gewonnen, weiß ich doch.«

»Ein junger Mann und ein Mädchen, das noch ein Jahr jünger war als ich, und ich wurden am Ende ausgewählt und zu einem Vorstellungsgespräch eingeladen. Meine Güte, wie locker ich damals war. Obwohl ich Feuer und Flamme war, hatte ich den Ernst dieses Gesprächs überhaupt nicht verstanden. Irgendwie war das alles ein Spiel für mich. Klappt oder klappt nicht, die Erde würde sich auf jeden Fall weiterdrehen. Immerhin wusste ich ja jetzt, dass ich etwas mit Weihnachten machen wollte, da würde ich schon eine Möglichkeit finden. Wie naiv ich war! Andererseits war das wohl gerade mein Glück. Mit dieser Einstellung schaffte ich es, bei mir selbst zu bleiben. Ich machte mich nicht verrückt, was der Firmeninhaber wohl von mir denken würde, sondern erzählte frei heraus, warum mir die Stelle gefallen würde und dass ich das Gefühl hatte, genau den Ort gefunden zu haben, an dem ich glücklich werden könnte.«

Poldi nickte. Ja, wenn ihn seine Bartstoppeln nicht täuschten, dann hatte sie mit ihrem Gefühl damals genau richtiggelegen. Für ihn war Mütterchen Frost der Inbegriff von Glück. Und genau deshalb, weil sie so durch und durch authentisch war, gelang es ihr auch immer wieder, andere Menschen mitzureißen.

Er stoppte seine Überlegungen und hörte weiter zu.

»Der Chef war begeistert. Er hing an meinen Lippen, als ich ihm von New York erzählte, von dem Kribbeln, das durch mich durch ging, als ich das erste Mal vor dem Weihnachtsbaum am Rockefeller Center stand – dem Baum aller Bäume, wenn du mich fragst. Es dauerte nicht lange, und das Bewerbungsgespräch wurde zu einer fröhlichen Plauderei über Weihnachtsbräuche und Weihnachtsmärchen. Als ich mich verabschiedete, schien es fast, als hätte Hugo – damals war er natürlich noch Herr Grünmann für mich – gar keine Lust auf die anderen beiden Gespräche. Ich glaube, er war kurz davor, die Stelle direkt an mich zu geben. Aber das wäre natürlich unfair gewesen. Also setzte ich mich in den Aufenthaltsraum für das Personal, trank eine Cola und wartete. Die Entscheidung sollte direkt im Anschluss verkündet werden. Kein: *Wir melden uns dann* oder *Sie hören von uns*. Ich bekam den Zuschlag. Hugo sagte, ich hätte ihn mit meiner offenen Art und der von innen heraus leuchtenden Weihnachtsliebe überzeugt.«

»Ach Mama, ja, das weiß ich doch alles.«

»Schhh. Lass mich zu Ende erzählen.«

Es klirrte leise, dann plätscherte es. Poldi hörte das Klingen, mit dem die Chefin ihr Glas zurück auf den Tisch stellte. Er mutmaßte, dass sie es war, denn gleich darauf wurde ein zweites Glas ziemlich unsanft abgestellt – Tim.

»Frisch, frech und offen für neue Erfahrungen. Franziska Fellinger, Sie sind ein Glücksfall für die Manufaktur. Davon bin ich überzeugt!, hat er zu mir gesagt, als ich den Vertrag unterschrieben hatte. Ja, Hugo und ich waren von Anfang an ein prima Team. Natürlich tat es mir für die anderen leid, aber dem Mädchen lag nicht viel an der Stelle, sie hat die Absage mit einem Schulterzucken hingenommen. Und der Mann hätte gar nicht dorthin gepasst. Der machte meistens ein düsteres Gesicht und seine Manieren – na ja. Der hatte einen voll fiesen Blick und ganz unheimliche wasserblaugrüne Augen.«

»Das passte dir ja perfekt in den Kram.«

»Also mein schlechtes Gewissen hielt sich jedenfalls in

Grenzen. Außerdem hatte ich überhaupt keine Zeit, mir lange über die anderen Gedanken zu machen, denn ich wurde sofort voll eingespannt. Der Weihnachtszauber hatte mich endgültig in seinen Bann gezogen – nur so konnte ich das schaffen, was ich die nächsten Jahre alles bewerkstelligt habe. Irgendwie schien es, als flöge ich durch die Zeit und über die ganzen Herausforderungen hinweg. Na ja, fast. Die Abschlussnote im BWL-Studium zeigte dann, dass ich wohl leider doch kein Überflieger bin. Dass ich damals mit dir schwanger war und als alleinerziehende Mutter mein Leben wuppen musste, kam erschwerend hinzu. Aber ich fürchte, selbst wenn dein Vater kein einmaliges Abenteuer gewesen wäre und Verantwortung übernommen hätte, hätte das meine Note nicht verbessert. Wenn es um BWL geht, habe ich eine eingebaute Sperre.«

An dieser Stelle lachte sie leise.

»Ich fürchte, die Mathe-Unlust hast du von mir, mein Schatz. Aber weißt du, umso wichtiger ist das alles doch. Einerseits bei der Schwäche wenigstens eine Basis schaffen und andererseits die Stärken noch weiter fördern – nur so kann man es weit bringen.«

»So weit muss ich es ja gar nicht schaffen«, murrte Tim. »Ich sitz ja schon mittendrin, wo deiner Meinung nach mein Platz ist.«

»Nein, Tim. Ich meine, ja. Doch. Natürlich hoffe ich, dass du einmal das Weihnachtswunderland übernehmen und in meinem Sinn weiterführen wirst. Aber es ist dein Leben. Wenn du etwas anderes machen möchtest, werde ich dich unterstützen. Ich habe nicht das Recht, dir deinen Weg vorzugeben. Aber genau deshalb will ich, dass du hier im Wunderland alles kennenlernst. Dass du für deinen Erfolg – auch hier, in der Familienfirma – arbeitest und kämpfst. Nur dann wird es dir eines Tages hoffentlich ebenso viel wert sein wie mir. Du kannst dir gar nicht vorstellen, wie sehr es einen mit Stolz erfüllt, wenn man etwas geschafft hat – aus eigener Kraft und nicht, weil die Mutter die Chefin ist. Dieses Gefühl musst du kennenlernen. Ganz dringend!«

»Wenn du meinst.«

»Ich war so unglaublich stolz auf mich, als Hugo mich – das kleine Mädchen, das ohne Ausbildung bei ihm im Betrieb begann und das viele der Mitarbeiter wegen ihres Eifers belächelten – zur Juniorchefin machte. Er vertraute mir, Tim, weil er wusste, dass ich meine Arbeit mit dem Herzen tat.«

»Und wenn sie nicht gestorben sind, dann leben sie noch heute«, leierte Tim.

»Timothy!«

»Ach, ist doch wahr. Du hast die Welt mit deinen Rentieren und all dem Weihnachtsglitzer überrollt und erwartest von mir, dass ich deine Träume übernehme. Aber wie du gerade so treffend gesagt hast: Es ist *mein* Leben. Ich will verdammt noch mal meine eigenen Träume träumen dürfen.«

»Tim, du bist ein freier Mensch. Aber bevor du etwas ablehnst, musst du es erst kennen. Ich habe dieses Unternehmen gekauft, da war es vergleichsweise winzig und unbedeutend. Ich habe investiert, expandiert, mitunter so spekuliert, dass ich schlaflose Nächte hatte, und ich habe es geschafft. Heute ist das Weihnachtswunderland an der Spitze des Weihnachtsmarktes. Es ist mein Lebenstraum. Tritt ihn nicht mit Füßen, sondern gib ihm bitte eine Chance.«

»Mensch, Mama, jetzt hab ich mir den ganzen rosa Weihnachtsmist gegeben, aber ich kapier trotzdem nicht, wieso ich Waffeleisen putzen und Kinder bespaßen soll. Ich. Bin. Der. Juniorchef. Und du hast die Macht. Lass mich bei dir im Büro helfen. Da laufen doch die wichtigen Sachen, die ein Chef können muss.«

Ein tiefer Seufzer erklang.

»Ich rede mir die Zunge fusselig, aber du willst es einfach nicht verstehen, Tim. Von der Pike auf heißt, dass du dir nicht zu gut sein darfst für die Jobs. Wenn du eines Tages im Chefsessel sitzt, sollst du von jedem einzelnen Mitarbeiter wissen, welche Herausforderung er zu meistern hat. Nicht vom Hörensagen, sondern weil du es selbst erlebt hast. Und jetzt Schluss mit der Diskussion. Ich habe alles versucht, wenn du es nicht einsiehst, kann ich es nicht ändern. Geh bitte, du hast heute Dienst am Maronenstand.«

Es polterte.

»Voll fies, echt!«, hörte Poldi noch, dann knallte eine Tür.

Im gleichen Moment ging die Vorzimmertür auf, und Wibbel trat ein. »Poldi, was machst du denn hier?«

Er hatte gerade noch einen Satz nehmen können, damit er nicht mit dem Ohr am Türspalt erwischt wurde. »Ich hab dich gesucht, Wibbel. Ich wollte …« Die Anzeige der Uhr sagte ihm, dass es für ein Nickerchen inzwischen viel zu spät war. Er schüttelte den Kopf. »Ach, nichts für ungut, es hat sich erledigt. Danke!« Er griff den Zettel von Wibbels Tastatur und warf ihn in den Papierkorb.

»Äh, bitte«, antwortete Wibbel verwirrt. »Und wofür?«

»Dafür, dass es dich gibt.« Poldi ging zu ihr, gab ihr ein Küsschen auf die Wange und war auch schon weg. Er setzte sich in sein Büro, wartete auf Schorsch und dachte nach.

Ursprünglich hatte er Tim die Tat nicht zugetraut, aber so sicher war er sich nicht mehr. Der Frust schien ziemlich tief zu gehen. Vielleicht wäre es doch gut, dem Junior etwas intensiver auf den Zahn zu fühlen?

# Kapitel 12

Verfluchter Mist.

Das mit Ernst war dumm gelaufen. Richtig dumm sogar. Ein Kollateralschaden sozusagen. Aber so was konnte schon mal vorkommen. Die Zeit der Weicheier war vorbei. Jetzt war ein neues Zeitalter angebrochen. Und überhaupt. Er konnte ja gar nichts dafür.

Für nichts!

Sie war schuld. Sie ganz allein. An allem!

Hätte sie ihn nicht dazu gezwungen, müsste er jetzt nicht Rache üben. Dann würde auch Ernst noch leben und mit seinem unerträglichen Dauerlächeln am Maronenstand stehen und die Leute mit seiner guten Laune belästigen.

Was musste der Idiot sich auch einmischen? Hätte er sich um seinen Kram gekümmert und nicht so neugierige Fragen gestellt, wäre nichts passiert.

Also ihm nicht.

Selbst seine dumme Fragerei war noch nicht sein Todesurteil gewesen.

»Hey, was machst du denn da? Sag nur, du hast plötzlich dein Herz für Kinder entdeckt und willst im Wickelraum nach dem Rechten sehen?«, hatte er ihn blöd von der Seite angemacht.

»Halt's Maul und kümmer dich um deinen Kram«, hatte er ihn angeraunzt und sich breit in den Türrahmen gestellt, um ihm die Sicht hinein zu verdecken.

»Unverschämter Kerl«, hatte Ernst sich aufgeregt. »Was fällt dir überhaupt ein? Du hast hier gar nichts zu suchen. Das weiß ich ganz genau! Ich glaube, ich muss mal ein Wörtchen mit der Chefin reden. Deine Sauertopflaune wird ihr nicht gefallen, da bin ich ziemlich sicher. Du passt doch überhaupt nicht ins Wunderland. Hausverbot solltest du bekommen, damit du den Weihnachtszauber hier bei uns nicht vergiftest.«

Und dann hatte dieser Depp doch tatsächlich versucht, an ihm vorbeizukommen, um einen Blick in den Wickelraum zu werfen. Neugieriger alter Sack!

Das kam davon, wenn man seine Nase in Dinge steckte, die einen nichts angingen. Wieso hatte er nicht einfach umdrehen und davonwackeln können, zurück an seinen blöden Stand, mit seinem blöden Lächeln in der Fresse? Aber so? Er hatte gar keine andere Wahl gehabt.

Und immer noch hätte alles gut ausgehen können. Er wollte ihm mal kurz zeigen, wer das Sagen hatte. Mehr nicht.

Und was machte Ernst? Das halbe Hemd hob die Fäuste, als stünden sie im Ring, und versuchte sich ernsthaft mit ihm anzulegen.

So. Ein. Idiot! Wäre es nicht so eine scheiß angespannte Situation gewesen, er hätte sich ausgeschüttet vor Lachen. Doch in dem Moment hatte er ganz klar andere Prioritäten.

Also hatte er dem Maronenmann ein paar Schwenker eingeschenkt und einen Schlag gezielt auf die Leber gesetzt. Ernst japste und keuchte. Sein Gesicht wurde erst rot, dann blass. Aber er ließ nicht von ihm ab.

Also holte er eben mal wirklich aus. So, als würde er gegen einen richtigen Gegner kämpfen und nicht gegen diesen Waschlappen. Dass der Trottel wegen eines ordentlichen Schlags derart das Gleichgewicht verlor und die Treppe runterpolterte, dafür konnte man ihm nun wirklich nicht die Schuld geben.

Na. Und dann lag er da. Mausetot. Nicht schön, aber nun ja, nicht mehr zu ändern.

Und selbst im Tod mischte der Idiot sich noch ein. Es war nicht zu fassen! Wozu hatte er den Leichnam denn extra in die Putzkammer geschleppt, die sonst so gut wie nie jemand betrat? Es war einer der Räume, die nahezu unsichtbar schienen. Selbst die Putzfrauen ignorierten ihn. Meistens.

Hatte doch kein Mensch ahnen können, dass ausgerechnet an diesem Tag eine der Putzen dort reinmusste und Ernst fand. Irgendwann okay, aber so schnell?

Damit hatte dieser Depp ihm bereits den zweiten Plan vermasselt. Eigentlich hatte er gedacht, irgendwann würden die Menschen sich über den Gestank beschweren und nach der Ursache suchen. Wenn er ihm schon in die Sache mit dem Wickelraum reingefunkt hatte, konnte er ihm doch wenigstens als Toter diesen kleinen Dienst erweisen.

Das wäre ein Fest gewesen!

So eine verwesende Leiche – genau das richtige Fressen für die Journaille. Und er höchstpersönlich hätte dafür gesorgt, dass die Boulevardblätter rechtzeitig informiert worden wären.

Aber nein. Auch das würde nun nicht mehr klappen. Zumindest nicht mit Ernst. Wozu, verflixt noch mal, machte er sich die Mühe und klügelte die feinsten Pläne aus, wenn es dann derart schiefging? Wie kam das Schicksal dazu, ihm einfach dazwischenzuschießen?

Genug war genug! Er hatte die längste Zeit den Affen mit sich machen lassen. Er hatte sich die längste Zeit vom Leben auf den Kopf scheißen lassen. Jetzt war er dran! Und es gab kein Entkommen.

Sie sollte sich winden vor Schmerzen. Körperlich und seelisch würde er sie fertigmachen.

Zum Glück war er schlau genug gewesen, das kleine feine Bömbchen wieder an sich zu nehmen. Die Bullen hatten natürlich nach dem Leichenfund alles durchsucht. Sie hätten das Ding entdeckt, bevor es wie geplant zur Hauptgeschäftszeit am Nachmittag hätte buff machen können.

Aber wenn die Alte glaubte, das würde ihr was nützen, hatte sie sich geschnitten. Er würde sich nicht mehr stoppen lassen. Jetzt nicht mehr.

Energisch schob er die Überlegungen über das Wärehättewenn zur Seite. Statt sich mit den Ärgernissen des verunglückten Anschlags rumzuschlagen, wollte er lieber nach vorn schauen. Er wusste auch schon, was er stattdessen hochgehen lassen würde. Vielleicht sollte er Ernst sogar dankbar sein. Dieses Ziel war noch viel besser. Viel spektakulärer!

Die Vorfreude kribbelte durch seinen Körper. Er sah es vor sich: Schreiende Menschen. Panik. Blut.

Ja, er würde dafür sorgen, dass dieser Franziska Fellinger das letzte Lachen aus der Seele gepresst wurde.

Und abgesehen von dem kleinen Zwischenfall lief eigentlich alles perfekt! Es war ein Fest, die Alte zu beobachten, wie sie langsam, aber sicher am Rad drehte. Das Messer steckte. Jetzt konnte er es genüsslich in der Wunde drehen, die er ihr zugefügt hatte.

# Kapitel 13

Während Schorsch seinen Wagen durch den dichten Weihnachtsverkehr steuerte, dachte er über den Fall nach. Bislang tappten sie noch komplett im Dunkeln. Keine der Spuren brachte sie in irgendeine Richtung voran.

Das war auch der Grund, weshalb er sich zu diesem nächsten Schritt entschlossen hatte. Franziska Fellinger würde nicht begeistert sein, das war ihm klar. Aber wenn sie die Spuren sinnvoll auswerten wollten, dann gab es keinen anderen Weg. Was nutzten ihnen DNA und Fingerabdrücke, wenn es kein Gegenstück zum Abgleich gab?

Natürlich hatten sie alles, was sie gefunden hatten, durch die Datenbank gejagt, allerdings ohne Erfolg. Offensichtlich handelte es sich bei dem Täter um ein bislang unbeschriebenes Blatt.

Und beim Opfer ebenfalls Fehlanzeige. Dieser Ernst hatte keine Familie, und Schorsch hatte auch noch keine Freunde ausfindig machen können. Wie es aussah, war das Weihnachtswunderland für den Mann nicht nur Arbeitsstelle, sondern auch Lebensmittelpunkt gewesen.

Dann gab es ja noch das zerschmurgelte Christkind und den manipulierten Sicherungskasten. Ob die Sabotage und der tote Ernst zusammengehörten, ließ sich derzeit nicht abschätzen. Doch sein kriminalistischer Spürsinn sagte Schorsch eindeutig, dass diese Taten nicht zufällig zeitlich so nah beieinanderlagen.

Von daher war es selbstverständlich, dass die Ermittlungen im Innern des Weihnachtswunderlandes vorangetrieben wurden. Zumindest solange es keine anderen Hinweise gab. Und was wäre logischer, als bei der Belegschaft des Weihnachtswunderlandes mit dem Abgleich anzufangen?

Trotzdem hatte Schorsch beschlossen, Franziska Fellinger ein Stück entgegenzukommen. Durch seine Freundschaft zu

Poldi und die Stunden bei Eleonora am Punschstand fühlte er sich dem Wunderland verbunden, und er wollte so wenig Wirbel wie nötig veranstalten. Franziska Fellinger hatte es wahrlich schon schwer genug.

Er konnte nur ahnen, wie sehr die Angst ihr die Luft zum Atmen nahm. Nach allem, was er von Poldi wusste, hatte bereits das Attentat auf das Christkind sie tief getroffen. Der Tod des langjährigen und geschätzten Mitarbeiters hatte ihr beinahe den Rest gegeben.

Wie blass sie gewesen war.

Schorsch hatte schon befürchtet, dass sie umkippte. Zum Glück hatte sich dieser Paul gut um sie gekümmert. Dennoch, er konnte keine Rücksicht auf sie nehmen, wenn die Serie sich fortsetzen sollte, dann wäre sogar eine vorübergehende Schließung des Weihnachtswunderlandes möglich. Das wäre der ultimative Super-GAU für Mütterchen Frost und ihren Lebenstraum!

Ausgerechnet jetzt, in den Wochen vor Weihnachten, wo das größte Geschäft lief. Die Aasgeier würden aus ihren Löchern kriechen und sich über die unverhoffte Beute freuen. Finanzhaie ebenso wie die Presse. Schorsch wusste, wie das lief, er hatte es während seiner Zeit bei der Polizei mehr als einmal erlebt. Zu seinem Bedauern hatte es auch das ein oder andere Mal unbescholtene Leute getroffen, die ins Ermittlungskreuzfeuer geraten und von ihrer Umwelt in der Luft zerrissen worden waren. Was nutzte es so jemandem, wenn am Ende rauskam, dass er absolut unschuldig war? Unschuldig und doch ruiniert. Echt ein Scheißspiel. Schorsch schluckte, um die Bitterkeit loszuwerden, die sein Job bei dem Gedanken an derlei Ungerechtigkeiten in ihm hochkochen ließ.

All diese Punkte hatten Schorsch bewogen, die Erfassung der Mitarbeiter nicht an uniformierte Kollegen zu übergeben, sondern sich selbst den Koffer mit den notwendigen Utensilien und zwei Helfer in Zivil zu schnappen. Poldi war telefonisch bereits informiert worden. Er stellte sein Büro zur Verfügung und würde ihn und sein Team unterstützen, damit sie schneller vorankämen.

Jürgen sollte dafür sorgen, dass die Mitarbeiter sich peu à peu im Büro einfänden, um sich eine Speichelprobe und Fingerabdrücke abnehmen zu lassen.

Schorsch lenkte seinen Wagen auf den Parkplatz. Wie meistens war in Wunderlandnähe – und dank der Hochsaison auch ein gutes Stück im Umkreis – bereits alles belegt. Manchmal war es eben doch von Vorteil, Polizist zu sein. Schorsch parkte auf dem Platz, der mit »Geschäftsleitung« gekennzeichnet war, und machte sich auf den Weg.

Am Eingang zeigte er seinen Dienstausweis und ging mit einem freundlichen Gruß an dem Kontrolleur vorbei. Dann spazierte er weiter zum Punschstand.

»Hallo, Poldi. Alles klar?«, grüßte er seinen Kumpel.

Poldi, der mal wieder im Eisbärkostüm steckte, nickte. »Ich hab heute bei Dienstbeginn gleich mit Frau Fellinger gesprochen. Sie ist entsetzt, gleichzeitig aber auch erleichtert, weil ich ihr versichert habe, dass alles absolut diskret ablaufen wird. Danach habe ich alle Mitarbeiter informiert und sie auch gebeten, sich gegenseitig für den kurzen Zeitraum an den Ständen auszuhelfen. Soweit ich es überblicke, sind alle einverstanden. Die Leute sind heiß darauf, den Mistkerl zu überführen.«

Sehr gut. Schorsch machte eine zufriedene Miene. Das war schon mal ein wichtiger Schritt. Die Abgabe der persönlichen Daten basierte auf Freiwilligkeit. Andererseits musste schließlich jeder der Mitarbeiter an der Auflösung des Falls interessiert sein. Eine Weigerung kam zwar keinem Geständnis gleich, doch sie löste automatisch einen Anfangsverdacht aus. Das lag für jeden verständlich auf der Hand. In einem solchen Fall würde man denjenigen einer intensiven Befragung unterziehen und dessen Alibi akribisch prüfen.

Die zwei jungen Beamten von der Polizeischule trafen ein. Schorsch gab ihnen ein Zeichen, dass er noch einen Moment brauchte.

»Machst du mir bitte einen Punsch, Frau Claus? Ich nehm ihn mit hoch.« Schorsch sah sich um. »Und sonst? Irgendwas Besonderes? Neue Erkenntnisse? Vorkommnisse?«

»Nichts. Alles ruhig. Der Täter hat entweder genug, oder er holt in aller Ruhe zum nächsten Schlag aus. Wer weiß das schon.« Poldi rieb sich den Nacken und blickte sich so sorgenvoll um, als erwarte er in der gleichen Sekunde den nächsten Übergriff.

»Ja, wer weiß das schon«, seufzte Schorsch. »Also, Poldi, ich geh jetzt mit meinen Helfern hoch und bereite alles vor. Kommst du gleich mit?«

Poldi griff sich die Eisbärhände und die Thermoskanne, die Eleonora vor ihn hingestellt hatte. »Jürgen, in, sagen wir, zwanzig Minuten schickst du bitte die Ersten zu uns. Wie abgemacht. Alle zwei Minuten. Sollte es sich stauen, funke ich dich an. Alles klar? Und vergiss nicht, jeden auf der Liste abzuhaken.«

»Guter Gedanke. Wir haken auch ab. So haben wir doppelte Sicherheit, und keiner kann behaupten, er sei vergessen worden«, meinte Schorsch. »Vielleicht überlegst du es dir doch noch mal und kommst zu unserem Verein zurück. Ein bisschen Therapie zum Thema Blut, und gut ist. Hypnose soll bei so was Wunder wirken.« Er gab Poldi einen kleinen Stoß mit dem Ellbogen. »Bei uns ist immer ein Platz für dich frei.«

Poldi tippte sich mit dem Finger an die Stirn. »Vorher friert die Hölle ein«, kam es prompt und sehr überzeugt zurück. »Aber danke für das Angebot.«

Sie gingen ein Stockwerk höher. »Also, Poldi. Viel habe ich nicht«, sagte Schorsch, während Poldi aus dem Eisbärkostüm stieg. »Lass uns alles vorbereiten, dann erzähle ich dir, was ich zusammengetragen habe.«

Schorsch baute auf dem Besprechungstisch seine Utensilien für die Fingerabdruckabnahme auf. Seine Helfer taten es ihm gleich, und Schorsch nahm die Gelegenheit wahr, sie noch einmal aufs Genaueste zu instruieren. »Bleibt ruhig und lasst euch nicht stressen. Die Abdrücke müssen so sauber wie möglich sein, wir wollen ja nicht noch mal von vorn anfangen müssen. Alles klar?«

Die beiden, ein junger Mann und eine junge Frau, schauten ihn voller Konzentration an. Es war ganz offensichtlich, dass sie stolz darauf waren, gemeinsam mit ihm so eine wichtige Aufgabe erfüllen zu dürfen.

Poldi wollte die Speichelproben übernehmen. Er hatte den etwas leichteren Job. Nur ein Wattestäbchen statt zehn Finger und nur die Männer – denn die an den Kaugummis gefundene DNA gehörte einem Mann.

Poldi breitete sich mit den Teströhrchen, den Aufklebern und der Liste mit allen Namen der Mitarbeiter an seinem Schreibtisch aus. Einhundertachtundvierzig Leute standen zurzeit auf der Gehaltsliste und damit auch im Fokus der Ermittlungen.

»Liegt das Obduktionsergebnis schon vor?«, fragte Poldi.

»Ja. Alles ziemlich unspektakulär. Die Gerichtsmedizinerin sagt, dass es –«

Das Klingeln von Poldis Telefon unterbrach Schorsch in seinen Ausführungen. »Ja, Frau Fellinger. Wir fangen in den nächsten Minuten an. Alles läuft wie besprochen, machen Sie sich nicht zu viele Sorgen. Die Kunden bekommen nichts mit.«

Poldi beendete das Gespräch und wandte sich wieder Schorsch zu. »Wo waren wir? Ach ja, die Gerichtsmedizinerin ...«

»Sie geht davon aus, dass es eine Prügelei gegeben hat«, nahm Schorsch den Faden wieder auf. »Die Verletzungen wurden ihm alle unmittelbar vor dem Tod zugefügt. Gestorben ist er an einem Genickbruch. Eine scharfe Kante oder etwas Ähnliches könnte die Ursache gewesen sein. Sie meint, ein Teil der Wunden könnte auf einen Treppensturz hinweisen.« Schorsch malträtierte wieder einmal sein Ohrläppchen und seufzte. »Du weißt ja, wie das läuft. Ein Haufen Vermutungen, aber keine belastbare Aussage. Könnte, vielleicht, eventuell. Viele Optionen, aber keinen vernünftigen Anhaltspunkt. Wie ich das hasse!«

»Ja, es ist zum Kotzen«, bestätigte Poldi.

Schorsch war ihm dankbar, dass kein lockerer Spruch von wegen »Augen auf bei der Berufswahl« kam. Im Moment war ihm nicht nach Geplänkel.

»Ich bin echt froh, dass du Bulle geblieben bist. Wenn du auch geschmissen hättest, müsste ich mich jetzt mit irgendeinem Fuzzi rumplagen, der hier vielleicht einen auf dicke Hose machen würde«, sagte Poldi genau das, was Schorsch jetzt brauchte.

Er klopfte ihm auf die Schulter. »Danke, Kumpel. Du hast was bei mir gut.«

»Nicht schwadronieren. Wir machen jetzt unseren Job und schauen mal, was dabei rauskommt«, wehrte Poldi ab.

Rührseligkeit konnte er sich wieder erlauben, wenn der Täter dingfest gemacht war. »Ich habe übrigens einen Streit zwischen der Fellinger und ihrem Junior mitbekommen. Der Tim hat schon ziemlich die Nase voll von dem Weihnachtszirkus und dem ganzen Drum und Dran. Ich hoffe wirklich, dass ihn die heutige Aktion entlastet. Irgendwie hab ich ein saublödes Gefühl. Und wenn das mit dem Ernst ein Unfall war …« Poldi rieb sich das Genick und legte seine Stirn in tiefe Falten.

»Mach dich nicht verrückt. Vielleicht ist er total genervt von dieser Scheinwelt, aber deshalb wird er nicht gleich durchdrehen. Das sind doch zwei ganz unterschiedliche Dinge. Ich hab den Tim beobachtet. Der macht nicht den Eindruck, als wäre er psychisch belastet. Ehrlich, Poldi, der Junge ist so behütet aufgewachsen. Wenn der ein Menschenleben auf dem Gewissen hätte, würde der hier rumlaufen wie ein Schluck Milch in der Kurve, das garantier ich dir. Also wenn überhaupt, dann hatte er bei dem Christkind seine Finger im Spiel, und die beiden Fälle haben am Ende doch nichts miteinander zu tun. Aber jetzt lass uns den Mist hier hinter uns bringen, mit Spekulationen kommen wir doch n–«

Das Klopfen unterbrach ihr Gespräch. Es ging los!

»Herein«, rief Poldi und stellte sich einsatzbereit hinter seinen Schreibtisch.

Schorsch staunte nicht schlecht. Die Ersten, die sich der Prozedur stellten, waren Franziska Fellinger und Paul Obermeier. Einen Moment herrschte verlegenes Schweigen. Schorsch konnte Poldis Anspannung richtiggehend spüren. Er beschloss, die Sache aufzulockern.

»Eine sehr gute Idee! Wenn die Chefin mit gutem Beispiel vorangeht, wird die Belegschaft sicher problemlos folgen.«

»Und ich schätze mal, meine Daten werden Sie auch wollen, oder? Ich stehe zwar nicht auf der Mitarbeiterliste, aber irgendwie gehöre ich ja trotzdem dazu, würde ich sagen.«

»Absolut, Herr Obermeier. Da gebe ich Ihnen vollkommen recht. Vielen Dank für Ihre Mithilfe. Frau Fellinger, wollen wir mit den Fingerabdrücken starten? Herr Obermeier kann einstweilen zu Poldi rübergehen und sich ein Wattestäbchen geben lassen.«

Franziska war immer noch ausgesprochen blass, ihre Hand, die sie jetzt Schorsch hinhielt, hatte sich ihrem Mütterchen-Frost-Kostüm angepasst. Sie war eiskalt. Schorsch nahm sie, führte Finger um Finger erst über das Farbkissen und dann über das Fingerabdruckblatt.

Es war immer der gleiche Ablauf, und das würde sich die nächsten Stunden ein um das andere Mal wiederholen. Die nächsten zwei kamen gerade zur Tür herein und wurden von seinen beiden Helfern übernommen.

Schorsch war dankbar, dass er diesen Job – und dann noch in diesem Ausmaß – nicht täglich machen musste.

Während Franziska sich ihre Hände reinigte, fragte er ihre Daten ab und füllte das Blatt sorgfältig aus.

Dass dieser Paul so freimütig gekommen war, um sich erfassen zu lassen, machte Schorsch stutzig. Für ihn war er bislang ziemlich weit oben auf der Liste der Verdächtigen gestanden. Geld und enttäuschte Liebe – zwei der häufigsten Motive und beide könnten bei dem Herrn zutreffen. Aber offensichtlich fühlte er sich wie ein weißes Schaf in der Herde und hatte keine Ahnung, dass er zum engen Kreis der Tatverdächtigen zählte. Nun, bald würden sie wissen, woran sie mit ihm waren.

Franziska Fellinger hingegen hatte Schorsch schon so gut wie von der Liste gestrichen. Sie war dermaßen mitgenommen von der ganzen Situation. Außerdem bezweifelte er, dass eine derart zarte Frau fähig sein sollte, einen ausgewachsenen Mann zu töten und ihn anschließend auch noch wegzuschleppen.

Nein. Mütterchen Frost war harmlos. Sie war der Engel in ihrem eigenen Wunderland.

»Sind wir durch?«, holte ihn Franziskas Stimme aus seinen Gedanken. »Wenn Sie mich nicht mehr brauchen, Herr Kommissar, würde ich mich jetzt für eine Weile abmelden. Nach allem, was geschehen ist, fühle ich mich nicht mehr sicher. Deshalb habe ich beschlossen, mein Taekwondo wieder etwas aufzufrischen. Die letzten Monate habe ich kaum noch trainiert.«

»Ihr …« Schorsch brauchte ein paar Atemzüge, um die Worte sacken zu lassen. Hatte diese zierliche Person gerade von Kampfsport gesprochen? Er fasste sich und sagte: »Gehen Sie nur. Wir sind hier noch ein paar Stunden beschäftigt, und danach muss das alles ja noch ausgewertet werden.« Er überlegte kurz. »Taekwondo? Machen Sie das schon lange?«

Ihre Miene zeigte einen gewissen Stolz. »Ich weiß, man glaubt es kaum, wenn man meine Statur sieht, aber ja, ich betreibe diesen Kampfsport seit meiner Kindheit und bin Trägerin des schwarzen Gürtels. Ich habe den vierten Dan erreicht, wenn es Sie interessiert.«

Schorsch revidierte seine bisherige Einschätzung sofort. Von wegen zarter Weihnachtsengel. Könnte sie genauso gut ein tödlicher Racheengel sein?

Vielleicht – eine neue Idee formierte sich in Schorschs Hirnwindungen –, vielleicht hatte Ernst sich mit dem Christkind einen derben Spaß erlaubt? Hatte Franziska Fellinger das entdeckt und beschlossen, ihm einen Denkzettel zu verpassen?

Es könnte auch sein, dass die Situation außer Kontrolle geraten war und mit Ernsts Treppensturz geendet hatte. Das würde auch erklären, weshalb sein Tod Franziska Fellinger derart mitnahm. Natürlich könnte es ebenso gut schlicht und ergreifend Empathie sein, aber es gab da nun mal auch diese andere Möglichkeit.

Nach schier endlosen Stunden und ungezählten »Mund auf, bitte« war es fast geschafft. Nur noch Poldis und Jürgens Fingerabdrücke fehlten, dann war alles im Kasten. Allerdings schaffte Jürgen noch mal kurzfristig Chaos, als er beim Vorbeugen mit dem Stuhl kippte, weil er wieder mal geschaukelt hatte, und dabei die Schreibtischlampe umriss.

Aber auch dieses Malheur war bald behoben, und Poldi stopfte mit einem erleichterten Seufzer das letzte Stäbchen in die Röhre. Fertig.

# Kapitel 14

Obwohl es noch reichlich früh war, konnte Poldi nicht mehr schlafen. Genau genommen hatte er wohl nicht mehr als zwei Stunden Schlaf gefunden, und die waren nicht erholsam gewesen. Schuld daran war die Fließbandarbeit am Vortag. Im Halbschlaf hatte sein Traum-Ich ein ums andere Mal gesagt: Einmal Mund aufmachen, bitte!

Er hatte sich auf dem ohnehin nicht sonderlich bequemen Sofa unruhig hin- und hergewälzt. War er doch endlich einmal eingeschlummert, schreckte er im nächsten Moment schon wieder auf, weil die Decke runtergerutscht war und ihm kalt wurde. Es war zum Nikoläuse würgen!

Der Blick auf die Uhr sagte ihm, dass die Kantine noch geschlossen hatte. Was unerheblich war, denn er hatte sowieso keine Lust, dorthin zu schlappen, um sich Kaffee zu besorgen. Er wollte niemanden sehen, mit niemandem sprechen müssen. Alles, was er wollte, war seine Ruhe.

Also kramte er seine kleine Notfallkaffeemaschine aus dem unteren Fach des Aktenschrankes. Die kam nur selten zum Einsatz, aber wenn, dann tat sie wacker ihren Dienst. Poldi füllte Wasser in den Behälter, zählte Kaffeepulver in den Filter – drei Löffel, vier – ach was, heute durfte es einer mehr sein. Er brauchte eine Energiebombe, wenn er den Tag überstehen wollte.

Seine Knochen, Muskeln und alles, was einen menschlichen Körper eben ausmachte, taten ihm weh. Selbst die Haarspitzen schrien auf, wenn er sich über den Kopf strich. Zeit für ein paar Schmerztabletten.

Wenn er sich richtig erinnerte, hatte er in der rechten Schreibtischschublade noch welche liegen. Er zog die Lade auf und kramte sich durch Stifte, Locher, Büroklammern, Gummis und ein paar Päckchen Kondome. Endlich hatte er die Tabletten gefunden. Doch nicht nur die. Sehr erstaunt hielt Poldi ein kleines Beweistütchen in die Höhe. Es war das Kaugummipapier, das er unter dem Sicherungskasten gefunden hatte.

Verflixt. Das Tütchen musste ihm weggerutscht sein, als er Schorsch die Beweise übergeben hatte.

Während das Wasser in den Filter gurgelte und sprotzte und das braune Lebenselixier langsam in die Kanne floss, sortierte Poldi seine Gedanken. Schorsch würde nicht begeistert sein, wenn er erfuhr, dass hier noch ein Kaugummipapier auf Abgleich wartete. Aber nun ja, shit happens. Immerhin hatte Poldi es ja noch gefunden.

Das Telefonklingeln jagte Schmerzwellen durch seine Schläfen. Er stöhnte. Wieso war das verflixte Ding so schrill? Schnell nahm er ab, nicht, weil er sich in der Lage fühlte, ein Gespräch zu führen, aber alles war besser als das durchdringende Läuten.

»Hey, Poldi, altes Haus! Bist du fit? Du, ich hab Neuigkeiten. Die Ergebnisse sind da.«

Poldis Jammerstimmung schlug schlagartig um. Das Adrenalin, das jetzt durch seinen Körper schoss, legte sich über die Schmerzrezeptoren, und er fühlte sich auf einen Schlag voller Energie. Er wartete ein paar Sekunden, dann hielt er es nicht mehr aus. »Und? Was für Ergebnisse? Herrje, Schorsch, mach's doch nicht so spannend!«

Ein bäriges Lachen drang an sein Ohr. »Jetzt gönn mir doch den Spaß, du alter Miesepeter. Pass auf, ich schwing mich ins Auto und komm zu dir rüber. Kommst du runter und lässt mich rein?«

»In einer halben Stunde?«, fragte Poldi, der gar nicht erst versuchte, Schorsch umzustimmen. Aus Erfahrung wusste er, dass er jetzt nichts aus Schorsch herauskitzeln konnte. Der wollte die Überraschung bis zur letzten Sekunde auskosten und die Bombe noch nicht platzen lassen. Früher hatte er Poldi damit regelmäßig zur Weißglut getrieben. Heute schaffte er das nicht mehr. Er war geduldiger geworden. Vielleicht war es gar nicht schlecht, wenn er vor dem Bombeneinschlag wenigstens noch Zeit hatte, in Ruhe einen Kaffee zu trinken.

»Abgemacht.« Er wollte schon die Verbindung unterbrechen, da fiel ihm das Tütchen ein. »Ach, Schorsch, warte! Kannst du gleich auch eine Streife zum Eingang beordern? Keine Ahnung, wie es dazu kam, aber ein Beweistütchen mit einem Kaugummipapier ist liegen geblieben. Ich hab es vor ein paar Minuten gefunden.«

»Was? So ein Mist. Wie konnte das denn passieren?«

Genau wie Poldi es erwartet hatte, reagierte Schorsch reichlich unwirsch. Doch offenbar konnte seine gute Laune heute nicht so schnell zum Kippen gebracht werden.

»Ach, egal«, sagte Schorsch. »Wir haben zwar ein eindeutiges Ergebnis über die DNA, aber sicher ist sicher. Ich lass das Ding abholen. Je mehr Beweise wir haben, desto enger sind die Maschen des Netzes, in dem unser Fisch gleich zappeln wird.«

»Und daran gibt es keinen Zweifel?«, fragte Poldi einigermaßen fassungslos. Die drei Tassen Kaffee machten ihn weit weniger wach als das, was Schorsch ihm gerade vorgetragen hatte.

Mit einem sehr zufriedenen Gesichtsausdruck schüttelte Schorsch den Kopf. »Kein Zweifel. Euer Paul Obermeier spielt anscheinend mit gezinkten Karten. Und ich würde vorschlagen, wir bitten den Herrn jetzt zum Gespräch. Der kann uns mal schön den Zusammenhang mit dem sabotierten Christkind und Ernsts Tod erklären.«

Inzwischen war es kurz vor Wunderlandöffnung. Die Chefin war bestimmt schon im Büro. Wenn sie Glück hatten, dann war auch Paul bereits da – seitdem Ernst tot war, wich er kaum noch von ihrer Seite.

Ob er auskosten wollte, wie dreckig es ihr ging? Poldi sah die beiden vor sich. Wie Obermeier schützend den Arm um sie gelegt hatte. Wie er sie mit liebevollem Blick forschend musterte, als wolle er sehen, ob es ihr gut ging. Dabei hatte er sich – den neuesten Erkenntnissen nach – die ganze Zeit an ihrem Elend gelabt. Pfui Deibel!

Poldi nahm das Telefon. »Ich ruf Wibbel an und frag, ob er im Haus ist.«

Doch Schorsch legte die Hand auf den Hörer. »Lass mal, Poldi. Wenn er zufällig gerade neben ihr steht, ist er gewarnt. Das will ich nicht riskieren.« Schorsch rieb sein Ohrläppchen. »Ich versteh nicht, wieso er freiwillig die Speichelprobe mitgemacht hat. Er muss doch gewusst haben, dass er auffliegt.«

»Andererseits – vielleicht wollte er genau das? So eine Art Selbstbestrafung?«

Schorsch stand auf. »Komm, die ganze Grübelei bringt nichts. Wir gehen rüber zu deinem Mütterchen Frost. Wenn Obermeier im Wunderland ist, dann doch vermutlich dort.«

Während Schorsch und Poldi den Gang entlanggingen, sahen sie die Ströme der Wunderlandbesucher, die sich, kaum dass die Pforte freigegeben wurde, über das Gelände ergossen.

»Ja, bitte!«, drang es fast sofort nach Poldis Klopfen durch die geschlossene Tür. Sie traten ein und atmeten auf. Paul saß in einem Sessel und hielt eine Tasse Kaffee in der Hand.

»Guten Morgen, Frau Fellinger«, übernahm Schorsch die Gesprächsführung. Poldi nickte stumm. »Herr Obermeier, gut, dass Sie auch da sind.«

»Guten Morgen, die Herren.« Paul schaute die beiden neugierig an. »So ernste Gesichter? Haben Sie Ergebnisse?«

Schorsch stand unmittelbar vor ihm und fixierte ihn mit seinem Blick. »Ich gehe davon aus, dass es Sie nicht überrascht, wenn ich Sie nun bitte, mit uns zu kommen, Herr Obermeier«, sagte er endlich.

Die Tasse klirrte leise auf der Untertasse, als Paul das Geschirr auf den Tisch stellte. Er zog irritiert die Augenbrauen zusammen. »Nun, entgegen Ihren Erwartungen muss ich sagen: Das überrascht mich durchaus. Wollen Sie mir verraten, was los ist?«

»Selbstverständlich. Aber vielleicht folgen Sie uns zuerst einmal in Herrn Poldanskys Büro. Dort erfahren Sie alles Weitere.«

»Herr Holzhammer!«, rief Franziska ziemlich aufgebracht. »Poldi! Was wird hier gespielt? Ich habe ein Recht –«

Doch Schorschs erhobene Hand stoppte ihren Versuch, etwas zu erfahren. »Es tut mir leid, aber es haben sich neue Erkenntnisse ergeben, die auf Herrn Obermeier hinweisen. Sobald wir mehr wissen, werden Sie selbstverständlich informiert.«

»Paul?« Sie hauchte den Namen nur und starrte ihren Freund fassungslos an.

Doch Paul schüttelte den Kopf. Seine Augen spiegelten seine Verwunderung, sein Mund war halb geöffnet. Ein paarmal machte er ihn auf und zu, aber es brauchte einige Anläufe, bis er sprechen konnte. »Franziska, das muss ein Missverständnis sein! Bitte, vertrau mir. Ich würde niemals –«

»Kommen Sie jetzt, Herr Obermeier. Machen Sie es nicht noch schlimmer.«

»Ich will dabei sein.« Sie kam hinter ihrem Schreibtisch hervor und ging zur Tür. »Paul, ist das in Ordnung für dich?«

Der Gefragte nickte und ließ sich widerstandslos von Schorsch unterhaken. Poldi ging einige Schritte hinter den beiden, um im Notfall sofort einschreiten zu können.

»Herr Obermeier, jetzt hören Sie doch auf, das Unschuldslamm zu spielen!«, donnerte Schorsch und schlug mit der flachen Hand auf die Tischplatte. »Die Kaugummis, die unter die Sicherungen geklebt wurden, sind von Ihnen. Ihre DNA – kein Zweifel. Jetzt geben Sie es endlich zu und sagen Sie uns, was Sie damit bezweckt haben.« Schorsch kam um den Tisch herum und setzte sich auf die Kante. Die Arme hatte er vor der Brust verschränkt. »Wollten Sie Franziska Fellinger einen Streich spielen? Was ist es? Neid? Eifersucht? Unerwiderte Liebe? Kommen Sie, Mann. Reden Sie! Und wie ging es weiter? Was hat der Maronenmann mit der Sache zu tun? Kam er Ihnen in die Quere?«

Seit einer Stunde versuchte Schorsch nun bereits, dem Architekten ein Geständnis zu entlocken, ohne Erfolg.

»Herr Kommissar«, Pauls Stimme klang rau, er rieb sich erschöpft die Schläfen, »ich wiederhole es noch einmal. Ich war gar nicht vor Ort, als der Anschlag auf das Christkind verübt wurde. Den Tag vorher und bis zu meiner Ankunft – wie Frau Fellinger Ihnen bezeugen kann, wir haben uns zufällig im Aufzug getroffen – war ich auf Dienstreise. Hören Sie endlich auf, mich derart anzugehen, und überprüfen Sie verdammt noch mal meine Angaben.«

Genau das versuchte Poldi seit geraumer Zeit. In dem Hotel, in dem Paul angeblich abgestiegen war, ging leider niemand ans Telefon. Und am Flughafen, wo Poldi herausfinden wollte, ob Paul tatsächlich im Flieger gesessen hatte, war dauerbesetzt. Wieder tippte er die Nummer ein, und da – endlich – die Leitung war frei.

Gerade als Poldi jemanden an der Strippe hatte, klingelte Schorschs Handy. Er nahm das Gespräch an, legte kurz darauf nachdenklich auf und begann, sein Ohrläppchen zu malträtieren.

»Ja, gut, vielen Dank«, sagte Poldi und beendete sein Telefonat. Er gab Schorsch einen Wink.

Kurz darauf traten sie zusammen vor die Tür, wo sie sich leise unterhielten.

»So wie es aussieht, war Paul Obermeier tatsächlich in dem Flieger«, erklärte Poldi. »Wenn das Hotel jetzt auch noch bestätigt, dass er Gast war – hm – er kann die Kaugummis unmöglich früher unter die Sicherungen geklebt haben, Schorsch. Irgendwas passt da nicht zusammen.«

»Oder es fügt sich eben doch, allerdings etwas anders als gedacht«, sagte Schorsch. »Dein Kaugummipapier, Poldi, weißt schon, das, das uns beinahe durchgerutscht wär, bringt ein neues Licht in die Sache.«

»Aha, aber das ändert doch nichts an der sichergestellten DNA. Ehrlich, langsam komm ich nicht mehr mit.«

»Wart ab, gleich wird dir eine ganze Weihnachtsbaumbeleuchtung aufgehen. Komm.« Ohne eine weitere Erklärung ging Schorsch wieder in Poldis Büro.

Dieser verfluchte Geheimniskrämer.

Poldi spürte, wie sein Blutdruck in die Höhe schoss. Zum Glück hatte er keine Zeit, sich lange über seinen Kumpel aufzuregen.

»Frau Fellinger, wo hat Tim denn heute Dienst?«, fragte Schorsch ohne Schnörkel.

»Tim? Was um Himmels ...« Sie überlegte. »Ich hab ihn am Maronenstand eingeteilt, zusammen mit einer Aushilfskraft. Er müsste jetzt dort sein. Soll ich ihn anrufen?«

Schorsch überlegte eine Weile, dann sagte er: »Nein, lieber nicht. Besser, wir holen ihn. Poldi, hast du Jürgen in Rufbereitschaft? Könnte der ...?«

»Der steht immer noch bei Eleonora. Soll ich?« Poldi deutete auf sein Telefon, und Schorsch nickte.

Während sie auf Tim warteten, versuchte Franziska zu erfahren, was Schorsch vorhatte. Doch der gab nichts preis.

Poldi nutzte die Zeit und versuchte es erneut in dem von Paul genannten Hotel. Jemand nahm den Anruf an, und keine fünf Minuten später war Pauls Alibi bestätigt. Er konnte es nicht gewesen sein, auch wenn die Spuren eine andere Sprache sprachen. Es war verflixt.

Sie hörten Tim schon durch die geschlossene Tür.

»Hey, Mann, lass mich los. Ich sollte mal mit meiner Mutter sprechen, sie ist bestimmt nicht begeistert, wenn ich ihr sage, wie grob du mich anfasst.«

»Jetzt hältst du erst mal die Klappe und redest nur, wenn du gefragt wirst, du Würstchen«, tönte Jürgen. Im nächsten Moment öffnete er die Tür und schob den widerspenstigen Tim ins Zimmer. »Hier hast du das Vögelchen, Poldi.« Er sah sich neugierig um und stutzte. »Oha. Versammlung? Gibt's was Neues? Hab ich was verpasst?« Seine Augen funkelten vergnügt.

»Danke, Jürgen. Gehst du bitte gleich wieder zu Eleonora? Und halt weiter die Augen offen!« Er hatte keine Lust, seinen Helfer auf den neuesten Stand zu bringen. Nicht zu diesem Zeitpunkt, wo irgendwie alles in der Luft hing.

»Kann mir jetzt mal einer sagen, was hier gespielt wird?«, maulte Tim. Er wandte sich an seine Mutter. »Mama, was soll der Mist?«

Doch Franziska zuckte mit den Schultern. »Tim, Schatz, tut mir leid, ich hab keine Ahnung.« Sie war blass und wirkte zerbrechlich, wie sie da zusammengesunken in ihrem Mütterchen-Frost-Kleid auf dem Stuhl saß.

»Setz dich, Tim.« Poldi schob ihm einen Stuhl hin.

»Erklär uns, wie deine Fingerabdrücke zum Sicherungskasten kommen«, tönte nun Schorschs Stimme durch den Raum. Er klang streng und schroff, Poldi wusste, dass sein Freund hoffte, damit möglichen Widerstand gleich im Keim zu ersticken.

»Meine – wie bitte?« Tims Mundwinkel zuckten, aber er setzte sich ohne weiteres Gemurre. »Hey, Mann, was soll der Scheiß?«, fragte er Poldi, kaum, dass er sich den Stuhl zurechtgerückt hatte. »Ich meine, Alter, ich bin Teil der Mannschaft, ich arbeite mal hier, mal da, ist doch wohl klar, dass meine Fingerabdrücke im ganzen Wunderland zu finden sind. Oder?« Jetzt registrierte er, dass Paul auch im Zimmer war. »Sagt mal, Leute, ehrlich, was gibt das hier?«

»Junge, die Fragen stelle jetzt erst mal ich.« Schorsch sah ihn streng an. »Du findest dich wohl besonders schlau, was? Natürlich kann es sein, dass deine Fingerabdrücke auf dem Sicherungskasten auftauchen. Was mich viel mehr interessiert: Wie kommt ein Kaugummipapier mit deinen Abdrücken *in* den Kasten? Und jetzt komm mir nicht mit Zufall – das kannst du von mir aus einem Weihnachtswichtel erzählen, mir sicher nicht!«

»Kaugummipapier?« Tim war eine deutliche Spur blasser geworden. Der anfänglich energische Motzer wirkte mit einem Mal reichlich kleinlaut.

»Sag«, änderte Schorsch jetzt die Strategie, »wie stehst du eigentlich zu Paul Obermeier?« Bevor Tim antworten konnte, wandte Schorsch sich an Franziska. »Kann es sein, dass Ihr Sohn eifersüchtig auf Ihren Freund ist?«

Franziska sah von Tim zu Paul zu Schorsch und wieder zurück zu Tim. Sie schüttelte wieder und wieder den Kopf, aber sie antwortete nicht. Vermutlich hatte es ihr die Sprache verschlagen.

Poldi wunderte das nicht. Die Sache wurde immer verworrener. Vor allem, wenn er über das Christkind hinaus dachte und an den zweiten Vorfall, der sehr viel schlimmer war als ein Haufen geschmolzenes Plastik.

»Bestimmt war es Paul, und der versucht jetzt, mir die Schuld in die Schuhe zu schieben!«, rief Tim.

Aha, offensichtlich hatte er auf Reserveenergie geschaltet.

»Das ist doch ganz klar«, erklärte Tim voller Eifer. »Immerhin ist doch seine DNA an den Kaugummis, nicht meine. Bestimmt hat er mir ein Kaugummipapier geklaut, um die Spur auf mich zu lenken. Ich bin ihm wahrscheinlich im Weg, wenn er bei meiner Mutter landen will.«

Im Zimmer wurde es mucksmäuschenstill.

Poldi und Schorsch wechselten einen alles sagenden Blick. Dann übernahm Poldi das Verhör. »Danke, Tim«, sagte er leise. »Das war jetzt fast so gut wie ein Geständnis. Aber hey, komm, wenn du schon dabei bist, dann mach jetzt klar Schiff.«

»Hä? Aber hast du mir denn nicht zugehört, Poldi? Ich hab euch Paul serviert. Auf dem goldenen Tablett und mit Extra-Glitzer.«

Poldi lächelte mild. »Tim, hör auf. Es ist vorbei.« Er beschloss, die Karten auf den Tisch zu legen. »Woher weißt du, dass die Kaugummis Pauls DNA haben? Niemand hier hat darüber gesprochen, seit du im Raum bist.«

Ein erstickter Schrei kam über Franziskas Lippen.
Tim sackte in sich zusammen. Er legte das Gesicht in seine Hände, und zwischen den Fingern hörte man ihn murmeln: »Scheiße.«

# Kapitel 15

»Tim!«, rief Franziska. Sie stand auf und ging vor ihrem Sohn in die Hocke. »Wieso, Tim? Wieso nur?« Sie schluchzte. Und auch Tim verlor seine Beherrschung. Er heulte Rotz und Wasser.

Wie passend, dass gerade jetzt draußen ein Sturm losbrach. Der Wind warf sich gegen die Scheiben, dass das Glas knirschte. Als würde das Wetter sich der Stimmung anpassen, dachte Schorsch. Es wurde mit einem Mal so dunkel im Büro, dass er aufstehen musste, um das Licht anzuknipsen.

»Wunderland hier, Wunderland da!«, schrie Tim jetzt seine Mutter an und schob ihre Hände weg, die sich um seine Beine legen wollten. »Es hat mich so angekotzt. Dieser Scheißladen ist dir viel wichtiger als ich. Immer geht es nur um das ach so tolle Weihnachtswunderland. *Diese besondere Energie, Tim*«, äffte er sie nach. »*Es ist das Fest der Liebe, Tim! Wir müssen den Menschen das Funkeln der Weihnacht in die Herzen zaubern, Tim!* Und was ist mit mir? Wer zaubert irgendwas in mein verdammtes Herz?«

»Das hab ich nicht gewollt«, sagte Franziska leise und eindringlich. »Bitte glaube mir, Tim, du bist das Wichtigste für mich. Ich wollte doch nur … ach Tim, Junge, es tut mir so leid. Ich hab dich doch lieb. Das musst du doch wissen. Wie konnte das nur passieren?«

Paul saß nur da und beobachtete die Szenerie.

Schorsch fand es hochanständig von dem Mann, dass er nicht ausgerastet war, als er kapierte, dass der Junior ihm die ganze Sache hatte in die Schuhe schieben wollen. Er wusste nicht, ob er selbst derart die Ruhe hätte bewahren können.

Schorsch und Poldi ließen Mutter und Sohn Zeit, um sich wieder zu fangen. Als es dann nach zwei Packungen Taschentüchern endlich so weit war, nahm Schorsch den Faden wieder auf.

»Also, Junge. Du hast einen Hass auf das Weihnachtswunderland, weil du dich von deiner Mutter vernachlässigt fühlst. So weit, so schlecht. Aber ist dir eigentlich klar, dass du mit deiner falschen Anschuldigung ums Haar einen Unschuldigen hinter Gitter gebracht hättest? Was hat dir der Paul Obermeier denn getan? Wieso ausgerechnet er?«

Er wollte sich langsam an die Sache rantasten. Erst mal musste geklärt werden, wie alles begann. Doch selbst wenn er das Christkindattentat allmählich verstand, das war ja leider nur die Spitze des Eisbergs. Immerhin ging es um Totschlag – vielleicht sogar um Mord. Er betrachtete das verheulte Bürschlein, und sein Bauchgefühl sagte ihm, dass dieser Fall noch lange nicht zu Ende war.

»Das tut mir voll leid, echt. Ich hab erst gar nicht so weit gedacht, ehrlich. Das mit dem Christkind war eine spontane Idee. Ich hab zufällig ein Gespräch zwischen den Technikern aufgeschnappt, dass die Drähte zwischendurch überprüft werden müssen, damit nichts passiert. Und dass im schlimmsten Fall aber die Sicherungen rausspringen würden, was auch gut wäre, denn wenn nicht, wäre die Kacke am Dampfen, sagten sie. ›Feuerwerk im Weihnachtswunderland‹, hat der eine gesagt und mit seinen Händen eine Explosion nachgeahmt. Ja, in dem Augenblick hab ich gedacht, hey, coole Idee. Sonst wäre ich da nie drauf gekommen. Selbst wenn, ich hätte gar nicht gewusst, wie ich das überhaupt anstellen muss. Aber so dachte ich, es wäre witzig, wenn die Drähte mal nicht mehr da sind, wo sie hingehören.« Er stockte kurz, weil ein Blitz über den Himmel zuckte, dicht gefolgt von tiefem Donnergrollen. Ein Wintergewitter.

Na, ging es Schorsch durch den Kopf, dann hoffen wir mal, dass dieses Gewitter ordentlich reinigende Kraft hat.

Das Wetter beruhigte sich etwas, und Tim sprach weiter. »Damit die Sicherungen nicht rausspringen, hab ich mir die Kaugummis aus dem Aschenbecher in Mamas Büro geschnappt. Ich hab sie in Papier gewickelt und in die Tasche gesteckt. Später hab ich die Dinger dann ausgepackt und unter die Sicherungen geklebt. Eigentlich hab ich aufgepasst mit den Fingerabdrücken. War ja auch eklig, so angematschte Kaugummis. Ich hab die mit einem Tuch angefasst, aber bei einem Papier muss dann eben doch irgendwie mein Abdruck drauf gekommen sein.«

Schorsch hörte sehr genau zu, und er wollte noch mehr Details. »Okay. Wusstest du, dass die Kaugummis von Paul waren? War das Absicht?«

Tim zuckte mit den Schultern. »Hab ich nicht drüber nachgedacht«, antwortete er. »Und wenn? Ich wär nie auf die Idee gekommen, dass die Kaugummis wirklich von der Polizei auf DNA-Spuren untersucht werden. Doch nicht wegen eines zerschmurgelten Christkinds.«

Jetzt sah Tim Paul an. »Bitte entschuldige. Es tut mir leid. Ehrlich. Das war so nicht geplant. Aber …« Tim knabberte auf seiner Lippe, dann gab er sich einen Ruck. »Als ich gemerkt hab, dass du verdächtigt wirst, dachte ich, das wäre vielleicht die Lösung. Wenn Mama dich nicht mehr hätte, könnte sie nicht an der Erweiterung planen. Ich meine, ein Architekt, der sich so sehr einbinden lässt und mit meiner Mum auf einer Welle schwimmt, ist bestimmt nicht so leicht zu ersetzen. Wärst du also weg gewesen, hätte das diesen Wunderlandwahnsinn mal eine Weile gestoppt.« Tim sah reichlich zerknirscht aus. »Das war voll Scheiße, tut mir echt leid.«

Paul nickte unmerklich, sagte aber noch immer keinen Ton. Es war schwierig, an seinem Gesichtsausdruck abzulesen, was er empfand.

»Aber beim Christkind ist es nicht geblieben«, sagte Schorsch scharf.

Alles in ihm sträubte sich, diesen Jungen mit den verheulten Augen als Mörder zu sehen. Bisher war das alles doch nur ein einziger Schrei nach Aufmerksamkeit. Aber es half nichts. Jetzt kam es drauf an. Er hielt den Blick fest auf Tim gerichtet.

»Du hattest also deinen Spaß mit dem kleinen Christkindfeuerwerk. Wie ging es weiter? Was ist passiert, als du mit Ernst zusammengetroffen bist? Hat er dich erwischt, wie du wieder was manipulieren wolltest? Warst du auf den Geschmack gekommen?«

War es ein Unfall?, wollte er fragen. Aber er bremste sich. Als Polizist musste er neutral bleiben, und schließlich wollte er die Wahrheit wissen und nicht dem Jungen Worte in den Mund legen, um ihm eine goldene Brücke zu bauen. Doch das brauchte es auch gar nicht, wie Schorsch im nächsten Moment klar wurde.

Kaum hatte er die Frage ausgesprochen, schoss Tim von seinem Stuhl hoch. »WAAASSS?«, schrie er. Die Augen weit aufgerissen, die Haltung starr vor Entsetzen. »Aber NEIN! Was soll das denn? Ich war das nicht. Wir reden doch nur von dem Christkind. Ich hab Mist gebaut. Aber ich bin doch kein Mörder!« Seine Stimme überschlug sich. »Mama! Sag ihm, dass ich kein Mörder bin. Tu doch was!«

Tim stürzte sich in die Arme seiner Mutter und klammerte sich an sie wie ein kleines Kind. Kein teeniehaft überhebliches Gehabe mehr. Kein pubertäres Gemotze. Die blanke Panik hatte den Jungen ergriffen.

Schorsch war sofort klar, dass er die Wahrheit sagte. Poldis angespanntes Gesicht sagte ihm, dass sein Freund es genauso einschätzte.

Draußen wurde es langsam ruhiger, der Sturm legte sich, das kurze Unwetter war überstanden. Die Wolkendecke riss auf.

»Okay, Tim. Nehmen wir mal an, es stimmt, was du sagst. Wo genau warst du denn, als Ernst ums Leben kam?« Das war eine Frage, mit der Schorsch in seiner Laufbahn bereits den einen oder anderen Täter ganz wunderbar hatte überführen können. Auch wenn er im Stillen hoffte, dass Tim das Richtige antworten würde.

»Woher soll ich das wissen?«, kam es prompt und ohne Zögern. »Ich hab keine Ahnung, wann Ernst gestorben ist.«

Schorsch hörte Poldis erleichtertes Schnauben. Natürlich

hatte sein Kumpel sofort gerafft, dass er eine Fangfrage gestellt hatte. Sehr gut. Diese Hürde hatte Tim genommen. Jetzt noch ein vernünftiges Alibi und sie standen mit ihrem Fall wieder am Anfang. Was zwar super wäre für den Jungen, aber unterm Strich natürlich auch Mist. Denn es bedeutete, der Täter befand sich immer noch auf freiem Fuß, und sie mussten mit weiteren Anschlägen rechnen.

Aber eins nach dem anderen.

»Die Spurensicherung hat festgestellt, dass Ernsts Uhr bei dem Sturz beschädigt wurde. Sie ist um zehn Uhr zweiunddreißig stehen geblieben. Also, noch mal. Wo warst du zu der Zeit?«

»Da hab ich Eleonora geholfen. Fragen Sie Frau Claus, die wird es Ihnen bestätigen.«

Die Erleichterung in Tims Augen war so deutlich, dass Schorsch keine Zweifel hatte. Trotzdem musste das natürlich überprüft werden. Er sah zu Poldi, der sofort verstand, nickte und nach dem Telefon griff.

»Hallo, Eleonora, hier ist Poldi. Könntest du bitte einmal kurz in mein Büro kommen? Es ist dringend. Jürgen soll in der Zwischenzeit die Stellung am Stand halten.« Er hörte zu, lachte kurz auf. »Es dauert nicht lang, aber wir brauchen dich. Und zwar so schnell wie möglich. Jürgen wird in den zehn Minuten schon nicht den Stand abfackeln. Sag ihm einfach, er soll die Finger vom Backofen lassen, während du weg bist.« Wieder eine kurze Pause, in der Poldi zuhörte. »Gut, danke. Bis gleich.« Er legte auf. »Sie ist in zwei Minuten da.«

Kurz darauf stand Eleonora im Raum und bekräftigte Tims Aussage. »Tim? Der war bei mir am Stand. Von Beginn an an dem Morgen.«

»Keine kurze Abwesenheit? Musste er mal zur Toilette? Oder etwas holen?« Schorsch wollte auch die letzten Zweifel aus dem Weg räumen.

Eleonora überlegte, schüttelte den Kopf. »Nein, wirklich nicht. Er war bei mir. Die ganze Zeit.«

»Oh, Tim, Gott sei Dank!«, schluchzte jetzt Franziska und küsste ihrem Jungen das Gesicht ab vor Erleichterung.

»Ist ja gut, Mama«, sagte der.

Nachdem er nicht mehr unter Mordverdacht stand, hatte er anscheinend ein wenig seiner teeniehaften Coolness zurückgewonnen, denn der Gefühlsüberschwang seiner Mutter war ihm offensichtlich peinlich.

»Poldi, mir fällt da was ein«, sagte er, nachdem er sich aus den Händen seiner Mutter befreit hatte. »Ich war die ganze Zeit am Stand, genau wie Eleonora und die meisten an den anderen Buden um uns herum. Aber …« Er zögerte.

»Was, Junge? Komm, red! Du, es geht hier nicht um eine Kleinigkeit, sondern um Mord. Das ist der falsche Moment, um Rücksicht zu nehmen.«

Tim kaute auf seiner Lippe, man konnte ihm ansehen, dass er mit sich kämpfte. »Ich will niemanden verdächtigen. Aber Ernst war echt nett. Sein Mörder soll mit der Tat nicht davonkommen. Und außerdem hat der Idiot meiner Mutter ganz schön Schwierigkeiten gemacht mit der Tat.«

Du aber auch, Bürschchen, dachte Schorsch. Doch er wollte nicht den Finger in die Wunde legen, die hoffentlich langsam anfing zu heilen. Zum Thema »echt nett« konnte Schorsch sich einen Kommentar aber nicht verkneifen.

»Mit der Tat davonkommen sollte er selbst dann nicht, wenn Ernst kein solcher Sonnenschein gewesen wäre. Also, was ist jetzt? Was hast du beobachtet?«

»Lukas«, kam es fast tonlos von Tim. Er räusperte sich, dann sprach er mit festerer Stimme weiter. »Lukas ist okay, ich will ihm echt keine reinwürgen, aber er war zu der Tatzeit nicht bei den Tannenbäumen.«

»Bist du sicher?«, fragte Franziska. »Tim, überleg genau.«

»Woher weißt du, dass er nicht da war?«, fragte Poldi. »Vielleicht war er nur ein Stück weiter hinten? Irgendwo hinter einem Baum und du hast ihn nicht gesehen?«

»Ein paar Leute haben mich nach dem Weihnachtsbaumverkäufer gefragt. Eleonora, hast du das nicht mitgekriegt? Du warst doch auch am Stand.«

Doch Eleonora zuckte nur mit den Schultern. »Tut mir leid, nein. Aber ich hatte auch ziemlich viel zu tun, das weißt du ja, Tim.«

»Stimmt. Es war voll viel los. Aber ihr müsst mir glauben. Wieso sollte ich das denn sagen, wenn es nicht stimmt? Das bringt mir doch gar nichts. Dass ich es nicht gewesen sein kann, ist doch sowieso schon klar.«

»Nur kurz dazwischengefragt, zum Stichwort: voll viel los. Braucht ihr mich noch? Ich hab echt Bedenken, Jürgen allein zu lassen. Er ist nicht gerade der geborene Charmebolzen, selbst wenn er sich Mühe gibt. Wenn ich nicht da bin, vergisst er das mit der Freundlichkeit vielleicht und vergrault mir die Kunden.«

»Geh nur. Danke. Du hast uns sehr geholfen.«

Mit einem kurzen Gruß verabschiedete sich Eleonora und war auch schon zur Tür hinaus.

Schorsch sah zu Tim und fragte: »Hast du mitgekriegt, wann er wieder zurückgekommen ist?«

Er war etwas enttäuscht, denn er hatte gehofft, dass sich bei dem Gespräch zwischen Tim und Eleonora vielleicht Fakten auftaten, die sonst unerwähnt blieben. Das kam öfter mal vor, weil die Leute sich beim gegenseitigen Austausch manchmal an mehr – oft auch vermeintliche und am Ende doch wichtige Kleinigkeiten – erinnerten, als in der direkten Konfrontation mit einem Beamten. Diesmal hatte es leider nicht funktioniert. Also musste er wieder auf die direkte Befragung übergehen.

Tim überlegte. »Ganz genau kann ich es nicht sagen. Aber ich weiß bestimmt, dass er um elf wieder da war. Ich hab ihn gesehen, genau als Santa Claus sein erstes Hohoho in die Menge geschmettert hat. Tut mir leid, mehr weiß ich nicht. Und ich glaube auch nicht, dass Lukas etwas mit Ernsts Tod zu tun hat. Ich meine, ja, er ist ein bisschen miesepetrig, aber er ist voll in Ordnung. Und er hat Humor. Eigentlich. Die Sache mit dem

Christkind fand er allerdings nicht besonders witzig. Er hat sich über die giftigen Dämpfe aufgeregt, die dabei entstanden sind.«

»Womit er absolut recht hat, Tim«, ergriff nun Franziska wieder das Wort.

Offensichtlich hatte sie ihren Schock überwunden und war bereit, die Sache anzugehen.

»Dir ist schon klar, dass das absoluter Mist war, was du da gemacht hast, Tim. Ich meine, Kind, ich verstehe ja, dass ich dich vielleicht überfordert habe mit meiner Weihnachtsliebe. Aber wie konntest du nur?« Sie sah ihren Sohn an und schüttelte dabei den Kopf. »Wir werden miteinander sprechen, Tim. In aller Ruhe. Aber es ist auch absolut klar, dass du nicht ungeschoren davonkommen kannst. Du wirst die nächsten Wochen bis Weihnachten in jeder schulfreien Minute arbeiten. Und ich will keinen Ton hören, ganz egal, ob du Toiletten schrubben oder mit Kindern basteln musst. Haben wir uns verstanden?« Sie war nicht laut geworden, aber ihre Stimme hatte einen eisigen Ton angenommen. Die einzelnen Worte klirrten vor Kälte.

Tim sackte auf seinem Stuhl in sich zusammen. Das schlechte Gewissen hatte ihn im Genick gepackt, man konnte es sehen.

»Es tut mir voll leid, Mama. Ich weiß, dass ich Mist gebaut hab. Ehrlich.« Er schluckte. »Ich werd auch ohne Motzen Toiletten schrubben. Bitte sei nicht mehr sauer.«

»Ich liebe dich, Tim«, sagte sie, jetzt wieder deutlich wärmer. »Und ich bin unendlich erleichtert, dass du mit Ernsts Tod nichts zu tun hast. Aber ich bin fassungslos, wie weit du in deinem Trotz gegangen bist. Ich hätte das viel früher merken müssen. Weißt du, wir werden in nächster Zeit viel mehr und viel offener miteinander sprechen müssen. Wir müssen einen gemeinsamen Weg finden.«

»Ich hab dich auch lieb, Mama«, sagte Tim. Er überwand seine pubertäre Abneigung gegen Gefühlsduselei und umarmte sie. Er gab ihr sogar ein Küsschen auf die Wange.

»Glaub nicht, dass du mich weichküssen kannst, Kerl! Die Toiletten erspare ich dir nicht.«

»Und das Basteln?«, fragte er und lachte, als sie ihn am Ohr zog.

»Wunderbar«, mischte sich jetzt Schorsch ein.

Er war erleichtert, dass Mutter und Sohn offensichtlich einen Schritt aufeinander zu gemacht hatten. So war die Gefahr minimal, dass Tim noch einmal auf so bescheuerte Ideen kommen würde. Vorerst jedenfalls nicht. Da Franziska wegen der Sache mit dem Christkind keine Anzeige erstattet hatte, war dieser Fall damit für ihn erledigt.

»Meine Herrschaften, den Bereich Christkind haben wir damit nun aufgedeckt. Poldi und ich werden uns jetzt besprechen und uns um diesen schlecht gelaunten Weihnachtsbaumverkäufer kümmern. Einverstanden, Poldi?« Dann wandte er sich an Franziska. »Sobald wir neue Erkenntnisse haben, werden Sie es erfahren.«

»Dann ist die Sache für mich jetzt erledigt.« Paul war aufgestanden und zur Tür gegangen. Er warf einen Blick zu Franziska und Tim, in dem Enttäuschung und Wut geschrieben stand.

»Paul, bitte bleib!«, rief Franziska, den Arm immer noch um Tim gelegt.

»Es ist besser, wenn ich jetzt gehe, Franziska. Selbst der dümmste Weihnachtszwerg muss irgendwann kapieren, dass er verloren hat. Ich werde dir einen Kollegen empfehlen. Du bekommst den Kontakt per Mail. Vertrau ihm, es ist ein guter Mann.« Ein letztes Stocken, dann öffnete er die Tür und schloss sie fest hinter sich, ohne noch etwas zu sagen.

# Kapitel 16

Es war so weit!

Endlich würde er diesem Scheiß-Weihnachtswunderland und diesem ekelhaften Weib den Todesstoß verpassen. Heulen und Zähneklappern wollte er hören. Wenn es richtig gut lief, dann würde sich die Alte vor lauter Verzweiflung vielleicht umbringen. Sie könnte sich praktischerweise aus dem Fenster ihres Büros stürzen. Fenster auf. Zack. Abgang.

Aber bevor sie das tat, würde er ihr auf jeden Fall noch die Augen öffnen. Sie sollte wissen, wem sie das alles zu verdanken hatte.

Oder sie würde so durchknallen, dass sie in die Geschlossene kam. Auch das war ein durchaus sympathischer Gedanke. Oh ja, diese Vorstellung gefiel ihm noch weit besser, als ihr in den Tod stürzender Körper.

Er war extra länger geblieben, um sein kleines Feuerwerk in aller Ruhe vorbereiten zu können. So eine Störung wie mit Ernst wollte er nicht noch mal riskieren. Mit einem Ächzen zog er sich an dem Rentierschlitten hoch. Er kletterte auf das Gerüst, der Rucksack drückte auf seinen Schultern. Aber er hatte nicht umsonst einen Großteil seiner Lebenszeit Sport getrieben. Mit unbeugsamer Willenskraft kämpfte er sich an sein Ziel – die Verankerung des Fahrgeschäftes.

Er hatte den Zeitzünder gegen einen Fernauslöser ausgetauscht. Den Zeitpunkt der Explosion konnte er nicht dem Zufall überlassen. Die Bombe musste exakt dann in die Luft gehen, wenn das Ding ganz oben war. Das gäbe den größtmöglichen Effekt.

Und weil man sich ja sonst kaum etwas gönnte, gab es noch eine zweite – ebenfalls an diesen Auslöser gekoppelte – Bombe. Die steckte bereits in dem riesigen Plastikschneemann und würde dem Teil das ekelhafte Grinsen aus dem Gesicht pusten.

Wie gut, dass er Leute kannte, die ihm ohne Fragen das notwendige Wissen vermittelten, das er für derlei Bumsspielchen brauchte. Und wie gut, dass er so ein cleveres Köpfchen hatte und sich die Anweisungen problemlos merken konnte.

Bislang waren derartige Hilfsmittel nicht sein Metier gewesen. Er hatte, wenn, dann lieber die Fäuste sprechen lassen. Aber inzwischen war er auf den Geschmack gekommen. Mehr noch, er war voll in Fahrt. Es gab kein Halten mehr. Das Baby der Fellinger würde er in Schutt und Asche legen. Er wollte zusehen, wie die Alte vor lauter Verzweiflung den Verstand verlor.

Kein Gedränge mehr. Keine Besucherscharen! Selbst wenn sie auch diese Schlappe wegsteckte und versuchte weiterzukämpfen, hätte sie keine Chance. Diese ganze Weihnachtskacke würde ihren Glitzerzauber verlieren. Er würde mit diesem perfekten Bums eine dicke Staubschicht über den ekligen Glanz legen. Langsam und genüsslich würde er es immer weiter steigern.

Irgendwann gäbe es den nächsten Bums.

Und den nächsten.

Dann würde er Ruhe einkehren lassen, er würde sich Zeit nehmen. Wenn nötig, könnte er über Monate warten und erst dann, wenn ihre Angst nachließ, wenn die Lage sich vorsichtig entspannte – zack – käme der nächste Anschlag.

Ihre Nerven würden Tag für Tag, Woche für Woche dünner werden. Sie würde sich von Alpträumen geplagt durch die Zeit schleppen. Immer die Panik im Genick! Und ganz am Schluss würde er ihr sagen, wer er war. Er würde ihr den Spiegel vorhalten und ihr klarmachen, dass sie das alles sich selbst zu verdanken hatte.

Sie war die Schuldige. Sie hatte ihn dazu getrieben.

# Kapitel 17

»Ich sag dir, Eleonora, das ist alles ein großer, großer Mist. Ein Haufen Rentierkacke ist das. Jawohl.« Franziska streckte die Hand mit dem leeren Punschbecher über den Tresen und forderte Nachschub. Nach dem Desaster in Poldis Büro war sie schnurstracks zu Eleonora an den Punschstand geflüchtet.

Während Eleonora nachfüllte, drehte Franziska sich zu ihrem Sohn um. »Tim, sei ein Schatz und hilf am Maronenstand aus. Bitte.« Franziska schob ihren Sohn, der neben ihr stand, ein Stück in die gewünschte Richtung.

»Ich weiß nicht, Mama. Ist es nicht besser, wenn ich bei dir bleibe?«

»Geh bitte, Tim. Mit mir ist alles in Ordnung! Ehrenwort. Alles ist gut.«

Kaum hatte Tim sich dem Wunsch seiner Mutter gebeugt, schnappte Franziska sich den nächsten Punsch, den Eleonora in der Zwischenzeit vor sie gestellt hatte. »So. Und jetzt werde ich den ganzen Mist mal ordentlich runterspülen.« Sie hämmerte mit der Faust auf den Tresen, und Eleonora sah, dass die Augen der Chefin tränenfeucht glänzten.

»Es ist doch alles ein einziges Elend. Ich sag dir eins, Eleonora. Du kannst versuchen, was du willst. Du kannst fleißig sein, ehrlich, liebevoll und es allen recht machen wollen. Am Ende kriegst du trotzdem die Arschkarte gezeigt. Hey, kein Problem. Immer her damit. Lasst mich doch alle im Stich. Schimpft auf mich. Macht mich fertig. Franziska Fellinger hat ein breites Kreuz! Die hält das schon aus. Immer feste drauf!«

Franziska nahm einen großen Schluck und wischte sich mit dem Handrücken über den Mund. »Willst du die Wahrheit wissen, Eleonora? Ich sag es dir. Die Wahrheit ist: Ich hab versagt. Ich bin eine lausige Mutter und eine noch schlechtere Partnerin. Das ist das Problem.« Sie starrte in ihren Punschbecher. Dann nickte sie, als wolle sie sich selbst recht geben. »Ich bin das Problem. Das ist der Punkt.«

In Rekordzeit kippte Franziska weitere drei Becher Punsch mit Schuss hinunter. Nicht, ohne bei jeder Füllung einen ordentlichen Umdrehungsnachschlag zu verlangen. Eleonoras Versuch, das Schlimmste zu verhindern, hatte nicht gegriffen. Es dauerte keine zehn Minuten, dann zeigte der Alkohol Wirkung.

»Noch einen«, lallte Franziska.

»Frau Fellinger, wie wäre es jetzt mit einem Christkindelglück? Das mögen Sie doch so gern«, probierte Eleonora, ihr einen alkoholfreien Punsch unterzujubeln.

»Nix da! Chriskindelglück. Ha. Wasfüreinelüge. Weißt du was, Elelelona? Weißt du, was die Wahrheit ist?« Sie beugte sich weit Richtung Eleonora, den Ellbogen auf dem Tresen aufgestellt, und fuchtelte unkoordiniert mit ihrem Zeigefinger in der Luft.

Eleonora nahm ihrem Helfer Mischa einen Teller mit Elfenfüßen aus der Hand und schob ihn der Chefin hin. Vielleicht half es, wenn sie zwischendurch etwas aß.

Aber Franziska beachtete die Kekse gar nicht. Sie hing halb über dem Tresen und machte einen absolut erbarmungswürdigen Eindruck. Die Krone saß schief auf ihrem Kopf. Ihr sonst immer makellos sitzendes Mütterchen-Frost-Kostüm hatte mehrere rote Flecke, da Franziska den Punschbecher nicht gerade hielt und beim Artikulieren auch immer die Hände samt Getränk mitsprechen ließ. Schwupp, noch ein Fleck. Franziska hickste und schaute auf ihr Kleid.

»Upsi«, sagte sie und kicherte. »Die Wahrheit, meine Liebe, is, dassich eine verdammich schlechte Mutter bin. Woll. Dass isses nämlich. Ich bin eine totale Ego-egos-stistin. Ich hab allesfalschgemacht. Mist gebaut. Weihnachtsmist. Muttermist. Liebesmist. Mistmist. Mist. Und jetzt krieg ich die Schafe dafür. Jawoll. Schafe.«

Eleonora war geschockt, so hatte sie ihre Chefin noch nie

erlebt. Ganz offensichtlich machte die sich Vorwürfe wegen Tim. Und vielleicht, wenn sie das Gestammel richtig deutete, gab es auch Probleme mit Paul. So weit konnte sie der Sache folgen. Sie musste dringend etwas unternehmen. Aber was um aller Weihnachtselfen willen hatten denn Schafe damit zu tun?

Ein Weihnachtslandbesucher kam an den Stand und wollte ein Lebkuchenherz kaufen.

»Alles Betrug«, erklärte ihm Franziska, und der Mann musste einen Satz zur Seite machen, um nicht den Punschregen abzubekommen, der dabei aus dem Becher schwappte.

»Verzeihung«, versuchte Eleonora sich in Schadensbegrenzung. Sie eilte um die Theke herum und drückte dem pikiert dreinblickenden Mann ein Herz in die Hand. »Das geht aufs Haus. Bitte entschuldigen Sie den kleinen Zwischenfall.« Weil ihr nichts Besseres einfiel, beugte sie sich zu dem Kunden und flüsterte: »Liebeskummer.«

Der Mann lächelte prompt und bedankte sich für das Herz. Dann zog er von dannen, nicht ohne noch einmal verstohlen in Franziskas Richtung zu sehen. Eleonora hatte genug. Gerade als sie Wibbel um Hilfe bitten wollte, kamen Poldi und Schorsch auf den Platz. Sie winkte sie herbei, und die Männer, die auf den Weihnachtsbaumverkauf zugehalten hatten, machten einen Bogen und folgten ihrer Geste.

»Ich glaube, ich brauche hier ein wenig Hilfe. Poldi, Schorsch, könnt ihr die Frau Fellinger vielleicht in ihr Büro bringen? Oder dem Paul sagen, dass er sie abholen kommt?«

Franziska, die tief versunken in ihren Punschbecher starrte, hob den Kopf, als sie Pauls Namen hörte, und fing unvermittelt an zu heulen.

»IchwillmeinenPaulwiedaham. UndmeinenTimauch. Keinerhatmichlieb. Ich hab alls falsch gemahacht.«

Unvermittelt warf sie sich Schorsch an den Hals. Etwas hilflos tätschelte er ihr den Rücken, in dem Versuch, sie zu beruhigen.

Poldi schnappte sich das Handy. »Wibbel, hallo, du, wir haben hier ein Problem. Der Chefin geht es ziemlich schlecht. Sie hat mehr Punsch intus, als gut für sie ist, und dreht hier gerade durch. Gib mir bitte Pauls Handynummer.« Er lauschte und notierte sich die Zahlen auf einer Serviette. »Alles klar. Danke. Das ist gut.« Schon legte er auf und wählte neu.

Während er darauf wartete, dass jemand ranging, wandte er sich an Schorsch. »Wibbel kommt.«

Schorsch schnaufte erleichtert. Franziska hielt seinen Hals noch immer umklammert.

»Hallo, Herr Obermeier, Poldi hier. Tut mir leid, aber wir haben hier einen Notfall. Können Sie bitte kommen?« Kurze Pause. »Wenn es nicht dringend wäre, würde ich Sie nicht belästigen. Die Chefin … sie braucht Sie. Es wäre wirklich gut, wenn Sie herkämen.« Poldi verdrehte die Augen. Da Franziska gerade von Neuem aufheulte und in Selbstvorwürfen zerfloss, machte er den Lautsprecher an und hielt sein Handy in ihre Richtung.

»Haben Sie das gehört? Verstehen Sie jetzt, dass wir Sie brauchen?«

»Poldi, bringen Sie Franziska in ihr Büro. Ich komme so schnell wie möglich. Und keinen Punsch mehr! Verstanden?« Pauls Stimme schnarrte blechern, aber deutlich aus dem Handy.

Inzwischen war Tim auf den Tumult aufmerksam geworden und kam angerannt. Doch Poldi stellte sich ihm in den Weg.

»Nicht jetzt, Tim. Deine Mutter braucht Ruhe. War alles ein bisschen viel in letzter Zeit. Mach dir keine Sorgen, wir kümmern uns um sie. Wenn sie wieder nüchtern ist, könnt ihr sprechen. Geh bitte wieder an deinen Stand, da wirst du gebraucht. Sieh mal, da warten schon Kunden.«

Ohne Widerworte, aber mit besorgter Miene drehte Tim um und gehorchte. Offensichtlich saß der Schock über den plötzlichen Mordverdacht noch tief, sonst hätte Poldi an dieser Stelle sicher pubertären Gegenwind bekommen.

Gemeinsam bugsierten sie Franziska in ihr Büro und betteten sie auf ihr Schlafsofa. Wibbel kochte besonders starken Kaffee, während Eleonora Händchen hielt.

»Wir gehen jetzt wieder nach unten. Wenn was ist, ruf an. Aber ich bin sicher, ihr habt das im Griff.« Poldi nickte Eleonora aufmunternd zu.

Die Spur schien durchaus vielversprechend. Nach anfänglichem Sträuben gab Lukas zu, dass er zur genannten Zeit nicht an seinem Platz gewesen war. Tim hatte also tatsächlich die Wahrheit gesagt.

»Weil Sie mal eben Ihren Kollegen die Treppe runterstoßen mussten?«, fragte Schorsch ganz direkt und ohne jeglichen diplomatischen Umweg.

Manchmal brachte die Überrumpelungstaktik schnelle Erfolge bei Verhören. Auf diese Weise hatten Schorsch und Poldi früher hin und wieder ein Geständnis provoziert. Klappte es heute auch? Poldi stand reglos daneben und wartete ebenso gespannt wie Schorsch auf die Reaktion des Weihnachtsbaumverkäufers.

Lukas starrte Schorsch an, dann zeigte er ihm den Vogel. Kommentarlos drehte er sich um und ließ die beiden Männer einfach stehen. Aber nur kurz.

Jetzt hatte Schorsch die Faxen dicke. Er zog seine Handschellen, und ehe Lukas begriff, was genau los war, hatten die Dinger sich auch schon um seine Handgelenke geklickt.

Poldi dachte an seine Chefin und schob seinen Kumpel samt dem gefesselten Lukas in den hinteren Bereich, zwischen die Weihnachtsbäume. »Wir wollen ja die Besucher nicht noch mehr erschrecken«, sagte er. Es herrschte wie immer in der Adventszeit reger Betrieb.

»Hallo? Ist hier jemand?«, rief auch schon der nächste Kunde zwischen den Zweigen hindurch. »Ich möchte gern einen Baum reservieren!«

Poldi reagiert sofort. »Warte kurz, Schorsch. Bin gleich wieder da.« Er ging zu dem Kunden, bat ihn um etwas Geduld und rannte los. Leicht außer Atem erreichte er den Maronenstand, an dem Tim mit einem Helfer Dienst tat. Der Junge war bleich und sah ziemlich mitgenommen aus. Aber darauf konnte Poldi jetzt gerade keine Rücksicht nehmen. »Tim, übernimm mal eben die Weihnachtsbäume, Lukas kann grad nicht.«

»Ist er …?« Tim schaute zu seinem Arbeitskollegen und verschluckte die weiteren Worte.

Aber Poldi wusste auch so, was er fragen wollte. »Abwarten, Tim. In ein paar Minuten wissen wir mehr. Also, komm schnell. Da wartet schon ein Kunde.«

Ohne die Antwort abzuwarten, sprintete Poldi wieder zum Weihnachtsbaumverkauf zurück und quetschte sich zwischen den Bäumen hindurch zu den beiden Männern, die noch immer wortlos an der gleichen Stelle standen.

»Was ist jetzt, Lukas? Können wir uns vernünftig unterhalten, oder muss Schorsch dich abführen?«

Lukas antwortete nicht. Stattdessen presste er seine Lippen so stark aufeinander, dass sie ganz blass wurden.

Poldi seufzte. »Jetzt mach es uns doch nicht so schwer, Kerl. Und vor allem: Mach es dir selbst nicht so schwer. Was soll das denn bringen?« Er nahm Lukas an den Schultern und schüttelte ihn leicht. »Raus mit der Sprache. Hast du Ernst auf dem Gewissen? Oder anders: Wenn du Ernst nicht umgebracht hast, wo warst du dann zur Tatzeit?«

»Ach, Scheiße, ja, okay, ich geb es zu.«

»Na also, geht doch«, sagte Schorsch, und er klang äußerst zufrieden.

Doch Lukas sprach weiter. »Ich war oben im zweiten Stock. Ich hab …« Er stockte.

»Ernst getroffen und Streit angefangen?«, versuchte Schorsch, ihn zum Reden zu bringen.

Wenn Blicke töten könnten, wäre er wohl gleich darauf tot umgekippt.

»Was soll der Mist? Nein. Natürlich nicht! Ich hab Ernst nicht gesehen, und ich hab ihn auch nicht umgebracht. Wieso sollte ich? Ernst war ein netter Kerl. Ich mochte ihn. Nein. Wenn ihr es unbedingt wissen wollt: Ich hab ein Weihnachtsgeschenk für meine Frau gekauft. Und etwas Baumschmuck. Könnt ihr gern überprüfen, hab sogar noch den Kassenzettel mit der Zeit drauf. Aber das geht keinen was an, ist das klar?« Lukas wirkte, als wäre diese Sache ihm überaus peinlich.

»Du hast … was?« Poldi traute seinen Ohren nicht. Lukas, der schreckliche weihnachtshassende Lukas, hatte … Er pulte sich mit dem Zeigefinger im Ohr, um sicher zu sein, dass er das richtig gehört hatte.

»Ja«, fauchte Lukas. »Hab ich. Na und?« Er gab dem nächstbesten Baum einen Tritt. »Bist du jetzt zufrieden?«

»Aber du kannst Weihnachten nicht ausstehen«, meinte Poldi.

»Sagt wer?« Lukas sah Poldi deutlich provozierend an. »Erstens bin ich hier der Knecht Ruprecht. Ich muss also schon von meiner Rolle aus schlechte Laune verbreiten. Und zweitens ist die Adventszeit nicht gerade einfach für mich. Es geht niemanden was an, aber es ist eben eine Scheißzeit. Aber das bedeutet nicht, dass ich ein Weihnachtshasser bin. Meine Frau und ich feiern das nur nicht so laut und schrill. Alles klar? Und ich sag es noch mal: Mein Gefühlsleben geht keinen hier im Weihnachtswunderland was an.«

»Wieso, Lukas?« Poldi wollte nicht so einfach lockerlassen. Ob das, was Lukas hier angab, stimmte, musste ohnehin erst noch gecheckt werden. Aber er glaubte, dass es einen durchaus wichtigen Grund für sein Gebaren geben könnte, den er gern erfahren wollte.

Lukas hielt Poldi seine gefesselten Hände hin. Der verstand und gab Schorsch ein Zeichen. Nachdem die Handschellen gelöst waren, rieb Lukas sich die Handgelenke. Er starrte einen der Bäume an und sprach in dessen Richtung.

»Weil mein Sohn vor fünf Jahren am zweiten Advent einen tödlichen Verkehrsunfall hatte. Ein Besoffener hat ihm die Vorfahrt genommen. Einer, der gerade von einer scheißfröhlichen

Weihnachtsfeier heimfuhr.« Er rieb sich über die Augen, riss sich vom Tannenbaum los und sah Poldi an. »Kann ich mich jetzt wieder um meinen Job kümmern?«

Poldi hatte einen Kloß im Hals. Er hatte mit vielem gerechnet, mit so etwas allerdings nicht. Sprechen konnte er nicht, er nickte nur. Auch Schorsch nickte. Lukas brummte etwas Unverständliches, schickte Tim zu den Maronen zurück und übernahm den nächsten Kunden, der gerade an den Stand getreten war.

Tim war immer noch ziemlich blass um die Nase, deshalb hielt Poldi den Jungen zurück. Ein Blick zum Maronenstand zeigte ihm, dass die Aushilfe dort klarkam.

»Weißt du was, Tim? Wenn du Lust hast, kannst du mal Pause machen und ein bisschen durchatmen. Waren ja nicht ohne, die letzten Stunden.« Er klopfte dem Jungen aufmunternd auf den Rücken.

Der strahlte. »Dann geh ich mal nach Mama gucken«, sagte er sofort, doch Poldi schüttelte den Kopf.

»Lass deiner Mutter noch ein bisschen Zeit. Mach irgendwas, was dir Spaß macht.«

Etwas ratlos betrachtete Tim die Stände und Hütten. Beim Rentierschlitten blieb er hängen. »Wenn ihr mich braucht«, verkündete er, »ich bin bei Dominique.«

Poldi zeigte seinen nach oben gestreckten Daumen und nickte. Das war gut. Der Tannenbaum mit seiner sonnigen Laune und dem Lachen war genau richtig, um Tim ein wenig aufzuheitern.

Es war zum Verrücktwerden. Die Verkäuferin im zweiten Stock hatte Lukas' Geschichte bestätigt – wobei Poldi ohnehin keinen Zweifel mehr an der Wahrheit der Aussage gehabt hatte. Nicht nach dem, was er gerade erfahren hatte. Und natürlich war Poldi irgendwie froh. Er hatte gehofft, dass Lukas nichts mit dem toten Ernst zu tun hatte. Andererseits war es aus Ermittlersicht eben Kacke.

Wieder eine kalte Spur.

Langsam, aber sicher hatte Poldi die Nase gestrichen voll von diesem Fall. Wie war es möglich, dass es keine Anhaltspunkte gab? Wie konnte es sein, dass dieser Täter so unsichtbar blieb wie ein Phantom? Im Moment standen Schorsch und er bezogen auf die Lösung des Falls vor dem Nichts. Sie hatten alles gegeben. Sie hatten Verdächtige aus dem Umfeld des Weihnachtswunderlandes ordentlich in die Zange genommen. Aussichtslos.

»Wenn du einverstanden bist, geh ich zur Chefin und sag ihr, dass Lukas es nicht war«, sagte Poldi. »Sie wird erleichtert sein.«

»Mach das. Ich gönn mir einen Punsch und red mal mit Frau Claus. Vielleicht gibt es bei ihr was Neues. Oder Tim hat doch noch was beobachtet, was er vergessen hat zu erzählen.«

»Gott sei Dank!«, sagte Franziska, nachdem Poldi ihr von Lukas' wasserdichtem Alibi berichtet hatte. Sie atmete erleichtert durch und rieb sich die Augen. Sie waren deutlich gerötet.

Franziska lag auf ihrem kleinen blauen Sofa. Ein Eimer stand in Reichweite, und auf dem Beistelltisch hatte Wibbel Kaffee, Wasser und Kopfschmerztabletten abgestellt. Paul war noch nicht da, aber Franziska hatte sich offensichtlich wieder besser im Griff. Ihr in Mitleidenschaft gezogenes Mütterchen-Frost-Kleid hatte sie gegen ein Elfenkostüm ausgetauscht, das allerdings etwas zu kurz war. Doch das schien ihr nicht bewusst oder egal zu sein.

»Aber wie geht es jetzt weiter, Poldi? Ist das Weihnachtswunderland denn immer noch in Gefahr?«

Eine berechtigte Frage, wie Poldi fand. Zu gern hätte er ihr versichert, dass kein Risiko mehr bestand. Aber das konnte er nicht. Im Gegenteil. Am liebsten hätte er sie aufgefordert, das ganze Gelände umgehend zu schließen. Die Gefahr prickelte richtiggehend auf seiner Haut. Jeden Moment rechnete er mit dem nächsten Anschlag.

Er würde mit Schorsch über diese Option sprechen. Wenn, dann musste eine derartige Anordnung natürlich von der Polizei kommen.

Poldi konnte den hilfesuchenden und verzweifelten Ausdruck in den Augen der Chefin kaum aushalten. Deshalb löste er sich von ihr und ließ seinen Blick durchs Büro wandern. Das Bild mit dem Zeitungsbericht über der Vitrine mit der ersten Weihnachtskugel hing schief. Da hatte die Putzfrau den Staubwedel wohl etwas zu wild über den Rahmen wuseln lassen.

Poldi wusste aus leidvoller Erfahrung, wie energisch die Reinigungsfrauen manchmal zu Werke gingen. Das hatte ihn bereits zwei Tassen gekostet, die sich irgendwie über seinen Schreibtischrand ins Verderben gestürzt hatten. Na ja, wohl eher von einem zu eifrig geschwungenen Lappen ins Verderben gestürzt worden waren. Eine davon war seine absolute Lieblingstasse gewesen. Mit einem Weihnachtshasen drauf. Die hatte ihm Wibbel einmal geschenkt. Und dann hieß es immer: Scherben bringen Glück. Davon hätte Poldi jetzt gern eine Portion. Dann wäre das Tassenopfer wenigstens für etwas gut gewesen.

Um etwas zu tun, ging er zu dem gerahmten Zeitungsartikel und rückte ihn zurecht. Genauer gesagt: Er versuchte, ihn zurechtzurücken. Leider löste sich dabei der Nagel und zack, landete der Rahmen samt Artikel auf Poldis großem Zeh.

Franziska schrie erschrocken auf. »Vorsicht, Poldi.« Keinen Wimperschlag später hielt sie sich stöhnend den allem Anschein nach schmerzenden Kopf.

Verständlich. Die Kopfschmerzen ebenso wie das Erschrecken. Immerhin war das hier ihr Heiligtum. Aber Poldi lächelte beruhigend zu ihr rüber. »Keine Angst, nichts passiert. Alles heil geblieben.« Er hob den Rahmen und seinen linken Fuß wie zum Beweis hoch. »Wibbel«, rief er dann ins Büro nebenan.

Gleich darauf streckte sie den Kopf zur Tür herein. Er zeigte auf das Loch in der Wand und fragte: »Hast du einen Hammer? Dann häng ich den Artikel gleich wieder auf.«

»Oha. Kommt sofort!«

Das Telefon klingelte. Franziska wollte schon den Hörer greifen, aber Wibbel war schneller. Soweit Poldi die ersten Sätze mitbekam, ging es um die Baugenehmigung für die geplante Erweiterung.

Da er nicht lauschen wollte, aber weiter nichts zu tun hatte, begann Poldi den Artikel, den er in der Hand hielt, zu lesen. Er überflog die Zeilen nur, die Geschichte hatte er ja gerade erst wieder gehört, als die Chefin sie ihrem Sohn erzählt hatte. An dem Bild allerdings blieb er, wie schon vor ein paar Tagen, wieder hängen. Er studierte die drei Gesichter. Die Chefin voller positiver Energie und von innen heraus strahlend – darunter stand in Druckbuchstaben ihr Name. Die andere junge Frau gelangweilt und gleichgültig – »E. Trollings« las Poldi. Und dann der Typ. Schmächtig, aber irgendwie brutal. Blonde halblange Locken und merkwürdig stechende Augen. Ziemlich hell. Das Foto war schwarz-weiß, aber Poldi tippte auf hellblaue Augen. »J.-J. Wemming«.

Auch wenn Poldi wieder das Gefühl hatte, diese Visage irgendwoher zu kennen, er kam nicht drauf, woher, und der Name sagte ihm absolut nichts. Komischer Typ jedenfalls. Wenn er ihn tatsächlich kannte, war es vermutlich angenehmer, es nicht mehr zu wissen. Der Kerl sah nicht wie jemand aus, den er gern als Kumpel hätte.

Wibbel, die inzwischen den Hammer organisiert hatte, stellte sich neben ihn. »Bitte schön. Magst du nachher noch einen Tee?«

Sie wirkte so herzlich, dass Poldi gar nicht anders konnte. Vielleicht käme ja bei einem weiteren Plausch mit Wibbel ein neuer Anhaltspunkt raus? Da er sowieso keine Ahnung hatte, wo er ansetzen sollte, konnte er es genauso gut bei einer guten Tasse Tee und in angenehmer Gesellschaft versuchen.

Gleichzeitig setzte sein inneres Warnsystem ein. Und zwar

heftig. Es wäre durchaus möglich, dass Wibbel seine Freundlichkeit, seinen überraschenden Besuch zur Mittagspause und – ja – auch den kleinen harmlosen Wangenkuss falsch verstanden hatte. Vielleicht hatte das alles bei ihr Erwartungen geweckt, die er nicht zu erfüllen bereit war. Andererseits genoss er ihre Gegenwart tatsächlich, in der angespannten Situation mehr denn je. Deshalb wischte er seine Bedenken weg und setzte sich ein paar Minuten später, nachdem das Bild wieder sicher hing und er noch ein paar Worte mit der Chefin gewechselt hatte, gemütlich zu ihr.

»Hm, der ist köstlich. Was ist das?«, fragte Poldi nach dem ersten Schluck. Normalerweise zog er Punsch vor, aber Wibbel hatte einen ausgezeichneten Teegeschmack.

»Mandarinenlust. Den hab ich selbst gemischt. Das gekaufte Zeug mag ich nicht, da weiß man doch nie, was alles drin ist. Deshalb hab ich Bio-Mandarinen gekauft, samt Schale in Scheiben geschnitten und getrocknet. Dann sind noch getrocknete Apfelstücke, ein paar Holunderblüten, etwas Ingwer dabei.« Sie zählte die Zutaten an den Fingern ab. Doch dann änderte sich ihre Stimmung, und sie wechselte das Thema. »Das ist alles so schrecklich. Die Chefin tut mir furchtbar leid. Habt ihr immer noch nichts an der Hand, um den Täter zu überführen?«

Ganz so trostlos wollte Poldi das allerdings nicht stehen lassen. »Na ja, zumindest der Christkindfall ist gelöst. Die Sache mit Ernst allerdings – nein. Da stehen wir vor einem Rätsel.«

»Und das mit dem Christkind?« Sie lachte verlegen. »Entschuldige, Poldi. Das geht mich natürlich gar nichts an. Ich benehme mich wie ein neugieriges Waschweib.«

»Ein ziemlich süßes Waschweib, wenn schon«, sagte Poldi und zwinkerte ihr zu. »Pass auf, ich sag mal so viel. Das mit dem Christkind war ein verzweifelter Hilferuf eines heranwachsenden Menschen, der seinen Platz in der Welt und hier im Weihnachtswunderland noch nicht so richtig gefunden hat. Es war eine einmalige Sache, und ich würde sagen, die Chefin hat alles im Griff. Reicht dir das?«

»Du bist ein Schatz«, sagte Wibbel. »Danke, ja, das reicht vollauf. Die beiden werden das hinkriegen, da bin ich zuversichtlich.«

»Ja, das denke ich auch. Nur dass der Paul immer noch nicht da ist ... hoffentlich hat der es sich nicht doch wieder anders überlegt. Andererseits – der Punsch wird ja nicht so heiß getrunken, wie er gekocht wird. Hoffen wir einfach, dass es sich zum Guten wendet. Aber da wir jetzt schon beim Plaudern sind, vielleicht kannst du uns weiterhelfen. Ist dir vielleicht zur Tatzeit, so zwischen zehn und elf, irgendetwas – oder noch besser – irgendjemand aufgefallen? Einer der Mitarbeiter vielleicht, der irgendwie hektisch wirkte?«

Wibbel nippte an ihrem Tee und überlegte. Dann schüttelte sie den Kopf und hob bedauernd die Schultern. »Nein, Poldi, tut mir leid. Ich war die ganze Zeit hier im Büro und hab getippt. Ich hab über–«

Ein lauter Knall ließ die Fensterscheiben klirren. Wibbel schrie auf.

Nicht schon wieder!

Poldi fluchte, weil heißer Tee über seine Hand geschwappt war. In der nächsten Sekunde flog die Tasse auf den Tisch, und er rannte auch schon los. Dicht gefolgt von Wibbel und Franziska, die aus ihrem Zimmer gewankt kam.

Der Aufzug öffnete sich gerade, doch Poldi wollte keine Zeit verplempern. Er rannte daran vorbei, die Treppe war auf jeden Fall der schnellere Weg. Sein Handy tönte.

Im Laufen nahm er ab. Er wartete gar nicht, bis jemand sich meldete. »Was?«, blaffte er.

»Explosionen«, kam Schorschs Antwort prompt. »Rentierschlitten und Schneemann.«

»Ich bin gleich da.« Poldi steckte das Handy weg.

Er musste sich nicht erzählen lassen, was genau passiert war, er würde es gleich selbst sehen. Auch wenn sich alles in ihm dagegen sträubte. Verdammt noch mal! Was für ein Arschloch steckte nur hinter diesem Mist?

Kaum hatte er die Außentür geöffnet, blieb er wie angewurzelt stehen und schnappte nach Luft. So wie es sich angehört hatte, war es eine heftige Detonation gewesen. Das ging weit über einen explodierenden Feuerwerkskörper hinaus. Deshalb hatte Poldi bereits damit gerechnet, dass es sich nicht um Kleinigkeiten handelte. Das, was er jetzt sah, war allerdings jenseits seiner Befürchtungen.

Neben ihm schrie Franziska und brach schluchzend zusammen. Wibbel blieb wie versteinert neben ihr stehen.

Schorsch kam über den Platz auf ihn zugerannt. »Scheiße, Mann«, sagte er. »Krankenwagen und Feuerwehr sind unterwegs. Wie es aussieht, sind ein paar Menschen eingeklemmt und müssen frei geschnitten werden. Bis jetzt nur Verletzte, keine Toten. Hoffen wir, dass es dabei bleibt. Komm, wir suchen Jürgen und sprechen uns ab.«

Sie mussten immer wieder auf dem Boden sitzenden Menschen ausweichen und mit großen Schritten über weiße Plastikfetzen hinwegstaken. Ein Kind mit aufgeschürfter Wange hockte am Boden und weinte, während seine Mutter hilflos mit einem Taschentuch das Blut wegwischte. Poldi drehte schnell den Kopf. Sein Magen machte einen Satz.

Der Schneemann lag in tausend Teilen über dem Platz verteilt. Der Rentierschlitten hing einen halben Meter über dem Boden. Das Gestell hatte sich verkeilt. Eingeklemmte Menschen schrien um Hilfe. Auch von Eleonoras Bude hörte Poldi verzweifelte Rufe.

»Nein!« Er rannte noch etwas schneller. Nicht Frau Claus, dachte er. Bitte nicht!

Schorsch fluchte. Fast zeitgleich spurteten sie um den Stand herum.

»Wir brauchen einen Arzt! Schnell! Jetzt macht doch!« Jürgen, der sich über Eleonora beugte, war vollkommen aufgelöst. Immer wieder schüttelte er die leblos daliegende Frau an den Schultern und brüllte sie an, sie solle die Augen aufmachen.

»Lass mich mal.« Poldi versuchte, Jürgen energisch zur Seite zu schieben. Er sah, dass Eleonora an der Stirn blutete. Sofort machte sich die Schwäche in ihm breit, die er nur allzu gut aus früheren Zeiten kannte. Nicht jetzt!, beschwor Poldi sich selbst. Du kannst jetzt nicht umkippen. Du hast hier Verantwortung. Er zwang sich, tief durchzuatmen, und nahm einen neuen Anlauf. Doch der Anblick des leuchtenden Blutes auf Eleonoras Haut zerrte an seinen Nerven. Bevor er es verhindern konnte, zog sich sein Magen schmerzhaft zusammen. Poldi schaffte es gerade noch, den Kopf über den Mülleimer zu halten.

Er übergab sich und kochte gleichzeitig vor Wut auf sich selbst. Energisch wischte er mit dem Ärmel über seinen Mund und fluchte. Das wäre doch gelacht! Zittrig, aber wild entschlossen legte er Jürgen die Hand auf die Schulter und schob ihn zur Seite. Das erneute Würgen, als sein Blick auf Eleonoras Gesicht fiel, kämpfte er mit größter Selbstbeherrschung nieder.

Doch Jürgen dachte gar nicht daran, sich von Eleonora wegdrängen zu lassen. Vollkommen außer sich rempelte er Poldi an, dass der beinahe das Gleichgewicht verlor. Dann rüttelte er wieder Eleonoras Schultern.

»Bitte nicht! Das wollte ich doch nicht. Bitte, bitte nicht!«, heulte er lautstark. Er beugte sich zu Eleonoras Gesicht und küsste es. Doch sie rührte sich nicht. Blass und mit geschlossenen Lidern lag sie da. In ihrer Brust steckte die Plastikkarottennase des Schneemanns.

Poldi versuchte zu sehen, ob sie atmete, doch soweit er es erkennen konnte, bewegte sich der Brustkorb nicht.

Was für ein bizarrer Tod.

Poldis Hals wurde eng. Er schluckte dagegen an, räusperte sich und rieb sich den Nacken.

»Jürgen, komm.« Er versuchte seinen verzweifelten Detektiv von Eleonora wegzuziehen. Doch der holte aus und verteilte wie wild Fausthiebe blind um sich herum.

»Finger weg! Ich wollte das nicht. Eleonora, wach doch auf! Bitte.«

»Hey, jetzt komm aber mal zu dir! Spinnst du?«, schrie

Schorsch ihn an. »Durchdrehen hat noch nie geholfen.« Er wollte Jürgen an den Schultern packen, um ihn von Eleonora wegzuschaffen. Doch wieder schlug Jürgen die nach ihm greifenden Hände weg.

Plötzlich flatterten Eleonoras Augenlider.

Poldi sah es als Erster. Erleichtert atmete er auf. Noch nie war er so froh gewesen, dass er sich getäuscht hatte. Sie stöhnte. Sie hob eine Hand und rieb sich den Hinterkopf. Dann zog sie ihre Finger vom Kopf weg und betrachtete sie erstaunt. Sie waren blutverschmiert.

Eine neue Übelkeitswelle ergriff Poldi, ihm wurde schwindlig. Schnell drehte er den Kopf zur Seite und atmete tief durch. Er durfte nicht umkippen. Nicht jetzt. Nicht hier. Und er schaffte es. Das flaue Gefühl ließ nach, die drohende Ohnmacht zog sich zurück.

»Eleonora«, heulte Jürgen.

Als er sie wieder an den Schultern packen wollte, griffen Poldi und Schorsch gleichzeitig zu. Mit vereinten Kräften zerrten sie Jürgen von der verletzten Frau weg, damit Poldi Eleonora in Ruhe untersuchen konnte.

Die Plastikkarotte steckte immer noch in ihrem Oberkörper. Um sich ein Bild zu machen, wie tief die Karottennase in den Brustkorb eingedrungen war, öffnete Poldi vorsichtig ihren Kittel und zog den Stoff zur Seite. Er machte sich auf ein schreckliches Bild gefasst. Seine Hände zitterten. Augenblicke später hielt er das Lebkuchenherz in der Hand, das Eleonora sich um den Hals gehängt hatte. Jürgens Geschenk.

Poldi erkannte es sofort, Schorsch hatte ihm von diesem kleinen romantischen Intermezzo erzählt. Da es steinhart gebacken war, hatte es die Durchschlagskraft der Plastikkarotte abgemildert. So kam es, dass Eleonora nicht schwer verletzt worden war. Zumindest nicht durch die Karottennase.

»Mein Kopf!«, jammerte Eleonora, während Poldi immer noch das Lebkuchenherz anstarrte. »Aua.«

»Bleib liegen, Frau Claus«, befahl Poldi mit weicher Stimme.

Erleichterung überflutete ihn, doch für Gefühlswallungen war jetzt keine Zeit. Er drückte Eleonora, die gerade versuchte, sich aufzurichten, sanft auf den Boden zurück. »Du warst ohnmächtig. Vermutlich hast du eine Gehirnerschütterung. Der Notarzt wird sich gleich um dich kümmern.«

Das Glück ließ seine Worte durch die Luft zittern. Er war so froh, dass sie lebte, und er war ziemlich stolz, dass er den Kampf gegen sich selbst gewonnen hatte. Gleichzeitig fühlte er die schwarze eiskalte Hand der bitteren Wahrheit, die erbarmungslos nach ihm griff.

Hatte er richtig gehört? Hatte er das, was er gehört hatte, richtig verstanden?

Er winkte Wibbel heran. Da die Chefin den ersten Schock überwunden hatte und, wie es schien, wieder klarer denken konnte, ließ Wibbel sie allein und kam zu Poldi rüber. Paul war inzwischen auch vor Ort und kümmerte sich gemeinsam mit Tim und Dominique um die Verletzten. Franziska gab sich große Mühe, Fassung zu bewahren, und versuchte Ordnung in das Chaos zu bringen und die Maßnahmen zu koordinieren. Sehr gut. Es war wichtig, dass in derlei Situationen jemand die Führung übernahm.

Tim hielt kurz inne und drehte sich zu Paul um. Er streckte ihm die Hand hin und sah ihn bittend an. Einen Moment wartete Paul, doch dann nahm er die Hand an und klopfte ihm auf die Schulter. Poldi schnaubte erleichtert auf.

»Wibbel«, bat er, kaum dass diese bei ihm angekommen war, »kannst du dich bitte um Eleonora kümmern? Sie wurde wohl von der Wucht des Aufpralls«, er hob das Lebkuchenherz mit der darin feststeckenden Plastikkarotte hoch, »umgehauen. Dabei muss sie mit dem Hinterkopf hart aufgeschlagen sein. Sie war kurz ohne Bewusstsein und hat, wenn ich das richtig sehe, auch eine Verletzung. Das muss sich unbedingt ein Arzt ansehen. Okay?«

Eine Windböe fuhr Poldi unter den Pullover, ihm war kalt. Zeit, um sich eine Jacke überzuziehen, hatte er natürlich keine gehabt, als er nach der Explosion nach draußen gerannt war. Er rieb sich die Hände, um sie zu wärmen, und sah sich um.

Als er einen Wichtel entdeckte, rief er laut: »Hey, Tobi, komm mal her!« Und kaum hatte der Wichtel ihn erreicht, bat er: »Besorg bitte eine Decke, damit Eleonora nicht unterkühlt. Mach schnell. Bring am besten gleich einen ganzen Stapel Decken mit, es gibt sicher noch mehr, die Wärme brauchen.«

Er wandte sich wieder an Wibbel, die sich neben Eleonora auf den Boden gesetzt hatte und ihr die Hand hielt. »Okay, ich lass euch jetzt allein. Schaffst du es? Ich verlass mich auf dich.«

Wibbel hielt seinem forschenden Blick stand. »Kannst du«, sagte sie. Und schob ein leises »immer« hinterher.

Poldi streichelte ihr mit dem Daumen über die Wange und lächelte sie kurz an. Dann verfinsterte sich seine Miene. Er drehte sich zu Jürgen, der noch immer von Schorsch in Schach gehalten wurde. Schorsch guckte nicht minder streng aus der Wäsche. Offensichtlich hatte er dasselbe gehört wie Poldi und auch dieselben Schlüsse daraus gezogen.

»Wir gehen in mein Büro. Aufstehen, Jürgen. Zeit für ein Gespräch.«

Jürgen, der immer noch sehr besorgt zu Eleonora sah, hatte sich von seinem Schock anscheinend bereits wieder so gut erholt, dass er seine gewohnte Kaltschnäuzigkeit an den Tag legen konnte.

»Spinnst du?«, fauchte er Poldi an. »Was soll ich in deinem Büro? Hast du mitgekriegt, was hier los ist? Quatschen können wir später. Jetzt muss ich mich um Eleonora kümmern. Was fällt dir überhaupt ein, mich so blöd anzuschnauzen. Was soll die Scheiße?«

»Was die Scheiße soll, werden wir dir schon noch erklären, Bürschchen.« Schorschs Stimme klang mühsam beherrscht. Er packte Jürgen am Kragen und zog ihn auf die Beine. »Gehst du freiwillig mit, oder müssen wir nachhelfen?«

»Ihr tickt doch nicht ganz sauber.« Jürgen tippte sich mit dem Finger gegen die Stirn. Doch angesichts der vor ihm in der Luft baumelnden Handschellen und der finsteren Mienen der beiden gab er nach und ging zwischen Schorsch und Poldi Richtung Gebäude.

Sie mussten sich den Weg durch das Chaos bahnen. Poldi stand unter Strom. Er war darauf gefasst, dass Jürgen jeden Augenblick einen Fluchtversuch unternehmen würde.

Doch der blieb nur kurz stehen und rief zum Punschstand hinüber: »Ich bin gleich wieder bei dir, Frau Claus. Mach dir keine Sorgen. Das kann nur ein Missverständnis sein.«

# Kapitel 18

»Dann reden wir jetzt mal Klartext.« Schorsch hatte sich Jürgen gegenüber hingesetzt und fixierte ihn unnachgiebig. »Wieso? Komm, erzähl. Was soll der ganze Mist?«

Jürgen kratzte sich am Hals. Von seiner Schockstarre am Punschstand war nichts mehr zu merken. Er saß total relaxt mit ausgestreckten Beinen auf seinem Stuhl und grinste. Eine Antwort bekam Schorsch nicht.

»Los jetzt, Kerl«, blaffte Poldi, der langsam die Geduld verlor.

Schorsch blieb ruhig. Noch. Er räusperte sich. Überlegte und legte sich eine Strategie zurecht. So einfach würden sie das Geständnis offensichtlich nicht bekommen, also mussten sie den Druck ein wenig erhöhen.

Über Funk rief er einen uniformierten Kollegen zur Unterstützung herbei. Sicher war sicher. Dieser Jürgen war ein Tier, er hatte eine Muskelmasse wie ein Stier. Und ein gnadenloses Funkeln in den dunklen Augen.

Während sie warteten, sprachen die Männer kein Wort.

Als der Kollege sich schließlich neben Jürgen positioniert hatte, wandte Schorsch sich an Poldi. »Kannst du mir seine Personalakte besorgen? Vielleicht finden wir dort einen Anhaltspunkt. Ich passe so lange auf unser Früchtchen auf.« Dabei zeigte er mit dem Kinn zu Jürgen.

»Hey, hey«, fauchte der. »Keine Beleidigung, Herr Kommissar. Ich bin ein unbescholtener Bürger. Was wollt ihr Würstchen denn überhaupt von mir?«

*»Unbescholtener Bürger«*, spuckte Poldi ihm voller Zorn ins Gesicht. Eine Sekunde dachte Schorsch, sein Kumpel würde auf Jürgen losgehen. Doch Poldi ballte nur die Hände zu Fäusten, starrte Jürgen eine Weile mit zusammengekniffenen Lidern an und verschwand dann.

Sehr gut. Während Poldi die Akte besorgte, hatte er Zeit, sich zu beruhigen. Schorsch konnte sich gut vorstellen, wie es in seinem Freund brodelte. Ausgerechnet der Mann, dem er sein vollstes Vertrauen geschenkt hatte, erwies sich jetzt als dringend tatverdächtig.

Die Frage nach dem möglichen Motiv blieb allerdings bislang ungelöst. Nur wenn sie das Warum kannten, konnten sie anfangen, dem Kerl die Taten Stück für Stück nachzuweisen. Da war sich Schorsch ziemlich sicher. Zweifel, dass sie den Falschen in die Zange nahmen, hatte er indessen kaum noch.

»Was ist jetzt?«, murrte Jürgen. »Willst du mich verhören oder hier nur dumm rumsitzen? In dem Fall geh ich jetzt nämlich wieder. Ich hab was Besseres zu tun.«

Er wollte sich erheben, doch auf eine Geste von Schorsch hin legte ihm der uniformierte Kollege die Hand auf die Schulter und drückte ihn zurück auf seinen Stuhl.

»Schon gut, schon gut. Geilt dich wohl auf, so ein bisschen Macht zu spüren, was?«, machte er den jungen Polizisten an. Der verzog keine Miene.

»Halt die Klappe, Jürgen«, wies Schorsch ihn zurecht. »Und wenn du reden willst, dann mit mir. Bitte schön. Erzähl mir was.« Er nickte ihm auffordernd zu.

»Leck mich«, kam die prompte Erwiderung.

Doch um Schorsch zu provozieren, musste jemand stärkere Geschütze auffahren. Das hatte die letzten Jahre keiner mehr geschafft. Dieses Bürschchen würde er auch noch knacken. Er konnte warten. Zeit war kein Problem.

Nach einigen Minuten kam Poldi zurück. Etwas außer Atem, aber mit Jürgens Personalakte unter dem Arm. »Ich musste erst Wibbel holen, damit sie mir die Unterlagen raussucht.« Er reichte Schorsch die Mappe und setzte sich hinter seinen Schreibtisch. »Ich hab schon durchgeschaut, konnte aber auf die Schnelle nichts Besonderes finden. Vielleicht fällt dir was auf.«

In aller Ruhe blätterte Schorsch die Papiere durch. Vielleicht ließ dieser Jürgen sich weichkochen. Wäre möglich, dass er anfing zu singen, wenn sein Geduldsfaden riss. Schorsch hoffte es, denn auch er konnte in der Akte keinen Anhaltspunkt finden. Er gab die Papiere an Poldi zurück.

»Guuut«, sagte er, legte die Fingerspitzen seiner Hände gegeneinander und stützte sein Kinn darauf. »Fangen wir doch einfach bei dem an, weshalb wir hier sitzen. Was hast du damit gemeint, als du gesagt hast: ›Das wollte ich nicht!‹«

»Wann genau soll ich das denn gesagt haben?« Er hatte die Arme vor der Brust verschränkt und hob fragend die Augenbrauen.

Aber Schorsch ließ sich nicht täuschen. Er hatte das kurze Zucken sehr wohl gesehen.

»Du hast es sogar zweimal verlauten lassen. Gerade eben, als du dachtest, Eleonora sei tot«, mischte sich Poldi in das Verhör ein. »Also, was sollte das heißen?«

»Ich hab keine Ahnung, wovon ihr sprecht. Sitze ich hier, weil ihr vergessen habt, euch die Ohren zu putzen?«

»Schluss jetzt mit dem Schmierentheater, Jürgen! Wir haben das beide gehört. Also verkauf uns nicht für dumm. *Das wollte ich nicht!* Laut und deutlich war das. Alles klar. Schön, dass du nicht wolltest, dass Eleonora verletzt wird. Aber was genau wolltest du denn? Ein bisschen Puff-Peng spielen? Eine Runde Action in den Schuppen bringen? War dir dein Job zu langweilig? Ist das der Dank dafür, dass ich dir die Stelle gegeben und dich sogar bei der Chefin verteidigt hab, als sie sich über dein schlechtes Benehmen geärgert hat?«, platzte Poldi der Kragen.

Er hatte sich halb erhoben und stützte sich auf seinen Schreibtisch auf. Es war ihm anzusehen, dass er Jürgen am liebsten kräftig geschüttelt hätte. Zum Glück beherrschte er sich aber.

Jürgen grinste. »Pass auf deinen Blutdruck auf, Poldi. So viel Aufregung ist gar nicht gesund. Besonders in deinem Alter.«

Diese Art der Provokation kannten Schorsch und Poldi zur Genüge von der Straße. Damit konnte Jürgen bei Poldi keinen Blumentopf gewinnen, das wusste Schorsch.

»Mach du mal weiter, Schorsch«, sagte Poldi deshalb nur müde. Er stand auf und ging zum Fenster.

»Wie sieht es denn da unten aus?«, fragte Schorsch.

»Die Chefin ist echt unglaublich. Erst dachte ich, sie bricht zusammen, aber sie hat sich gleich wieder gefangen. Jetzt scheint es, als wäre sie überall gleichzeitig, um zu helfen und zu organisieren. Wirklich eine bemerkenswerte Frau. Die Rettungskräfte transportieren die letzten Verletzten ab, soweit ich das sehen kann. Ein Spusi-Team untersucht gerade den Rentierschlitten. Mehr kann ich von hier aus nicht erkennen.«

Ein zischender Laut drang über Jürgens zusammengepresste Lippen. Seine Pupillen funkelten vor Zorn.

»Das passt dir wohl nicht, wie?«, bohrte Schorsch sofort in die sich offenbarende Wunde. »Hast dir das schlimmer vorgestellt? Tja, Meister. Keine Toten. Und eine Wunderlandchefin, die sich bei Gegenwind nicht aus den Latschen hauen lässt. Hoch gepokert, mein Lieber, und – ich würde sagen: am Ende verloren.«

Aus Jürgens Gesicht war sämtliche Farbe gewichen, aber er ging nicht auf Schorschs Hiebe ein. »Wenn ihr glaubt, ich hätte was mit den Anschlägen zu tun, dann beweist es mir doch.«

»Oh nein«, rief Poldi unvermittelt und spähte angestrengt aus dem Fenster. »Scheiße!«, keuchte er gleich darauf. »Ich glaube, Eleonora …« Den Satz ließ er unausgesprochen in der Luft hängen und sah Schorsch eindringlich an.

Er verstand sofort und sprang drauf an. »Verdammt!« Schorsch nahm Jürgen ins Visier. »Dann sprechen wir jetzt also nicht mehr von einem Toten, sondern von einem Zweifachmord. Jürgen, langsam zieht sich der Strick zu. Jetzt mach endlich das Maul auf.«

Jürgens Lässigkeit bröckelte, seine Kiefermuskeln arbeiteten vor Anspannung, doch er gab keinen Ton von sich. Schorsch schaute zu Poldi rüber, der ihm kurz zublinzelte.

Die Sache mit Eleonora war also wirklich ein Schuss ins Blaue gewesen. Sehr gut. Echt bedauerlich, dass Poldi nicht mehr zu seinem Team gehörte, sie waren noch immer das perfekte Duo.

Vorerst würde er Jürgen im Ungewissen lassen, was mit Eleonora los war. Sollte der ruhig schmoren und das Schlimmste befürchten. Auch wenn die List nicht zu einem sofortigen Verhörerfolg geführt hatte, würde es Jürgen vielleicht im entscheidenden Moment den Mumm nehmen und am Ende doch noch zum Geständnis führen.

Schorsch seufzte. So wie der Kerl sich anstellte, hatten sie allerdings noch einen steinigen Weg vor sich.

Er nahm sein Handy und rief einen Kollegen im Kommissariat an. Die Fingerabdrücke waren zwar abgeglichen worden, aber er wollte nachforschen, ob die Datenbank etwas zu Jürgen ausspuckte. Er erklärte sein Anliegen und wartete.

»Ja. Jürgen Böhringer«, bestätigte er auf Nachfrage des Kollegen am anderen Ende der Leitung. Wieder wartete er. Dann setzte er sich aufrecht hin. »Keine? Aber …« Sein Blick schoss zu Jürgen, der ihn angrinste. Schorsch legte auf. »Ich weiß nicht, wie du es gemacht hast, aber deine Fingerabdrücke sind nicht erfasst worden.«

»Na, so was«, sagte Jürgen frech.

»Ich verstehe …«, mischte sich jetzt Poldi ein. Er nickte heftig. »Deshalb hast du meine Schreibtischlampe vom Tisch geschubst. Du hast das Chaos genutzt und die Karte geklaut. Was ist mit der DNA? Da hast du sicher auch getrickst.«

Sehr provokant klatschte Jürgen nun in die Hände. »Bravo. Ein Blitzmerker.«

»Aber wieso?«, fragte Poldi.

»Das werden wir bald wissen.« Schorsch wandte sich an den Polizisten. »Meier, besorg mir doch mal eben ein Fingerabdruckset. Ich möchte dem Herrn hier mal ein wenig auf den

Zahn fühlen. Mal sehen, ob unsere Datenbank nicht doch was über ihn zu sagen hat.«

Meier nickte und verschwand.

»Was glaubst du denn zu finden, hä?«, höhnte Jürgen. »Ich hatte einfach keine Lust auf den Mist. Von wegen Kontrollstaat und so.«

Jürgens Ruhe war nur gespielt, Schorsch sah an dem flackernden Blick, dass er langsam, aber sicher nervös wurde. Sehr gut.

»Was werden wir denn finden?«, stellte Schorsch die Gegenfrage.

Jürgen zuckte nur mit den Schultern.

Poldi blätterte wieder in der Akte, doch als Jürgen mit dem Stuhl rückte, schaute er auf. Jürgen kratzte sich an seinem Tattoo. Poldi folgte der Bewegung. Er stutzte, kniff die Augen zusammen. Dieses Tattoo erinnerte ihn an etwas. In Poldis Kopf klickte es. Er versuchte die Information zu fassen, aber sie entwischte ihm immer wieder. Er stand auf und begann unruhig auf und ab zu gehen.

Meier kam zurück und schnappte sich mit Schorschs Hilfe Jürgens Hand. Die Fingerabdrücke wurden genommen und unmittelbar ins Präsidium geschickt.

»Moment mal!« Poldi haute sich plötzlich an die Stirn.

Über das Tattoo an Jürgens Hals schob sich das Bild des Jungen, der neben der Chefin stand. Der Junge mit der Narbe am Hals. Damals. Bei dem Wettbewerb. Als Franziskas Weihnachtswunder begann.

Konnte das sein?

»Ich muss mit dir reden«, sagte Poldi zu Schorsch und fügte schnell »Ungestört« hinzu.

»Oh, Geheimnisse, die Herren. Kein Problem, ich lass euch gern allein. Mir wird dieses Kaffeekränzchen hier sowieso langsam zu blöd.« Jürgen machte Anstalten aufzustehen.

»Sitzen bleiben«, donnerte Schorsch und rief Unterstützung herbei. Sie warteten, bis zwei Polizisten sich rechts und links neben Jürgen positioniert hatten, dann verließen sie das Büro.

»Was ist denn los? Ich hatte ihn doch grade in der Mangel?«, fragte Schorsch, kaum dass sich die Tür hinter ihnen geschlossen hatte.

»Ich weiß es noch nicht genau. Ich hab da so ein Bauchgefühl. Komm mal mit.« Poldi führte Schorsch in das Büro der Chefin.

Sie war nicht da, aber dieses Mal musste er nicht zum Frosch greifen, um den Ersatzschlüssel zu holen. Als die Chefin in den Hof gelaufen war, hatte sie andere Sorgen gehabt, als ihr Büro abzuschließen. Die Tür stand sperrangelweit auf.

Poldi trat zu dem Artikel, den er vorhin erst neu aufgehängt hatte, nahm den Rahmen vom Nagel und reichte ihn Schorsch. »Fällt dir da was auf?« Schorsch begann zu lesen, doch Poldi stoppte ihn. »Nein, nicht den Text, schau dir das Bild an.«

Wieder einmal zog Schorsch an seinem Ohrläppchen, während er das Foto konzentriert betrachtete. Nach einer Weile schüttelte er den Kopf. »Nein, tut mir leid, ich weiß nicht, was du meinst.«

Sein Handy klingelte, und er hörte aufmerksam zu. Kurz darauf beendete er das Gespräch. »Jürgen hat eine Vorstrafe. Er saß wegen Körperverletzung ein paar Monate im Knast. Mehr gibt es nicht zu ihm. Das bringt uns auch nicht wirklich weiter.«

»Was? Eine Haftstrafe? Das müsste ich doch wissen, ich stelle niemanden ohne Führungszeugnis ein.«

»Tja, in dem Fall hat das nicht geholfen, er saß nur drei Monate, das steht nicht drin.« Schorsch hielt den Artikel hoch. »Was ist denn nun damit, Poldi?«

»Sieh mal, diese Narbe ist genau an der gleichen Stelle wie das Tattoo bei Jürgen. Das ist doch merkwürdig, oder?«

»Hmm.« Schorsch unterzog das Foto noch einmal einer Prüfung. »Aber da steht ›J.-J. Wemming‹. Jürgen heißt Böhringer, oder?«

»Ja, ich weiß. Und Jürgen hat braune Haare und dunkle Augen. Der Typ hier ist blond und hat auffallend helle Augen. Und er ist reichlich schmächtig. Irgendwie passt es nicht. Trotzdem hab ich das Gefühl, das könnte eine Spur sein.«

»Wir nehmen das hier mal mit. Mal sehen, wie Jürgen reagiert, wenn wir ihm den Artikel unter die Nase halten.«

»Und ich studiere noch mal die Personalakte. Irgendetwas müssen wir übersehen haben. Ich fühle es.«

# Kapitel 19

»Wie lange wollt ihr mich hier noch festhalten?«, schimpfte Jürgen, kaum dass Schorsch und Poldi wieder in das Zimmer traten. »Was ihr hier treibt, ist Nötigung.«

»Ermittlungsarbeit, um genau zu sein«, sagte Schorsch. »Du musst nur endlich reden, dann sind wir hier bald durch.«

Den Artikel hatte sich Schorsch unter den Pulli geschoben, um Jürgen damit gegebenenfalls zu überrumpeln, wenn es sich anbieten würde.

Poldi setzte sich wieder an seinen Schreibtisch und schnappte sich sofort die Unterlagen. Irgendwo zwischen diesen ganzen Buchstaben steckte des Rätsels Lösung. Davon war er überzeugt. Beim tabellarischen Lebenslauf stockte er. Bislang hatte er diesen Daten wenig Beachtung geschenkt. Doch jetzt schaute er genauer hin und – BINGO! Das war es.

Jetzt konnte Jürgen sich nicht mehr rauswinden. Endlich hatten sie den Schlüssel, um den Fall zu lösen. Poldi winkte Schorsch zu sich. Der beugte sich über das Papier und folgte Poldis Finger, der auf etwas tippte. Da stand: Jürgen-Joachim Böhringer, geb. Wemming.

Poldi konnte in Schorschs Gesicht lesen wie in einem offenen Buch. Schorsch konnte es genauso wenig wie er fassen, dass ihnen das bislang nicht aufgefallen war. Andererseits hatte es keinen Anlass gegeben, Jürgens Namen zu überprüfen. Es kam nicht häufig vor, dass ein Mann seinen Nachnamen änderte.

Schorsch grinste Poldi an. Der nickte und grinste zurück. Jetzt begann das Spiel, Spaß zu machen.

»Na guuut«, sagte Schorsch langsam, während er sich wieder Jürgen gegenüber hinsetzte. »Jürgen Böhringer, geborener Wemming, also. Willst du mir verraten, wieso du deinen Namen geändert hast? Was hast du zu verbergen?«

»Ihr hört doch Flöhe husten, wo gar keine sind.« Auch dieses Puzzlestück lockte Jürgen nicht aus der Reserve. »Wenn ihr es unbedingt wissen wollt, Böhringer ist der Name von meiner Ex. Ich hab den angenommen, weil Wemming doch echt ein Scheißname ist. Der klingt voll nach Lemming. Wer will schon heißen wie die dummen Viecher aus einem Computerspiel?«

Poldi war überzeugt, dass Jürgen nicht erkannt werden wollte. Aber wieso?

Die Tatsache, dass er mit seinem Geburtsnamen konfrontiert wurde, rüttelte jedenfalls ordentlich an seiner coolen Fassade. Sein linkes Auge zuckte nervös, und wieder kratzte er sich an seinem Tattoo. Was hatte er bloß mit dem Jungen auf dem Bild zu tun? War der Junge mit der Narbe sein Bruder? Oder war es gar keine Narbe, sondern ein in der Familie vererbtes Geburtsmal, und Jürgen hatte sich das Tattoo drüberstechen lassen?

Vielleicht konnte die Chefin Klarheit in die Angelegenheit bringen? Es schien an der Zeit, sie zu informieren. Der Knoten würde jeden Moment platzen. Sie hatte ein Recht, dabei zu sein. Poldi griff zum Telefon. Doch er rief nicht die Chefin an, sondern Wibbel. Er wollte nicht, dass Franziska bei seinem Anruf unnötig erschrak, Wibbel sollte sie persönlich holen und zu ihnen ins Büro bringen.

»Die Chefin wird gleich hier sein«, sagte Poldi knapp.

Jürgen rutschte unruhig auf seinem Stuhl hin und her. »Muss das sein? Was hat das Weib denn bei einem polizeilichen Verhör zu suchen?«

Schorsch und Poldi gaben ihm keine Antwort.

Als Franziska und Wibbel eintraten, bat Poldi sie zu sich hinter den Schreibtisch. Er wollte sie aus der Reichweite von Jürgen wissen, auch wenn rechts und links neben ihm Beamte standen. Dann nickte Poldi Schorsch zu.

Der reagierte umgehend. Er zog den Artikel unter seinem Pullover hervor und hielt ihn Jürgen vors Gesicht. »Kennst du diesen Mann, Jürgen?«

»Aber …«, kam es von Franziska.

Poldi tätschelte ihr beruhigend die Hand und legte einen Finger an die Lippen, zum Zeichen, dass sie abwarten sollte.

»Nie gesehen.« Jürgens Stimme klang gepresst.

»Frau Fellinger, schauen Sie sich das Bild bitte einmal an. Wussten Sie, dass Herr Böhringer ein geborener Wemming ist?«

Franziska nahm Schorsch den Artikel aus der Hand. Sie betrachtete das Foto ausgiebig. Sie sah immer wieder zwischen Jürgen und dem Bild hin und her.

»Jürgen, du?«, fragte sie irgendwann fast stimmlos. »Aber das kann nicht –«

Jetzt war das Maß offensichtlich voll. Jürgen schlug mit der Faust auf den Tisch. *»Jürgen, du?«*, äffte er ihre Stimme nach. »Jaa, da staunst du, was? Ich bin es. Ganz genau. Ich, das halbe Hemd Jürgen Wemming. Aber ich sag dir, die Zeiten sind vorbei, in denen du dich über mich lustig machen konntest. Der Wind hat sich gedreht, mein Täubchen!«

»Danke, Jürgen. Wieso nicht gleich so?«, sagte Schorsch. »Okay. Dann bringen wir die Fäden doch mal zusammen. Du sagst also, dass du der Bursche hier auf dem Foto bist. Aber Junge, da stimmt doch einiges nicht.« Er nahm den Artikel wieder an sich. »Du hast dir in den vergangenen Jahren ordentliche Pakete antrainiert, das kann ich nachvollziehen. Ganz offensichtlich hast du dir auch die Haare geschnitten und braun gefärbt.«

»Aber was ist mit seinen Augen? Er kann sich ja wohl kaum die Augen gefärbt haben. Ich weiß noch, dass dieser Jürgen-Joachim ganz unheimliche wasserblaugrüne Augen hatte und einen stechenden Blick«, sagte Franziska verwundert.

»Farbige Kontaktlinsen«, kombinierte Poldi, sah zu Jürgen und hob fragend die Augenbrauen.

Statt einer Antwort beugte der sich etwas nach vorn. Er legte einen Finger in den Augenwinkel und hielt die andere Hand unter das Auge. Dann zog er etwas an der Haut und flutsch, lag eine braune Kontaktlinse in seiner Hand. Das gleiche Spiel wiederholte er auf der anderen Seite.

Als das erledigt war, funkelte er Franziska aus genau den wasserblaugrünen kalten Augen an, die sie gerade beschrieben hatte. »Und? Erkennst du mich jetzt wieder?«

»Du?« Sie starrte ihn fassungslos an. »Aber was soll das? Wieso spielst du uns so ein Theater vor? Du hättest doch sagen können, wer du bist! Wo ist das Problem? Und wieso hast du den Job in der Sicherheitsabteilung angenommen? Wenn ich mich recht erinnere, war deine Kugel doch gar nicht s–«

»Halt's Maul! Halt. Dein. Verdammtes. Maul! Du elendes Miststück, du! Hast mir meinen Job weggeschnappt. Mir mein Leben versaut, und jetzt tust du wie der Unschuldsengel in Person. Ich kotze gleich!«

Aha. Jetzt wurde die Sache langsam klarer. Poldi war gespannt, die Geschichte aus Jürgens Sicht zu hören. »Fang von Anfang an, Jürgen. Jetzt hast du die Chance. Du kannst deine Version erzählen. Wir hören dir zu.«

Dieses Mal kam keine bockige Reaktion. Zu lange hatte Jürgen die Wut wohl mit sich herumgeschleppt. Nachdem er jetzt angefangen hatte, schien er richtiggehend froh zu sein, endlich alles loszuwerden.

»Die dumme Schlampe hat mein Leben auf dem Gewissen. Wegen ihr ist alles schiefgegangen. Hätte ich den Job bekommen, damals, wäre gewiss alles anders gelaufen. Und – verdammt noch mal – ich hätte diesen Scheißjob auch verdient gehabt! Meine Kugel war viel besser als das Teil, das sie zusammengeschustert hat. Um Welten besser! Aber was soll ein unsicherer, pickelgesichtiger Junge gegen so ein Prachtweib ausrichten? Mit ihren *Argumenten*«, Jürgen schob sich die Hände unter die muskelbepackte Brust und tat, als würde er seinen nicht vorhandenen Busen anheben, »hat sie dem Chef den Kopf verwirbelt. Der konnte doch gar nicht mehr klar denken. Das war so ein scheiß abgekartetes Spiel! Ich hatte von Anfang an keine Chance. Ganz egal, wie gut meine Arbeit war.

Sex sells. Das galt damals wie heute.« Seine Stimme scharrte, Jürgen schluckte dagegen an. »Ich brauch was zu trinken.«

Poldi stellte ihm ein Glas Wasser hin, das er in einem Zug leerte.

»Ich war eben kein smarter Schwiegermutterliebling. Ich war schmächtig und unscheinbar. Da halfen mir auch die blonden Locken nicht. Es war total unfair. Der Alte hat sich gar keine Zeit für ein richtiges Gespräch genommen. Das war alles nur eine Farce. Der hatte sich sofort für unser ach so tolles Mütterchen Frost hier entschieden. Zum Kotzen.«

Die Blicke, die Jürgen über den Tisch hinweg zu Franziska schoss, ließen selbst bei Poldi eine Gänsehaut entstehen. Blanker Hass stand in Jürgens Augen.

»Ich schwöre euch, ich war echt ein anständiger Kerl. Hätte ich diesen Job gekriegt, wäre alles komplett anders gelaufen. Diese Hexe mit ihrer Zahnpastafresse und ihren weiblichen Verführungskünsten ist schuld daran, dass mein Leben den Bach runterging. Alkohol, Drogen, Knast … ich hab nix ausgelassen. Und als ich in meiner Zelle saß, hab ich mir geschworen, mich an ihr zu rächen.«

Er ließ seine Fingergelenke knacken. »Genüsslich schmoren lassen wollte ich die Alte. Sie sollte endlich mal eine aufs Maul kriegen. Sie sollte am eigenen Leib spüren, wie es sich anfühlt, wenn einem der goldene Teller vor der Nase weggeschnappt wird. Der Rest ergibt sich doch von allein, oder?« Er lehnte sich zurück. »Wie kriegt man diese Geldgeier am besten an den Eiern? Man muss ihnen das Geld wegnehmen. Ich wollte sie ganz langsam und genüsslich vernichten. Ich hab mir das alles ausgemalt. Wieder und wieder, während ich meine Strafe absaß. Nur über das Wie war ich mir nicht im Klaren. Das wollte ich checken, wenn ich wieder draußen war.«

»Wieso?«, fragte Franziska in Jürgens kurze Sprechpause hinein. »Wieso nur? Ich hab dir doch nichts getan.«

»Du hast mir nichts getan?«, fauchte Jürgen sie an. »Bist du blöd im Kopf? Oder taub? Hast du mir nicht zugehört? Du hast mir mein Leben weggenommen! Das Weihnachtswunderland müsste mir gehören! Mir ganz allein!«

Er schnaubte wie ein Walross, seine Muskeln zuckten. Die beiden Polizisten rückten noch näher an ihn heran. Doch Jürgen beruhigte sich wieder, lehnte sich zurück und erzählte auch den letzten Teil seiner Geschichte. Kaum aus dem Knast entlassen, hatte er sich an das Weihnachtswunderland herangepirscht. Er hatte sein Äußeres verändert, die braunen Kontaktlinsen waren die wichtigste Tarnung, denn er wollte auf keinen Fall, dass Franziska ihn erkannte. Zuerst war er ein paarmal als Kunde im Wunderland gewesen, hatte ausgekundschaftet, was es alles gab und wo Franziskas Büro lag. Als die Stelle in der Sicherheitsabteilung ausgeschrieben wurde, wusste er, dass das die ersehnte Chance war. So konnte er seinen Feind in aller Ruhe von innen heraus studieren, die Schwachstellen ausfindig machen und sich einen Plan zurechtlegen. Er hatte solch einen Spaß daran, sich alles auszumalen, dass er es gar nicht eilig hatte, seine Pläne auch in die Tat umzusetzen. Erst als das Christkind schmurgelte, kam Bewegung in die Sache.

Das war für Jürgen wie ein Zeichen. Er hatte keine Ahnung, wer das Ding sabotiert hatte, aber das Entsetzen bei Franziska war grandios, und endlich wusste er, was er tun wollte. Wenn die Alte bei einem geschmorten Christkind schon Heulen und Zähneklappern bekam, was würde sie dann bei einer kleinen, feinen Anschlagswelle machen? Vielleicht würde sie am Ende sogar in die geschlossene Anstalt eingewiesen werden, und er könnte das Weihnachtswunderland für 'nen Appel und ein Ei kaufen. Seine Phantasie hatte Purzelbäume geschlagen.

So gute Laune wie zu dieser Zeit hatte Jürgen lange nicht mehr gehabt, erzählte er. Er beschaffte sich bei seinen Kumpels die Zutaten für eine Bombe und wollte ein bisschen für Action sorgen. Alles prima. Nur den Zwischenfall mit dem blöden Maronenverkäufer hatte er nicht beabsichtigt. Als Jürgen den Wickelraum in die Luft jagen wollte, kam ihm Ernst in die Quere. Das halbe Hemd wollte sich tatsächlich mit ihm anlegen. Na, und dann lag er eben plötzlich unten, am Treppenabsatz. Tot. Das war zwar nicht geplant, aber auch nicht mehr zu ändern.

Die Idee, den Typen dann in den kaum genutzten Putzraum zu legen, war Jürgens Meinung nach grandios. Er hatte sich das so herrlich ausgemalt, wie der Leichengestank durch die Gänge ziehen würde. Und dann? Wieder hatte das Schicksal ein Scheißspiel mit ihm getrieben.

All das erzählte Jürgen mit dem Glanz des Wahnsinns im Blick. Er hatte sich in seiner sinnlosen Rachelust komplett verloren.

»Und heute hattest du also dein großes Finale«, übernahm Poldi den letzten Akt des Dramas. »Nur dass es ausgerechnet Eleonora treffen könnte, damit hattest du nicht gerechnet. Dumm gelaufen, wie?«

»Scheiße!« Jetzt barst Jürgens Fassade in tausend Teile. Er legte das Gesicht in die Hände und schluchzte. »Ich war so erschrocken. Ausgerechnet Eleonora. Das Schicksal ist ein Arschloch, echt. Und dann ziehst du das Lebkuchenherz raus mit der Plastikkarotte drin. Das Herz, das ich für sie gemacht hab. Und ich dachte, ja, endlich! Endlich ist das Glück einmal auf meiner Seite. Aber nein …« Der bullige, bislang immer aalglatte Mann brach nun restlos zusammen.

»Und dann?«, fragte Poldi.

»Was und dann? Du hast es doch selbst gesagt! Eleonora ist nicht mehr.«

»Ich hab nur gesagt: *Scheiße, Eleonora …* mehr nicht. Es war aber auch verflixt leichtsinnig von ihr und so typisch für sie. Da ist sie selbst am Kopf verletzt und hat nichts Besseres zu tun, als sich um andere zu kümmern. Darüber hab ich mich halt aufgeregt.« Poldi grinste Jürgen an. »Hast du das etwa anders verstanden?«

Mit einem Satz sprang Jürgen über den Schreibtisch und packte Poldi an der Gurgel. »Du Arschloch! Ich mach dich fertig!«

Das ging so schnell, dass keiner der Polizisten rechtzeitig

reagieren konnte. Poldi wehrte den Angriff nach Kräften ab, gegen die tobenden Muskelberge hatte er aber keine reelle Chance. Er keuchte.

Franziska und Wibbel schrien entsetzt auf. Schorsch warf sich dem Angreifer auf den Rücken und legte ihm den Arm um den Hals. Doch erst als die beiden Uniformierten auch noch dazukamen, schafften sie es, Jürgen von Poldi wegzuzerren. Die Handschellen klickten, als sie dem rasenden Jürgen die Hände auf dem Rücken fixierten.

»Danke«, japste Poldi.

»Abführen!«, sagte Schorsch.

Franziska staunte nicht schlecht. Die Mitarbeiter und Helfer hatten ein kleines Wunder vollbracht. Der Platz war inzwischen wieder fast komplett frei, die Schäden an den Buden zumindest provisorisch repariert. Nur der Bereich um den Rentierschlitten sah noch übel aus. Dieses Fahrgeschäft war wohl nicht mehr zu retten.

Ungewohnt leer war das Wunderland, das sicherheitshalber von der Polizei evakuiert worden war. Während Jürgen über den Hof zum Ausgang abgeführt wurde, trällerte es aus den Lautsprechern gewohnt weihnachtlich, »Rudolph, the Red-Nosed Reindeer«.

Franziska folgte Poldi, Schorsch und Wibbel zu Eleonoras Punschstand. Paul, Tim und Dominique kamen erschöpft, aber zufrieden auch dazu.

Eleonora winkte Poldi unauffällig zu sich hinter den Stand. Als er neben ihr stand, zeigte sie ihm einen neuen »Weihnachten-Nein-Danke«-Aufkleber.

»Ich sag dir, wenn ich diesen depperten Scherzkeks in die Finger bekomme, werde ich ein Hühnchen mit ihm rupfen, dass ihm Hören und Sehen vergeht«, schimpfte sie.

Im ersten Moment wollte Poldi aufbrausen, aber dann überlegte er es sich anders. Es war an der Zeit für sie alle, etwas durchzuatmen. »Wart ab, Eleonora, den Weihnachtsscherzkeks kriegen wir schon noch. Für heute hab ich erst mal genug. Um den kümmere ich mich morgen. Oder übermorgen.«

»Da hast du auch wieder recht. Heute sollten wir feiern. Immerhin habt ihr es geschafft. Das Weihnachtswunderland ist wieder sicher!« Sie reichte ihm einen gefüllten Punschbecher.

»Jürgen war es?«, fragte Tim seine Mutter.

»Lange Geschichte, mein Schatz. Ja, Jürgen. Er hat alles gestanden. Die Gefahr ist vorüber.«

»Ausgerechnet. Der war auch immer voll komisch zu mir. Krass irgendwie. Gut, dass er geschnappt wurde und es jetzt vorbei ist.«

Man konnte an seiner Miene ablesen, dass er nicht nur begeistert war, dass der Betrieb nun bald wieder zur Normalität übergehen würde. »Dann kann das Wunderland ja wieder lustig seinen Weihnachtszauber versprühen. Es ist mir zwar manchmal zu zuckergussklebrig hier, aber solche Attentate braucht kein Mensch. Echt nicht. Hoffentlich bleibt er lange im Knast.«

Franziska legte den Arm um Tim, der sich nicht dagegen sperrte. Ganz langsam löste die unsichtbare Wand zwischen Mutter und Sohn sich auf, von dem Stacheldraht war bereits nichts mehr zu merken.

»Weißt du, Tim, ich hab nachgedacht. Neben all der bunten Glitzerwelt könnten wir vielleicht als Gegengewicht einen Weihnachtsschimpfwort-Wettbewerb starten. Was meinst du? Kannst du dir so was vorstellen?«

»Echt?« Tim starrte seine Mutter überrascht an. Dann nickte er, und seine Augen leuchteten vor Glück wie polierte Weihnachtskugeln im Kerzenschein.

Poldi freute sich für den Jungen. Endlich fühlte er sich von seiner Mutter ernst genommen. So etwas wie das zerschmurgelte Christkind würde wohl nie mehr vorkommen – zumindest nicht beabsichtigt.

Paul schmunzelte. »Ich weiß jetzt schon, dass ihr damit den Weihnachtsmann abschießen werdet. Die Leute werden euch die Bude einrennen!«

Franziska zuckte gespielt zusammen. »Kein abgeschossener Weihnachtsmann! Alles, nur das nicht, bitte! Abstürze hatten wir wahrlich genug.«

Tim räusperte sich. »Paul, bitte entschuldige, dass ich dich derart in Schwierigkeiten gebracht hab. Ehrlich, Mann, ich hab gar nicht geschnallt, dass es um mehr geht als nur das geschmorte Christkind. Ich wollte nicht, dass du unter Mordverdacht gerätst. Ich find dich voll in Ordnung.«

Paul legte Tim den Arm um die Schultern. »Alles okay, Tim. Ich bin froh, dass es geklärt ist. Und weißt du was? Wenn es okay ist, dann werden wir uns zu dritt unterhalten. Vielleicht können wir dich ja in die Wunderlanderweiterung einbinden? Wenn du die Möglichkeit bekommst, ein paar Ideen beizusteuern, dann nervt dich das alles vielleicht gar nicht mehr so sehr. Was meinst du, Franziska?«

Franziska strahlte. Offenbar hatte Paul einen wichtigen Schlüssel zur Lösung der familiären Spannungen gefunden.

»Und wegen der Aktionen – vielleicht können wir einen doppelten Wettbewerb veranstalten. Das schönste Weihnachtszauberwort und das schönste Weihnachtsschimpfwort«, schlug Tim vor. Er sah zu Dominique. »Und du wirst Schiedsrichterin.«

Franziska nickte anerkennend. »Gar nicht schlecht, die Idee.«

Eleonora schob ihr ebenfalls einen Becher Punsch hin. Als Franziska zögerte, ihn anzunehmen, sagte sie: »Christkindelglück.« Sie zwinkerte. »Ohne Umdrehungen.«

»Danke.« Franziska lachte und nahm den Becher entgegen. Während sie an den Stand gelehnt dastand und einfach nur glücklich war, dass die Gefahr gebannt war, verfing sich ihr Blick mit Pauls. Ein Funkeln lag in der Luft zwischen den beiden. Franziska atmete tief ein, dann sprang sie über ihren eigenen Schatten.

Genug der Angst! Genug des Zauderns!

Wortlos stellte sie sich auf die Zehenspitzen und gab Paul

einen Kuss. Paul strahlte wie ein Kind vor seinen Geschenken unterm Weihnachtsbaum.

»Na also, geht doch«, kommentierte Tim. »Ich hab das doch schon lange geahnt, dass zwischen euch was läuft.«

Ohne es bewusst zu steuern, fand Poldis Hand die von Wibbel. So standen sie ebenfalls da, und ihre Augen lächelten einander zu.

»Ausgerechnet Jürgen«, jammerte Eleonora. »Dabei habe ich gedacht, der Kerl würde vielleicht die Kurve kriegen und doch noch nett werden.« Sie schüttelte fassungslos den Kopf. Doch dann besann sie sich und hob das Lebkuchenherz mit der Karottennase hoch. »Immerhin hat er mir das Leben gerettet.«

»Stimmt. Endlich mal was, was er richtig gemacht hat«, meinte Poldi.

Schorsch lehnte sich zu Eleonora rüber. »Sei froh, dass du den los bist, Frau Claus. Der war doch wirklich nicht der Richtige für dich.«

»Na, wenn du das sagst, Herr Kommissar. Aber du hast recht. Ein Mann, der Weihnachten nicht liebt, kommt mir nicht ins Haus.« Sie hob ihren Becher und sagte: »Auf das Weihnachtswunderland. Hier ist der Ort, an dem Träume wahr werden.«

Während alle in den Toast einstimmten, begannen Schneeflocken ganz sacht durch die Luft zu tanzen, um Stück für Stück die Welt mit ihrem Weiß zu bedecken.

Jetzt konnte Weihnachten kommen!

# Poldis Lieblingspunschrezepte

## Feuerspuckerpunsch

1 bis 2 Chilischoten – je nach gewünschter Schärfe
1 Stück Ingwer (etwa 3 cm)
250 ml roter Traubensaft
600 ml naturtrüber Apfelsaft
1 EL frisch gepresster Zitronensaft
½ Zimtstange
2 Gewürznelken
4 Pimentkörner
Schale einer unbehandelten Orange

Chili und Ingwer in kleine Stücke schneiden. Alle Zutaten in einen Topf geben, aufkochen lassen und vom Feuer nehmen. Mindestens eine Stunde ziehen lassen, dann den Punsch abseihen, wieder erhitzen und direkt servieren.

### Tipp:
Chilis ohne Samen verwenden, dann hat man eine gemäßigte Schärfe und das volle Chiliaroma. Je mehr Samen, desto mehr Feuerspucker!

## Seelenwärmerpunsch

200 ml roter Traubensaft
300 ml Holundersaft
300 ml Apfelsaft
50 ml frisch gepresster Zitronensaft
2 EL getrocknete Gojibeeren
1 Stück Ingwer (etwa 1 cm)
½ Vanillestange
½ TL gemahlene Kornelkirschkerne
1 Sternanis
1 Apfel
60 g Haselnüsse
100 g Zucker

Alle Säfte und die Gojibeeren in einen Topf füllen. Den Ingwer schälen und fein reiben. Die Gewürze zu der Saftmischung geben – auch den Sternanis. Den Punsch langsam erhitzen, einmal aufkochen lassen und dann 10 Minuten auf der kleinsten Stufe ziehen lassen.
Den Apfel waschen, vom Kerngehäuse befreien und in sehr kleine Würfelchen schneiden. Die Haselnüsse grob zerkleinern. Den Zucker in einer Pfanne schmelzen und die Apfelwürfel und Haselnussstücke darin karamellisieren. Das Apfelnusskaramell auf Backpapier ausbreiten, auskühlen lassen und dann etwas auseinanderbrechen, dass es wieder kleine Stücke sind. Den Sternanis rausfischen, den Punsch heiß in Becher verteilen und in jeden Becher etwas vom Apfelnusskaramell geben.

### Tipp:
Kornelkirschkerne sind Eleonoras Zauberwürze aus ihrem eigenen Garten. Wer dieses Hartriegelgewächs nicht im eigenen Garten hat und auch bei den Nachbarn keine Kornelkirschen abstauben kann, kann den Punsch natürlich auch ohne dieses Aroma genießen.

## Christkindelglück

200 ml Kirschsaft
200 ml roter Traubensaft
100 ml Kokoswasser
3 Nelken
1 Sternanis
½ Stange Zimt

Alle Zutaten in einen Topf geben, einmal aufkochen und eine halbe Stunde zugedeckt ohne Wärmezufuhr ziehen lassen. Die Gewürze rausfischen und das Christkindelglück heiß genießen. Schnell zubereitet und einfach köstlich!

## Teemischung Mandarinenlust

4 Bio-Mandarinen
1 Apfel
1 Stück Ingwer (etwa 3 cm)
2 Handvoll Holunderblüten
3 EL Erdbeerblätter
3 EL Himbeerblätter

Die Mandarinen und den Apfel samt Schale vierteln und ebenso wie den Ingwer in dünne Scheiben schneiden. Diese Scheiben auf einem Backblech verteilen und bei 50 Grad Umluft im Backofen trocknen. Dabei einen Kochlöffel zwischen Tür und Backofen klemmen, damit die Feuchtigkeit entweichen kann. Der Trocknungsvorgang benötigt ein paar Stunden, zwischendurch die Scheiben wenden und den Trocknungsgrad prüfen.
Die Holunderblüten und Beerenblätter auf einem Brett verteilen und an einem dunklen, luftigen Ort trocknen.
Die getrockneten Beerenblätter und Holunderblüten etwas zwischen den Händen reiben und zerkleinern, alle Zutaten vermengen.
Pro Tasse 1 bis 2 TL Teemischung mit heißem (knapp nicht mehr kochendem) Wasser überbrühen und mindestens 6 Minuten ziehen lassen.

## Eleonoras köstliche Elfenfüße

200 g Dinkelmehl
100 g gem. Mandeln (nicht ganz fein gemahlen schmecken sie in den Elfenfüßen besonders lecker)
120 g Zucker
½ TL Backpulver
¼ TL gem. Vanille
1 Prise Salz
150 g kalte Butter
1 Ei
geschälte Mandelhälften zum Verzieren
Lebensmittelfarbe

Das Mehl in eine Schüssel sieben, Mandeln, Zucker, Backpulver, Vanille und Salz hinzugeben und alle Zutaten miteinander vermischen. Die kalte Butter in Flocken zum Mehl geben, das Ei dazu und alles schnell zu einem festen (noch leicht klebrigen) Teig kneten. Eine Kugel formen, in Klarsichtfolie wickeln und den Teig eine Stunde im Kühlschrank ruhen lassen.
Den Teig auf einer bemehlten Fläche etwa einen halben Zentimeter dick ausrollen, Füße ausstechen und auf ein mit Backpapier ausgelegtes Blech legen.
Jeden großen Zeh mit einer halben geschälten Mandel verzieren und diese Mandel mit Lebensmittelfarbe einfärben.
Die Kekse bei 160 Grad etwa 15 Minuten backen, bis sie an den Rändern leicht braun werden. Die warmen Kekse sind noch leicht zerbrechlich, wenn sie abgekühlt sind, werden sie stabiler.

### Tipp:

Die ausgestochenen Füße abwechselnd mit der Ober- und Unterseite aufs Backpapier legen, so bekommt man rechte und linke Elfenfüße.

Elfenfüße sind nur echt mit der Mandel auf dem Zeh!

# Danke und ein bisschen Drumherum

Die Idee für das Weihnachtswunderland arbeitete sich um die Weihnachtszeit herum an die Oberfläche. Wie jedes Jahr freute ich mich auf diese Zeit, und wie jedes Jahr hatte ich ab einem gewissen Punkt einen klitzekleinen Weihnachtsglitzer-Overflow. Und den galt es, in eine Geschichte zu packen.

Bei langen Winterspaziergängen mit meinem wundervollen Sohn Tobias entwarfen wir die kunterbunte Weihnachtswelt im Weihnachtswunderland und schubsten sie ein wenig durcheinander.

Doch wie das so ist, von der Idee bis zur Geschichte geht reichlich Zeit ins Land. Und so kam es, dass während der heißen Schreibphase die letzten Plätzchen längst verdaut waren und sich im Garten die ersten Tomaten bereits rot färbten.

Nach Herzenslust in die Weihnachtswunderwelt einzutauchen – mitten im Hochsommer, unterm Apfelbaum –, das war etwas Besonderes. Die Hängematte schaukelte sacht. Um mich herum brummte und summte es, und die Welt duftete hochsommerlich nach frisch geschnittenem Gras und Kräutern.

Und ich summte in diesem Sommertraum zufrieden »Jingle Bells« vor mich hin, vergnügte mich im Weihnachtswunderland und vergaß darüber, dass mir reichlich heiß war.

Den Weihnachtstee gönnte ich mir »on the Rocks«, und das Glitzern und Funkeln nahm ich von der auf der Wasseroberfläche des Mopsplanschbeckens blitzenden Sonne.

Es war toll!

Schreiben ist einfach immer wieder ein Abenteuer.

Wie immer, wenn aus einer Idee ein Buch wird, bin ich von Glück erfüllt. Es gibt viele Menschen, die Anteil an diesem Prozess haben und denen ich danken möchte.

Meinem Sohn Tobias, der mit einer Engelsgeduld wieder und wieder mit mir in das Weihnachtswunderland eintauchte und mich unterstützte, um meine Ideen in eine Linie zu bringen.

Meinem Mann Bernd, der mich umsorgt und auf mich achtet, wenn ich selbst es vor lauter Schreiben vergesse.

Meiner Freundin Emma, die nicht müde wird, meine Geschichten zu lesen und Fehlerteufelchen zu jagen. Danke, du Liebe, dass du mich mit deiner Begeisterung trägst!

Ein besonderer Dank geht an das Team des Emons Verlags und an meine Lektorin Christine Derrer! Es ist mir ein Fest – nicht nur zu Weihnachten.

Und natürlich danke ich meinen Lesern!

Erich Weidinger,
Jeff Maxian (Hg.)
**MORDS-BESCHERUNG 2**
Broschur, 192 Seiten
ISBN 978-3-95451-399-4

*»Ein herrlich fieses Lesevergnügen für die Feiertage.«*
Neue Westfälische

*»Eine gelungene Sammlung von Weihnachtskrimis aus den Alpen.«*
SR3 Krimitipp

Helga Bürster
**DER LETZTE WEIHNACHTSMANN**
Broschur, 240 Seiten
ISBN 978-3-95451-738-1

*»Eine tiefschwarze Weihnachtskomödie.«* Wetzlarer Neue Zeitung

*»Mörderischer Krimispaß!«* Genuss.Magazin

*»Mit Spannung und viel Humor gespickt. Ein äußerst humorvoller, schräger und skurriler Krimi.«* Nordwest Zeitung